Damaris CAIRE

'Ori tahiti

entre tradition, culture et identité

Préface de Tamatoa BAMBRIDGE

Illustrations de couverture : Heiva 2014- Compagnie Tahiti Ora.
Photographe: Pito Steve - Tous droits réservés

Le Code de la propriété intellectuelle et artistique n'autorisant, aux termes des alinéas 2 et 3 de l'article L.122-5, d'une part, que les « copies ou reproductions strictement réservées à l'usage privé du copiste et non destinées à une utilisation collective » et, d'autre part, que les analyses et les courtes citations dans un but d'exemple et d'illustration, « toute représentation ou reproduction intégrale, ou partielle, faite sans le consentement de l'auteur ou de ses ayants droit ou ayants cause, est illicite » (alinéa 1er de l'article L. 122-4). Cette représentation ou reproduction, par quelque procédé que ce soit, constituerait donc une contrefaçon sanctionnée par les articles 425 et suivants du Code pénal.
Il est interdit de reproduire intégralement ou partiellement la présente publication sans autorisation.

ISBN : 978-249-1152307

© Juin 2019   Api Tahiti éditions et diffusion
BP 4500 – 98713 Papeete – Tahiti
Polynésie française
contact@apitahiti.com

Damaris CAIRE

'Ori tahiti

entre tradition, culture et identité

Préface de Tamatoa BAMBRIDGE

Collection Sciences sociales
sous la direction de
Christian GHASARIAN

A Adrien, pour sa main dans la mienne
et nos chemins côte à côte

Préface

Le 'ori tahiti serait-il le fruit du mythe du « bon sauvage » ? Comment Madeleine Moua a-t-elle remis au goût du jour cette danse ancienne délaissée jusque dans les années 1960 ? Pour répondre à ces questions et bien d'autres, Damaris Caire, d'origine suisse, s'est engagée dans une recherche ethnologique et distanciée en s'immergeant pendant sept mois dans un groupe de danse à Tahiti en zone urbaine. Cette implication lui a permis de déployer une analyse des débats et des controverses qui traversent la communauté du 'ori tahiti autour de l'identité, la langue, la culture, la tension entre tradition et modernité, la question du genre et celle de l'ouverture à un public international.

L'originalité de son approche réside dans le fait que ces questions sont abordées avec les danseuses et les danseurs. La méthodologie choisie s'inscrit dans la tradition de l'école de Chicago et repose principalement sur une sociologie interactionniste et du quotidien. Elle invite ainsi souvent de manière croustillante, à comprendre les motivations et les réflexions des danseurs quant à leurs pratiques du *'ori tahiti*. On découvre alors comment les protagonistes, loin du mythe du bon sauvage, cher à la vision occidentale de cette danse tahitienne, s'affranchissent des perceptions et des codes extérieurs autant qu'intérieurs, pour vivre d'une certaine manière, leur culture tahitienne aujourd'hui à Tahiti.

L'auteure analyse aussi la place du corps, le sens que les acteurs donnent à la beauté féminine et masculine ainsi que les relations genrées toujours présentes, à l'occasion de la préparation du *Heiva*.

Toutefois, cette quête d'identité ne peut pas totalement faire fit de l'histoire missionnaire, coloniale et de la tendance centralisatrice du gouvernement à Tahiti. Par exemple, le règlement du *'ori tahiti*, en vigueur au *Heiva*, ne reconnaît pas les autres danses et pas des îles et archipels autres que l'archipel de la Société. Ainsi, une des questions qui se pose est de savoir si la volonté de faire reconnaître le *'ori tahiti* comme un patrimoine mondial à l'Unesco ne risque pas d'occulter encore plus la diversité des danses en Polynésie française.

Dans le même temps, l'internationalisation du *'ori tahiti* depuis plus d'une décennie témoigne de son succès mais cette dynamique est également perçue comme une menace envers ce qui est envisagé comme l' « identité tahitienne ». Cette menace est-elle réelle ? Comment accompagner cette dynamique ? Sans trancher sur ces questions, l'ouvrage contribue avec humilité et justesse à ce débat en donnant la parole à des acteurs parfois oubliés : les danseuses et les danseurs. C'est donc une vue de l'intérieur que Damaris Caire parvient à restituer dans ce remarquable ouvrage.

Tamatoa BAMBRIDGE

Introduction

À Tahiti, tous les ans, un grand festival appelé *Heiva*[1] réunit les danseurs de *'ori tahiti*, venant de toute la Polynésie française voire même de l'étranger. Les festivités se déroulent sur deux semaines pendant lesquels une quinzaine de groupes présentent chacun plus d'une centaine de danseurs et musiciens. Pendant des mois, les danseurs se préparent assidûment aux chorégraphies, mais aussi à la confection des costumes, à l'apprentissage des chants et des légendes. Pour beaucoup, ce festival symbolise la joie de se retrouver, de danser ensemble et de faire revivre le temps de quelques heures de vieilles légendes englouties par le tourbillon de la vie moderne. Un événement d'une telle ampleur, avec autant de participants, cristallise nécessairement des tensions et des désaccords qui en disent long sur les enjeux liés à la danse. Les notions de tradition, de culture et d'identité sont au centre de ces débats, mettant ainsi en évidence des problématiques propres au monde du *'ori tahiti*. Elles seront donc le fil rouge qui guidera ma réflexion. En effet, dans un monde en plein changement, en proie à une urbanisation croissante, la tradition comme l'identité ou la culture sont des questions d'actualité qui concernent un certain nombre d'acteurs. Il s'agira alors de voir comment la danse "traditionnelle" s'insère dans ce Tahiti contemporain et apporte, ou non, des réponses aux bouleversements que subissent aujourd'hui des modes de vie qui avaient cours jusque là.

Pour mener cette recherche, je suis partie durant sept mois à Tahiti en 2014, de janvier, moment où commencent les répétitions pour le *Heiva*, à juillet, la fin du concours. J'ai ainsi suivi l'essentiel du processus qui permet à des groupes de se présenter à ce concours de danse, le plus exigent et le plus réputé de Polynésie française. À travers cet ouvrage, je dessine le portrait du monde du

---

[1] Tous les mots tahitiens en italique sont rassemblés dans un lexique en annexe afin de favoriser une meilleure compréhension.

'ori tahiti avec son histoire, ses questionnements et ses problématiques. Je vais commencer par présenter les choix méthodologiques et les définitions théoriques qui m'ont guidée, ainsi que des différentes difficultés que j'ai pu rencontrer. Puis un détour par l'histoire de la Polynésie sera nécessaire pour mieux comprendre ce qui a construit le présent. Pour évoquer cette actualité, je vais discuter des temps et des espaces qui sont consacrés à la danse en Polynésie aujourd'hui, il s'agira notamment de saisir l'institutionnalisation en cours de la danse en Polynésie française et de comprendre l'implication que demande la préparation d'un spectacle au *Heiva*, toujours dans le but d'avoir le meilleur aperçu possible afin de saisir l'articulation entre la danse et l'importance des questions d'identité et de tradition. Après quoi, je vais m'orienter vers des thématiques sans lesquelles on ne peut véritablement comprendre la danse tahitienne : c'est notamment le cas du corps, du genre et de la modernité. Je m'attarderai aussi sur la problématique de la tradition dans le *'ori tahiti* : à travers le discours de mes interlocuteurs, il s'agira de comprendre ce qui est appelé "tradition" ou "modernité" dans les chorégraphies. La cinquième et dernière partie traite des débats qui ont lieu aujourd'hui dans le monde de la danse ; j'y évoque essentiellement la question de l'internationalisation de la danse polynésienne, que ce soit à travers les danseurs étrangers qui participent au *Heiva* ou à travers les spectacles de danse tahitienne qui s'exportent à l'étranger. En effet, le *'ori tahiti* connaît un succès sans précédent à l'étranger et cela questionne beaucoup les acteurs du monde de la danse, les chefs de groupe notamment puisque leur choix vis-à-vis de l'étranger peuvent influencer leur carrière. Ce parcours à travers les temps, les lieux et les questions permet d'avoir un aperçu de la place qu'occupe la danse dans le Tahiti urbain contemporain et de son implication dans les processus identitaires actuels.

Chapitre 1

À la rencontre du 'ori tahiti

« L'autorité ethnographique n'existe qu'à condition d'admettre que ce sont les autres qui ont raison » (Hertz, 2009, p. 208).

Pourquoi choisir d'étudier la danse à Tahiti ? Une telle recherche associe, chez l'interlocuteur européen lambda, beaucoup de rêve, pas mal de plaisir et seulement éventuellement un zeste de travail. Il me faut donc revenir ici sur le choix d'un tel sujet. La danse s'est imposée d'elle-même, parce que c'est une passion de longue date et qu'elle permet une étude bien centrée thématiquement. Tahiti, par contre, était loin d'être un choix évident ; ce n'était pas pour moi une destination dont je rêvais depuis toujours. Toutefois, le choix s'est imposé de lui-même parce que je connaissais déjà un peu le *'ori tahiti* et que mon directeur de mémoire travaille régulièrement en Polynésie. Mais à Tahiti comme ailleurs, un terrain de recherche est lourd de remises en question et de solitude, même s'il est évident que la vie y est plus facile que dans certains autres endroits de la planète. Il m'a donc fallu trouver un équilibre entre rendre compte des éléments plaisants, les amitiés qui y sont nées, la reconnaissance envers ceux qui m'ont accordé du temps, et d'autres aspects moins sympathiques. J'espère rendre compte de tous ces aspects à la fois en gardant une rigueur scientifique et en respectant mes interlocuteurs.

L'avantage de travailler sur le *Heiva* est que l'on se trouve au cœur d'un festival qui cristallise un nombre impressionnant d'enjeux culturels propres à la Polynésie française. Pour avoir une idée de ce qui s'y joue, il est important de commencer par une rapide présentation géographique et historique. Puis j'évoquerai les réflexions méthodologiques qui ont guidé ma recherche : les choix que j'ai dû faire, les entretiens que j'ai menés ainsi que mon retour en Europe. Finalement, je mettrai en place quelques définitions qui sont essentielles à la compréhension des dynamiques que j'ai observées.

Tahiti en quelques mots

La Polynésie française est un ensemble d'environ cent vingt îles relativement petites, réparties sur un territoire aussi vaste que l'Europe, tout en ayant une population nettement inférieure à celle de la ville de Genève. Ces différentes îles sont classées en cinq archipels : l'archipel de la Société – lui- même divisé entre les îles du Vent et les îles Sous-le-Vent –, les Tuamotu, les Marquises, les Gambier et les Australes. Tahiti se situe à 4500 kilomètres d'Hawaii, à 6400 kilomètres de Los Angeles et à 4000 kilomètres d'Auckland, mais les distances au sein même de la Polynésie française sont elles aussi impressionnantes : par exemple environ 2000 kilomètres séparent l'archipel des Australes de celui des Marquises. Ces distances considérables impliquent qu'au sein même de la Polynésie française, il existe des différences très marquées entre les îles, que ce soit au niveau de la langue, du climat ou de la religion. Pour prendre un exemple simple, un Tahitien dira *ia ora na* pour saluer quelqu'un, tandis qu'un Marquisien dira *kaoha*. L'ensemble de ces archipels est rattaché à la France sous l'appellation Pays d'Outre-Mer ; plus concrètement, cela signifie que le français est la langue officielle, que le programme scolaire est le même qu'en France et que les procédures pour s'y installer sont inexistantes pour les Français qui veulent quitter la métropole.

Au sein de cet ensemble, l'île de Tahiti occupe une place particulière : île du Vent, elle est le chef- lieu du territoire. Alors que la deuxième ville de Polynésie française, Uturoa à Raiatea, ne compte que deux rues et tout au plus une dizaine de commerçants, Papeete a des allures de petite capitale européenne puisqu'elle abrite la plupart de l'ensemble administratif et le seul aéroport international du territoire. Elle concentre ainsi la majorité des emplois et beaucoup d'"îliens[2]" y immigrent, que ce soit pour la scolarité de leurs enfants, pour l'avancement de leur carrière ou pour bénéficier de meilleures structures de soins. Tahiti concentre aussi la majorité de la vie culturelle du territoire ; on y trouve un conservatoire, un musée de réputation internationale ou une maison de la culture inexistants dans toutes les autres îles. Cela a pour conséquence que la Polynésie française, dans toute son étendue et toute sa diversité est souvent réduite à la seule île de Tahiti ; « Tahiti vivait dans l'extérieur :

---

[2] Une de mes grandes surprises en arrivant sur le terrain a été de découvrir que Tahiti n'est pas une île... Du moins pas dans le langage courant. En effet, lorsque les Tahitiens parlent des "gens des îles", ils parlent systématiquement des personnes originaires des autres îles ou archipels, et les désignent avec l'appellation d'"îliens".

l'extérieur vivait dans Tahiti. [...] parler de "Tahiti", comme le faisaient parfois les Tahitiens eux-mêmes pour désigner l'archipel tahitien, c'était réduire les divers espaces insulaires en un centre qui n'était pourtant jamais que le résultat de l'intervention conjuguée des sociétés extérieures et de quelques chefs tahitiens ; ce qualificatif "tahitien", qui dans le langage courant pouvait implicitement signifier la qualité de l'autochtone, se référait ainsi à l'espace social le plus "étranger". Plus on se rapprochait de ce centre, moins il était possible de discerner une identité "tahitienne" qui fût clairement articulée » (Baré, 2002, p. 19). L'essentiel de mon terrain ayant eu lieu à Tahiti, je ne traiterai ici que de la danse dans ce monde urbain contemporain. Il faut cependant avoir conscience que la manière de pratiquer et de vivre la danse dans les autres îles est fondamentalement différente.

Je m'attarderai sur le passé de la Polynésie dans le chapitre deux, néanmoins, il est essentiel de donner ici quelques informations sur l'histoire coloniale de Tahiti, sans laquelle même cette partie purement théorique serait difficilement compréhensible. En quelques mots, les premiers explorateurs sont arrivés à Tahiti à la fin du XVIIIe siècle : Wallis en 1767, Bougainville en 1768 et Cook en 1769. Quelques années plus tard, en 1797, débarquent les premiers envoyés de la *London Missionary Society*. Alors que les premiers explorateurs ont plutôt des missions scientifiques de courte durée, les missionnaires, eux, s'installent de manière plus définitive sur les îles. Leur but est de convertir les Tahitiens au christianisme. « Tous les auteurs qui se sont intéressés à l'histoire de Tahiti s'accordent pour reconnaître la brutalité et la rapidité des changements subits par la société tahitienne après l'arrivée des Européens. "Il est peu de dire que l'arrivée des Européens bouleverse les structures de la société tahitienne : elle les conduit en une quarantaine d'années à l'effondrement ; nulle part dans le monde polynésien, la rupture ne sera aussi complète..." » (Robineau in Lavondès, 1985, p. 142). Cette société disparue hante le présent puisqu'elle est le sujet d'énormément de discussions et de reconstitutions, alors qu'il ne reste que très peu de bases écrites sur lesquels s'appuyer.

Le *'ori tahiti* est aujourd'hui au centre de différents événements qui organisent le paysage culturel de l'île. Le plus ancien et le plus célèbre d'entre eux est le *Heiva*, autour duquel j'ai centré mon terrain. Le concours de danse a lieu au mois de juillet et il est accompagné de concours de chants, mais aussi de sports traditionnels, comme le *va'a*, la course des porteurs de fruits, le lancer de javelot ou le soulever de caillou ou même la marche sur le feu [3]. Face l'ampleur de mon sujet, je n'ai malheureusement pas pu m'attarder sur toutes les dimensions de ce festival. Néanmoins, la danse à elle seule donne un bon aperçu des enjeux et des débats qui traversent le monde culturel polynésien, qu'ils soient financiers, identitaires ou culturels. D'autant plus que, comme la plupart des Tahitiens ont un jour pratiqué la danse ou connaissent des gens qui la pratiquent, tout le monde se sent concerné par les débats qui agitent l'univers du *'ori tahiti*. Cela rend une enquête ethnographique à la fois passionnante, car au cœur des préoccupations des gens, et extrêmement complexe, car tout le monde a un avis propre très marqué ce qui rend les débats souvent houleux.

Le Heiva est aussi l'occasion de mettre en avant des pratiques très anciennes comme les marches sur le feu

---

[3] Sauf mention du contraire, toutes les photos contenues dans cet ouvrage ont été prises par l'auteur en 2014.

Dans ce texte, j'évoquerai les tensions, les débats et les disputes qui traversent le monde du *'ori tahiti*, qu'ils soient liés aux critères de notations des concours, à la définition de la "tradition" ou à la présence d'étrangers. Il y a à cela deux raisons essentielles : d'une part, parce qu'ils font partie des discussions quotidiennes entre les danseurs, du discours des chefs de groupe et de ce que mettent en avant les médias ; il me semblait donc absolument essentiel de ne pas passer sous silence cet aspect parfois un peu dur du monde de la danse polynésienne. D'autre part, d'un point de vue plus théorique, une analyse des conflits renseigne énormément sur le groupe social en question : postuler l'existence d'un consensus est une hypothèse de recherche beaucoup moins puissante et productive que de postuler l'existence de conflits. Identifier les dissensions et les débats permet d'aller au-delà de la mise en scène qu'on propose souvent aux visiteurs et qui est particulièrement flagrante dans une société dont le tourisme constitue une part importante des revenus (Bierschenk et Olivier de Sardan, 1994, p. 2). Dans un groupe social où la mise en scène – que ce soit la mise en scène de la danse, des corps, du mythe paradisiaque ou d'autre chose – joue un rôle aussi crucial, il est d'autant plus important d'aller au-delà du paraître pour que l'analyse puisse prendre sa place.

Le cheminement de l'enquête

Je suis partie durant sept mois à Tahiti afin de suivre les préparatifs pour le spectacle du *Heiva*, le plus grand concours de danse annuel en Polynésie française, mobilisant une bonne partie de la population pendant presque six mois par an. Il me semblait donc impossible de parler de *'ori tahiti*, sans y inclure le *Heiva*. Pour des raisons pratiques, il est devenu au fil des réflexions le centre même de ma recherche. Après maintes rencontres dues à ce hasard propre à l'art du terrain, je me suis inscrite dans une école de danse, dont la directrice gérait aussi un groupe qui se préparait pour le *Heiva* 2014. J'ai donc suivi ce groupe tout au long des sept mois ; je suis arrivée au début de l'apprentissage des chorégraphies du concours et je suis repartie après le concours. J'ai néanmoins choisi de ne pas y participer en tant que danseuse pour plusieurs raisons. Premièrement, je n'avais jamais vraiment pratiqué le *'ori tahiti* avant mon séjour en Polynésie. L'apprentissage aurait été long, fatigant et laborieux et il aurait pu porter préjudice à la qualité de ma recherche. Ensuite et surtout, participer au *Heiva* en tant que danseuse officiellement rattachée à un groupe aurait pu avoir comme conséquence que les chefs des autres groupes me considèrent comme une concurrente et refusent de me parler des détails de leur travail. J'ai donc choisi une position à mi-chemin qui me permettait à la fois de faire partie d'un groupe, de passer du temps avec les danseurs, sans poser de barrières à ma recherche. Grâce à ce choix méthodologique, j'ai pu assister à des répétitions avec de nombreux groupes, même si je n'en ai véritablement "suivi" qu'un seul. Je me suis ainsi rendu compte des différences qui règnent au sein des groupes. Globalement, mes informations viennent essentiellement de deux sources : d'une part mes observations au sein de "mon" groupe, d'autre part des entretiens que j'ai pu mener avec des danseurs et des chefs de groupe issus de toutes sortes d'horizons.

Les mamas lors du gala de fin d'année d'une école

Dans les premiers temps de mon séjour, je me suis imprégnée du sujet : j'ai pris mes premiers cours de danse, vagabondé dans l'île, assisté à quelques spectacles. Cela m'a permis d'avoir un aperçu de la place qu'occupait la danse dans le cœur et l'esprit des Polynésiens. J'ai appris ainsi que certaines femmes d'âge mûr, les *mamas*, intègrent une école et y dansent plusieurs fois par jour, plusieurs fois par semaine, pour papoter et se retrouver entre copines. J'ai noté que dans les kermesses des endroits les plus éloignés, il y avait toujours un groupe de danse invité. Et j'ai été impressionnée par la richesse des costumes lors des galas de toutes petites écoles. Parallèlement j'ai aussi suivi un groupe de danse qui commençait les répétitions pour le *Heiva*. C'est avec les personnes de ce groupe, ainsi qu'avec quelques autres rencontrées lors des galas et des cours auxquels j'avais assisté, que j'ai commencé les entretiens. J'en ai mené une trentaine d'une durée allant de vingt minutes à plus de deux heures. J'ai essayé de rendre compte de la diversité de mes interlocuteurs : que ce soit leur sexe, leur âge, leur île ou leur pays d'origine, leur groupe, leur niveau de danse, leur rôle dans le groupe…

Ces entretiens ont été ma principale occupation lors de mon séjour à Tahiti, mais cela n'a pas été sans difficulté. Tout d'abord, parce que préparer un *Heiva* demande un investissement énorme en temps ; si les répétitions commencent doucement à partir du mois de janvier, elles s'accélèrent à partir du mois de mai pour avoir lieu tous les jours, dimanche et jours fériés compris. Conjuguer alors l'investissement dans un groupe de danse avec une activité profession-nelle et parfois une vie de famille devient alors une organisation minutée qui laisse peu de temps pour aller boire un café ou répondre aux questions d'une étrangère. Je n'ai donc pu mener qu'un seul entretien avec chaque personne. Or à travers mes échanges quotidiens avec les danseurs, j'ai pu observer que les avis évoluent au fil de la multiplication des répétitions, de l'augmentation de la charge des costumes, du stress de l'approche du spectacle... Par exemple, j'ai interrogé une jeune danseuse en mars ; elle était alors très emballée par la danse, par son premier *Heiva* et par ce qu'elle y vivait. Puis au fur et à mesure que les répétitions se sont multipliées, que des tensions sont apparues, elle a commencé à déchanter et à avoir un regard beaucoup plus critique. Après mon retour, quand je l'ai contactée par mail, elle m'a dit avoir complètement arrêté la danse. Grâce à ma présence quotidienne auprès des danseurs et à nos échanges réguliers, j'ai pu avoir conscience de ce processus même sans l'avoir officialisé par des entretiens.

Ces difficultés pour obtenir un entretien étaient exacerbées lorsque je de-mandais à discuter avec des hommes. Même si dans le Tahiti urbain que j'ai fréquenté, les interactions entre hommes et femmes sont nettement plus fré-quentes et faciles que dans celui dont rend compte Bruno Saura (Saura, 2011, p. 47), demander à un garçon du groupe de venir prendre un café pour discuter avec moi était souvent un acte très osé qui mettait mon interlocuteur fort mal à l'aise, tant cela semblait teinté de sous-entendus. Heureusement, la présence de mon compagnon dans le groupe des garçons m'a aidée à prendre contact avec un certain nombre d'entre eux et le fait que je sois en couple a permis à mes interlocuteurs de changer de regard, rassurés sur mes intentions. La réac-tion de plusieurs d'entre eux a tout de même été de proposer à des amis de se joindre à nous. Simplement, lors de ces *focus groups* improvisés, je ne pouvais pas obtenir la même qualité d'information que lors d'entretiens seul à seul ; face à leurs amis, la plupart des jeunes hommes ont tourné en blague toutes les questions un peu personnelles que je pouvais poser. Cette partie d'entre-tien et d'observation a duré tout au long de mon terrain, nécessitant une telle présence que cela laissait peu de temps pour autre chose. Une fois rentrée en Europe, j'ai commencé par chercher les informations que mon séjour à Tahiti ne m'avait pas fournies ; c'est ainsi que j'ai écrit mon chapitre historique. J'ai beaucoup exploré les archives du magasine *Hiro'a* ; un journal mensuel gratuit, mis en place par les principales institutions culturelles du pays afin de faire connaître leur travail au grand public : on y trouve essentiellement des rencontres avec les conservateurs du Musée de Tahiti et des Îles, des interviews des différents chefs de groupe et le programme du Conservatoire. Il est publié tous les mois depuis 2007 et offre un panorama de l'évolution des réflexions autour de la danse ces dernières années. Son grand avantage est de donner la parole à des acteurs culturels auxquels je n'ai pas forcément eu accès, à certains chefs de groupes notamment. Néanmoins, il faut mentionner que ce journal dépend des grandes institutions culturelles du pays, qui elles-mêmes dépendent du gouvernement. En lien avec le monde politique, il possède donc un regard particulier sur certaines questions, dont il faut avoir conscience. Il n'en reste pas moins qu'il a été pour moi un outil précieux. Il faut également mentionner le travail d'une cheffe de groupe et d'un réalisateur : Makau Foster et Marc-Emmanuel Louvat. Ils ont travaillé de concert pour présenter au public polynésien deux séries de plusieurs épisodes de vingt minutes présentant la vision de la danse et la façon de travailler de Makau Foster, considérée comme l'une des grandes dames du *'ori tahiti*.

Quant à l'analyse à proprement parler, elle a commencé au moment où il a fallu que je mette en place un cadre théorique solide. Je me suis largement inspirée des courants de micro-sociologie, notamment l'interactionnisme symbolique, qui accordent énormément d'importance à la parole des acteurs ; chaque individu dans chaque société est porteur d'un savoir inestimable et la tâche de l'anthropologue est en quelque sorte hypocrite s'il se prétend porteur d'un savoir et d'une vérité qui auraient échappé aux autres. Cette infinie prétention coloniale de savants européens qui tiennent des discours sur les autres, Edward Saïd la nomme orientalisme (Saïd, 2005, p. 46). Plusieurs intellectuels étendent ces caractéristiques de l'orientalisme à d'autres des régions du monde ; en Polynésie, je vais donc parler de "polynésianisme" pour décrire cette tendance occidentale à prétendre tout connaître et tout savoir d'un pays dans lequel certains n'ont même jamais mis les pieds. Or ce n'est pas le moindre des écueils qu'il faut éviter lorsqu'on rédige un texte scientifique que de prétendre mieux connaître le monde de la danse tahitienne que les danseurs eux-mêmes.

J'espère éviter cela en précisant ici que mon but n'est pas de construire un savoir inconnu à Tahiti, mais de rassembler plusieurs savoirs afin de les mettre en regard et de les confronter. Cependant, il ne faut pas oublier, à l'instar de Saïd, que les Polynésiens sont aussi partie prenante dans cette mise en scène d'eux-mêmes et participent ainsi à la construction de cette image. Ainsi les soirées du *Heiva* ou les élections des "miss" qui mettent en scène une certaine polynésianité, notamment au niveau du corps, sont des spectacles avant tout faits par et pour des Polynésiens ; ce ne sont ni des démonstrations pour les touristes, ni des shows qui ciblent une exportation, ce sont simplement des spectacles éminemment appréciés localement. Ce qui fait dire à Chantal Spitz : « Décidément je n'aime pas ce mythe. Et je l'aime encore moins depuis que nous nous le sommes approprié et que nous nous efforçons consciencieusement de lui correspondre. » (Spitz, 2006, p. 88-89).

Une petite précision grammaticale est nécessaire quant à l'écriture de ce texte. J'écris en français et la langue française impose de se servir du masculin au pluriel si les personnes désignées ne sont pas exclusivement des femmes. Je suivrai donc cette convention, même si cela fend mon cœur de féministe, et tout au long de cet ouvrage, je parlerai donc de danseurs et de chefs de groupe au masculin lorsque mon propos est général ; une écriture systématiquement mixte rendrait en effet mon texte lourd et indigeste. Je préciserai donc lorsque j'évoquerai spécifiquement les hommes ou les femmes.

Quelques définitions

Tout au long de mon séjour, mes interlocuteurs n'ont pas cessé de mentionner des notions telles que "la culture" ou "la tradition", qui ont été au centre de maintes vives discussions, débats houleux ou simplement mentionnées au détour d'une phrase comme si elles allaient de soi. Pourtant, dans le monde académique, ce sont des notions extrêmement complexes et délicates à utiliser, car elles véhiculent nombre d'idées préconçues. Néanmoins, j'ai choisi de les utiliser ici comme fil rouge, parce qu'elles ont guidé chacune des discussions, chacun des entretiens tout au long de ma recherche. Je prendrai donc le temps de définir ce que ces notions signifient pour moi, en mettant en regard les débats académiques, les réflexions plus "locales" et les discours de mes interlocuteurs.

Pour me détacher d'une définition théorique trop abstraite et incompréhensible pour qui n'est pas initié au jargon anthropologique, j'ai choisi de définir ces trois notions par leur rapport à la temporalité : on ne peut pas parler de tradition sans faire référence au passé et l'identité n'a aucun sens hors des dynamiques de l'actualité. Quant à la culture, elle fera ici le lien entre ces deux pôles temporels. Ce choix me paraît illustratif de la réalité de la danse polynésienne, prise en sandwich entre un passé qu'elle a partiellement perdu et une actualité qui demande un investissement de tous les instants.

La tradition et le passé

« Être membre d'une communauté humaine, c'est se situer vis-à-vis de son propre passé et de celui de la communauté, ne serait-ce que pour rejeter ce passé. Le passé est donc une dimension permanente de la conscience humaine, un composant inévitable des institutions, valeurs et autres formes d'organisation de la société humaine. Le problème pour les historiens est d'analyser la nature de cette "perception du passé" dans la société et de retracer ses changements et transformations » (Hobsbawm, 2012, p. 11). Ainsi, une des difficultés de mon terrain a été de comprendre en quoi consistait ce passé et cette tradition auxquels mes interlocuteurs faisaient constamment référence. La danse existait dans la société pré-européenne, puis elle a été plus ou moins interdite pendant plus d'une centaine d'années. Lorsqu'elle renaît de ses cendres dans les années 1960, elle n'a probablement plus grand-chose à voir avec les danses qu'ont pu observer les premiers explorateurs. Dans ce cas-là, qu'est-ce que la danse "traditionnelle"? Celle de la période pré-européenne ? Celle des années soixante ? Ou une construction sociale faite au présent ?

Plusieurs écoles théoriques s'affrontent sur la question de la définition des traditions. Une tradition récupérée d'un passé révolu est-elle "fausse" ou pure fiction ? Mérite-t-elle le titre de "tradition" alors même qu'elle ne s'est pas perpétuée ? Eric Hobsbawm et Terence Ranger ont été à l'origine du concept d'"invention des traditions", suivis de près dans les études sur la Polynésie par Alain Babadzan. Gérard Lenclud rappelle cependant que la notion de tradition est dépendante d'une vision occidentale et linéaire du temps et serait par exemple fondamentalement différente avec une perception cyclique du temps (Lenclud, 1987, p. 3). Certains auteurs s'opposent ainsi violemment à cette idée de traditions inventées : « Le point de vue "inventionniste" dénie précisément ce que les mouvements indigènes tentent de créer, à savoir des liens avec le passé et, par là, la constitution d'une continuité historique. Alors que ces actes constitutifs ont lieu dans le présent, leur succès, je crois, dépend beaucoup de ce que ces réalisations ne sont pas simplement des créations arbitraires, mais des créations qui trouvent des résonances parmi la population, parce qu'elles prennent vraiment racine dans une structure historiquement continue de l'expérience » (Friedmann in Saura, 2008, p. 226). Savoir si on l'appréhende dans une continuité ou comme une invention après une rupture importe finalement relativement peu sur le terrain : aucun de mes interlocuteurs n'a semblé réellement préoccupé par ce débat. Cependant, ce qui préoccupe les acteurs de la danse tahitienne, c'est le rapport au passé, un passé marqué par la colonisation et des pertes successives. Ainsi, pour Bruno Saura, à Tahiti, le discours sur la tradition et le "retour aux racines" permet de retrouver quelque chose de spécifiquement polynésien face aux changements rapides auxquels la société doit faire face (Saura, 2008, p. 226).

La culture et la transversalité

Peu de notions sont aussi complexes et délicates à employer en anthropologie que celle de culture. La première précision à apporter nous vient, entre autres, de Margaret Mead : « Margaret Mead affirme clairement que la culture est une abstraction (ce qui ne veut pas dire une illusion). Ce qui existe, dit-elle, ce sont des individus qui créent la culture, qui la transmettent, qui la transforment. L'anthropologue ne peut pas observer une culture sur le terrain ; ce qu'il observe, ce ne sont que des comportements individuels » (Cuche, 2004, p. 40). Les conséquences de cette affirmation sont essentielles pour l'anthropologie, car si la culture est une abstraction, cela implique aussi qu'elle se transmet comme une abstraction, c'est-à-dire qu'elle n'est pas un "package" que l'individu recevrait intégralement et définitivement. Ce n'est que l'individu que l'on peut observer et que l'on peut voir acquérir progressivement une partie de la connaissance de ses anciens. Et parmi le savoir de ceux- ci, chacun opérera un choix pour sélectionner ce qui est pertinent afin de mener au mieux le reste de sa vie, mais jamais un individu ne possédera l'ensemble des savoirs de son groupe social. La culture est alors un ensemble constamment dynamique, dépendant de l'expérience de chacun, qui se construit collectivement au fil de l'histoire : « Pour analyser un système culturel, il est donc nécessaire d'analyser la situation socio-historique qui le produit tel qu'il est » (Cuche, 2004, p. 67).

Si la culture est une construction socio-historique, l'un des éléments prépondérants de cette histoire est la rencontre avec l'autre. Cela est vrai au passé, lors de la transformation radicale de la société tahitienne face aux premiers explorateurs et aux missionnaires, sur laquelle je reviendrai dans le prochain chapitre, mais c'est aussi vrai aujourd'hui à l'heure d'internet et de la mondialisation. « Aucune culture n'existe "à l'état pur", identique à elle-même depuis toujours, sans n'avoir jamais connu la moindre influence extérieure. [...] Le processus que connaît chaque culture en situation de contact culturel, celui de déstructuration puis de restructuration, est en réalité le principe même d'évolution de n'importe quel système culturel. Toute culture est un processus permanent de construction, déconstruction et reconstruction. Ce qui varie, c'est l'importance de chaque phase, selon les situations. Peut-être faudrait-il remplacer le mot "culture" par celui de "culturation" (déjà contenu dans "acculturation") pour souligner cette dimension dynamique de la culture » (Cuche, 2004, p. 63).

À Tahiti, la notion de culture est au centre de beaucoup de discussions et de débats, qu'ils soient politiques, financiers ou quotidiens. Quels que soient son statut social ou son origine ethnique, je n'ai pas rencontré un seul tahitien qui n'ait pas un avis très tranché sur la "culture". On pourrait m'objecter que cela vient des milieux que j'ai fréquentés : la danse est propice à véhiculer ce genre de positions et de réflexions. Néanmoins, une de mes interlocutrices m'a mise en garde : *S'il y a un truc qu'il faut que tu saches, c'est qu'à Tahiti, on est tous impliqués dans la culture d'une manière ou d'une autre. Au début, je pensais que parce que je faisais de la danse, j'étais au top de la culture. Je pensais tout connaître à la culture parce que je faisais de la danse. Mais non la culture ici, c'est le tatouage, le va'a, c'est le surf, c'est la danse, c'est le chant… C'est aussi faire les couronnes de fleurs. Quand tu regardes autour de toi, tout le monde est impliqué d'une manière ou d'une autre* (Dorothée[4]). Cette implication collective va si loin que j'ai souvent eu l'impression qu'il y avait une certaine réification voire même une personnification de la culture, un de mes interlocuteurs, un chef de groupe, me disait ainsi s'impliquer dans son métier pour *contribuer au bien-être de la culture* (Tehere).

On le voit, une définition exhaustive de la culture est absolument impossible. Reste à choisir les éléments à retenir pour une définition qui ne peut être que partielle et partiale. Selon moi, ce qui permet le mieux de comprendre les dynamiques en jeu à Tahiti, c'est de distinguer ce qui se vit au présent, la danse, le surf ou le tatouage, et les références que l'on fait au passé pour

---

[4] Sauf mention contraire, tous les prénoms utilisés lors des citations des entretiens sont fictifs afin de préserver l'anonymat de mes interlocuteurs.

justifier ces activités. La danse est une activité culturelle traditionnelle dans le sens où elle fait référence à un passé et à des pratiques anciennes propres à la Polynésie. Néanmoins, elle a énormément évolué depuis l'arrivée des premiers Européens à Tahiti et le *Heiva* d'aujourd'hui est spécifique à un lieu précis dans le temps et dans l'espace. « Il est important de ne pas confondre culture et passé. S'il est nécessaire de faire revivre le passé, il est inutile, pour ne pas dire insensé, de vouloir revivre dans le passé » (Théano Jaillet in *Hiro'a*, novembre 2011 : 4). D'où mon choix de classer la culture du côté d'une temporalité transversale ; sans l'histoire spécifique à la Polynésie, la danse tahitienne ne serait pas ce qu'elle est, mais elle peut aussi être vécue simplement au présent, dans la frénésie propre à la préparation du *Heiva*, sans que la question du passé ne soit posée.

L'identité et le présent

Oser présenter et défendre un sujet de mémoire où la question de l'identité est aussi prégnante, alors même que c'est un des concepts les plus flous et les plus difficiles à définir des sciences sociales est un pari risqué. D'autant plus que, contrairement à la culture et à la tradition, c'est un mot que je n'ai que peu retrouvé dans le discours de mes interlocuteurs, ce qui rend son utilisation encore plus délicate. Simplement, se posait pour moi la question de trouver comment raconter les sentiments d'appartenance latents, mais que je sentais bien présents. Comment rendre compte de l'identification de chaque danseur à un groupe précis comme à une famille ? Comment expliquer la distinction entre danseurs et non-danseurs que certains trouvent si importante ? Comment raconter cette différence palpable entre les danseurs tahitiens et ceux venus de l'étranger exprès pour le *Heiva* ? Comment transcrire ce sentiment en termes scientifiques ? Après maintes recherches et discussions, le seul concept qui me semblait assez large pour rendre compte de tous ces éléments était celui d'identité et j'ai fini par me résoudre à l'utiliser.

J'ai demandé à l'une de mes rares interlocutrices qui me parlait d'identité de me définir ce qu'elle entendait par là, voilà sa réponse : *L'identité ? Waouw... Comment je peux dire ça ? C'est ce qui va me définir, en fait. Qui je suis ? D'où je viens ? Qu'est-ce qu'on fait dans cette culture ? Qu'est-ce que je sais faire ? Comment je pense ? Sans cette identité là, je sais pas en fait qui je serais aujourd'hui. Je sais pas. Je peux pas m'imaginer sans cette identité là* (Poenui). On voit ainsi bien le rôle de l'identité comme ce qui permet de se situer dans l'ensemble social, à la fois vis-à-vis de la personne en elle-même – c'est la question *qui suis-je ?* –, mais où l'histoire nationale a son importance – avec la question *d'où je viens ?* – et le rapport avec les autres groupes, l'étranger – *qu'est-ce qu'on fait dans cette culture ?* Tout comme la tradition et la culture, l'identité est fondamentalement un processus dynamique qui ne peut être cerné par une définition simple et stable. Je peux me sentir tour à tour femme, étudiante et sportive, sans qu'il y ait une quelconque contradiction entre ces différents éléments constitutifs de mon positionnement identitaire. Chacun des membres de la société va ainsi combiner différentes "casquettes", différents rôles sociaux et les interpréter à sa manière. Définir l'identité est une question complexe qui nécessite de comprendre la situation de l'individu à l'intérieur de nombreux cercles d'échanges. J'utiliserai ce concept non seulement pour circonscrire les réflexions personnelles de chaque individu vis-à-vis de sa place dans la société et pour décrire les sentiments d'attachement que certains danseurs manifestent vis-à- vis de leur groupe, mais aussi comme clef de compréhension pour saisir la distinction entre les danseurs tahitiens et les danseurs étrangers.

J'ai choisi de présenter l'identité comme indissociable du présent, car on peut se définir sans faire référence au passé. J'ai conscience que ma classification n'est qu'un moyen simpliste pour essayer de rendre compréhensible un ensemble d'éléments infiniment complexes. En effet, la tradition, la culture et l'identité entretiennent toutes les trois un rapport étroit à la fois avec le passé et avec le présent. Par définition, le présent est insaisissable et indéfinissable. Quant au passé, il est soumis aux affres de l'histoire, à la perte des documents écrits, à la disparition des savoirs oraux et à la version à sens unique des vainqueurs. Néanmoins, ces quelques clefs vont éclairer le discours de mes interlocuteurs et, je l'espère, favoriser une meilleure compréhension des dynamiques en jeu dans la danse tahitienne.

Chapitre 2

La danse à travers l'histoire de la Polynésie

« Chacun semble en effet découvrir ou aller chercher dans le Tahiti d'autrefois
ce qu'il paraît prêt à y mettre et à y trouver »
(Saura, 2004, p. 20).

Lorsque je suis arrivée à Tahiti, j'ai naturellement commencé à prendre contact avec des danseurs ; je présentais mon projet, le but de ma recherche... Mes interlocuteurs me renvoyaient alors systématiquement au passé ; on m'expliquait le fonctionnement de la société pré-européenne avec sa caste d'artistes, les *'Arioi*, on me renvoyait à des historiens, on me racontait des conférences sur des événements historiques... Bref, tous mes interlocuteurs me poussaient à faire des recherches approfondies sur le passé. Pourtant, lors des entretiens, ce passé était à peine évoqué. Tout était concentré sur le présent et sur les préoccupations que la préparation du *Heiva* impliquait. C'est Anne Lavondès, dans son article *Culture et identité nationale en Polynésie*, qui m'a permis de mettre des mots sur cette articulation ; elle met en place une distinction fondamentale entre un passé historique complètement détaché des personnes, comme dans un autre univers et un passé vivant dont on peut encore se souvenir, mais qui ne remonte pas au-delà de trois générations (Lavondès, 1985, p. 147- 148). À travers mes entretiens, j'ai ainsi recueilli un certain nombre de données sur la danse dans les années soixante.

Par contre, dès que mes interlocuteurs évoquaient les faits d'un passé plus lointain – et cela arrivait rarement – tout devenait flou, confus et ne correspondait pas à ce que je trouvais dans les livres d'histoire. Toutefois, c'est ce passé confus et pré-européen qui est utilisé pour légitimer les actions des danseurs d'aujourd'hui et qui reste le porteur de la "tradition", de la "culture". Pour comprendre l'articulation entre ces deux manières de ressentir le passé, il est nécessaire de rappeler l'évolution historique de la Polynésie depuis l'arrivée des Européens.

En ce qui concerne la Polynésie, il existe une ambiguïté qui naît du fait que les récits des explorateurs sont la seule source d'informations qui ait été conservée – encore que beaucoup de manuscrits aient été perdus. Nous n'avons donc accès qu'à une vision unilatérale du Tahiti des temps anciens. « Il n'est pas facile d'écarter un texte qui prétend contenir des connaissances sur quelque chose de réel. On lui attribue valeur d'expertise. L'autorité de savants, d'institutions et de gouvernements peut s'y ajouter, l'auréolant de prestige plus grand encore que sa garantie de succès pratique. Ce qui est plus grave, ce genre de textes peut créer, non seulement du savoir, mais aussi la réalité même qu'il paraît décrire. Avec le temps, ce savoir et cette réalité donnent une tradition ou ce que Michel Foucault appelle un discours » (Saïd, 2005, p. 174-175). C'est exactement ce qu'il s'est passé vis-à-vis des écrits des voyageurs ; ils ont observé des faits qu'ils ont analysés avec les clés culturelles qu'ils avaient en main. Ils sont revenus en Europe et ont raconté ce qu'ils avaient vu durant leur séjour. L'opinion publique s'en est saisi, a appuyé ces représentations sur les écrits de ces mêmes voyageurs et a ainsi créé une réalité qui n'aurait pas existé sans ces récits. Cela a même été plus loin, puisque plus récemment, quand certains Polynésiens se sont mis à revendiquer un retour aux racines, ils se sont tournés vers les seuls écrits – européens, je le rappelle – qui restaient et en ont fait une véritable tradition.

Pour rendre compte des événements, j'ai choisi de conserver le découpage de Philippe Bachimon dans *Tahiti entre mythes et réalités* (Bachimon, 1990, p. 2) : une première période concernant le passé pré-européen – ou du moins ce qu'on en a gardé comme traces –, puis un temps de "découvertes" allant 1767 à 1797, qui aboutira à une troisième période, laquelle débute avec l'arrivée du premier bateau de missionnaires et se termine avec la proclamation du protectorat français en 1842. Cependant, alors que Bachimon arrête son étude historique en 1962, afin de mettre en avant les événements qui vivent encore dans la mémoire de mes interlocuteurs, j'ai choisi de présenter un "passé encore présent" qui explique les transformations qui surviennent entre 1956 et le tournant des années 2000. Une dernière partie présentera les changements du XXIe siècle.

Une dernière précision s'impose avant de commencer cet aperçu historique : l'île de Tahiti a pris une importance telle qu'au fil de l'histoire, on a eu tendance à remplacer l'appellation Polynésie française par le simple nom de Tahiti et inversement. L'ambiguïté est particulièrement marquée lorsqu'on parle d'histoire et les autres îles sont très souvent oubliées dans les perspectives historiques. En effet, lorsqu'on raconte l'arrivée des premiers explorateurs à Tahiti, on donne l'impression que la Polynésie entière était encore vierge et inexplorée. Or, des navires avaient probablement déjà accosté dans d'autres îles, notamment aux Tuamotu ; on n'en a cependant que très peu de traces. Comme mon terrain s'est concentré sur l'île principale, je ne discuterai ici que de l'histoire de l'île de Tahiti et je ne ferai que brièvement allusion à l'histoire des autres îles.

Les temps anciens...

... et la société pré-européenne (avant 1767)

À travers les récits des explorateurs, on a souvent présenté la société polynésienne d'avant le contact comme constante et immuable. Or, c'était loin d'être le cas : « La croyance dans les sciences sociales que la "société traditionnelle" est statique et immuable est un mythe grossier » (Hobsbawn, 2012, p. 14). Quel que soit le groupe social en question, il y a eu toujours des échanges et un perpétuel mouvement. Ce que je présente ici est le fruit des observations des explorateurs et des missionnaires sur quelques années qui donnent un aperçu partiel, partial et situé dans le temps de la Polynésie pré-européenne.

Les explorateurs nous livrent le récit d'une société très festive où des grandes fêtes, appelées *Heiva* étaient organisées. On y pratiquait toutes sortes d'activités telles que des joutes oratoires, des concours de lancers de javelots ou de lutte, mais aussi des danses (Tcherkézoff, 2004, p. 364). Cependant, la danse est surtout l'apanage d'une caste d'artistes, les *'arioi*. Ces derniers ont une réputation incroyable dans les carnets des premiers observateurs : ils passeraient leur temps à danser, à se dénuder et à avoir des relations sexuelles avec le premier venu, au point où ils auraient pratiqué l'infanticide pour ne pas s'encombrer des conséquences de leurs actes. « Bien entendu les premiers visiteurs ne surent presque rien du rôle social complexe tenu par les *'arioi*. Pour Hawkesworth, [...] les *'arioi* sont simplement des gens qui poussent le plus loin possible la liberté sexuelle commune à tous ces insulaires » (Tcherkezoff, 2004, p. 307). Sur le sujet des *'arioi*, la matière est fort mince, car ni Bougainville, ni Cook, ni aucun membre des premiers équipages n'a pu assister à une de leurs cérémonies et la confrérie a disparu très rapidement après l'arrivée des missionnaires. Il n'en reste que des observations indirectes et des suppositions ; on sait que les *arioi* étaient une sorte de caste, une confrérie d'artistes, ouverte aux hommes comme aux femmes, ils étaient au service du dieu *'Oro*, dieu central à Tahiti au moment de l'arrivée des explorateurs. Représentant la venue du dieu sur terre, ils intervenaient lors de grandes fêtes annuelles liées à la fécondité de la terre, mais aussi lors des investitures des chefs et des fêtes du cycle de la vie, comme les naissances, les deuils… (Tcherkézoff, 2004, p. 305). Et ils auraient effectivement pratiqué l'infanticide. Pour les explorateurs comme pour les missionnaires, l'interprétation de ces actes était simple : les *arioi* aimaient tellement leur vie sexuelle dissolue qu'ils ne voulaient pas s'encombrer des conséquences et qu'ils tuaient donc tous les enfants issus de ces unions sans lendemain. Serge Tcherkézoff propose une analyse différente : les *arioi* étant l'intermédiaire entre le dieu *'Oro* et les êtres humains, leurs unions et les enfants qui en résultaient, étaient sacrés. Ils tuaient donc les enfants pour les offrir au dieu afin de garantir la prospérité des récoltes et la fécondité de la terre. La pratique de l'infanticide se situe donc dans une logique du sacrifice et pas du tout du libertinage à tout prix, comme on a pu le croire (Tcherkézoff, 2004, p. 309). Cet exemple illustre bien la large palette d'interprétations possibles sur des événements dont il ne subsiste plus aucun témoin.

Une des scènes de danse les plus célèbres du Tahiti des temps anciens est celle de la danse du *tapa*. Pour cette danse, qui ne s'effectuait que pour les visiteurs les plus en vue, une femme de haut rang enroulée dans une longue étoffe de *tapa*, la déroulait en dansant lentement jusqu'à se retrouver nue devant son public. L'étoffe était alors offerte au visiteur : « Les présents d'étoffe, bien particulièrement précieux du fait du temps de travail nécessaire à sa production à partir de l'écorce d'un mûrier, comme de l'habileté technique qu'il supposait, étaient en effet des ingrédients quasi obligatoires de la relation entre peuple et *ari'i* » (Baré, 2002, p. 159). On imagine bien la réaction du marin, même gradé, qui après des mois de privations en mer, se retrouve face à une telle exhibition. Or, se dévêtir de la sorte n'avait pas forcément la même signification sexuelle pour les Tahitiens que pour les marins européens ; la reine Pomare IV, en tant que femme, en fut aussi la destinataire (Baré, 2002, p. 159). Cependant, Tahiti est loin de détenir le monopole des malentendus sur la sexualisation de la danse ; Philippe-Meden, spécialiste de la danse en Inde note que ce qui paraît relever d'une sensualité ou d'un érotisme ostentatoires à certains observateurs européens notent que ce peut simplement être des constructions normatives pour les danseurs indigènes (Philippe-Meden, 2015, pp. 13-14).

La danse dérange aussi par les mouvements qu'elle met en scène : « Les voyageurs du XVIIIe siècle notèrent avec surprise le mouvement des hanches si particulier aux danses polynésiennes : une agitation très rapide, de droite à gauche. La rapidité "nous frappait de stupeur", comme l'a dit Forster, parce que l'agitation concernait une région du corps qui, dans la danse européenne de l'époque, ne se trémoussait pas d'habitude. En effet, pour un Européen d'alors, la partie du corps qui comprend les organes sexuels n'est censée s'agiter que pour la sexualité, et bien entendu seulement pour une sexualité licite. Quelle autre fonction cette partie du corps pourrait-elle avoir ? » (Tcherkézoff, 2004, p. 332). Avec humour, Tcherkézoff rappelle aussi à quel point le twist et le hula hoop ont choqué les parents des années 1960 avec leurs mouvements de hanches frénétiques. Comme quoi, il ne suffit pas de remonter jusqu'au XVIIIe siècle, ni d'aller aussi loin que Tahiti pour interpréter ce mouvement comme éminemment sexuel… Il nous explique que dans le *'ori tahiti*, le message est envoyé par les mains qui racontent une histoire, le bas du corps ne faisant que marquer le rythme. Il en résulte que toutes les interprétations sexuelles, depuis la découverte jusqu'à nos jours, sont invalides puisque le mouvement des hanches ne renvoie à aucune évocation subliminale (Tcherkézoff, 2004, p. 331-332).

Aujourd'hui, ce passé pré-européen fait souvent l'objet d'une sorte de mythification, comme d'un d'âge d'or. Alexandrine Brami-Celentano l'a particulièrement bien mis en évidence : « Qu'ils aient été voyageurs, marchands, missionnaires ou colons, l'arrivée des Européens dès la fin du XVIIIe siècle est présentée dans tous les entretiens comme un moment de rupture entre un présent déprécié et un passé largement mythifié. Récurrente dans les discours des acteurs culturels, cette opposition y est suggérée par plusieurs éléments : par le ton d'amertume, de déception, d'agacement, voire de colère dans la description du présent, qui contraste avec l'éloge, la nostalgie, voire le regret dans l'évocation du passé pré-européen : par le rythme des phrases aussi, ponctuées de silences et de soupirs, ou marquées par de grandes envolées lyriques dans l'exaltation du passé ancestral » (Brami Celentano, 2002, p. 651). Une piste d'analyse pourrait être que certains jeunes polynésiens ont repris à leur compte la fascination européenne des premiers explorateurs, peut-être parce que les seuls documents relatifs à cette période sont les récits des Européens et qu'ils imaginent ce paradis à partir de leurs récits. Les Occidentaux auraient alors apporté leur monde et dégradé le paradis à tel point qu'il n'en reste plus grand-chose aujourd'hui.

... et l'arrivée des premiers explorateurs (1767-1797)

Samuel Wallis accoste à Tahiti le 17 juin 1767. Même si l'accueil est au prime abord sympathique, l'équipage doit rapidement faire face à l'hostilité des Tahitiens, notamment lorsqu'ils plantent un drapeau anglais sur une plage marquant ainsi l'appartenance de l'île au roi d'Angleterre :« L'incommunicabilité est totale au moment de la découverte par Wallis. Les Tahitiens accueillent avec force présents ces étranges créatures, tant qu'ils restent sur leur île flottante. Mais ceux-ci à peine débarqués sont attaqués par une armada de pirogues sur laquelle Wallis fait donner le canon. En effet, pour les Tahitiens, laisser ces dieux fouler le sol de leur *mata'eina'a* signifiait aussi leur en céder la propriété, ce qui était inconcevable pour l'*ari'i* de la baie de Matavai. Une fois leur flotte coulée et leurs morts enterrés, ils ne pouvaient plus que chercher à s'assurer les faveurs de ces dieux puissants et destructeurs, par l'hospitalité la plus raffinée. Ce qui signifie que les marins recevront en cadeau les femmes les plus belles, la meilleure nourriture, les démonstrations d'amitié les plus chaleureuses. Comment dans ces conditions n'auraient-ils pas été confortés dans la certitude qu'ils étaient au paradis, alors que les Tahitiens multipliaient les gestes d'apaisement pour se concilier des esprits malfaisants ? Qu'un geste ait pu avoir deux significations totalement opposées résume toute l'ambiguïté des premiers contacts, issue d'approches du monde incompréhensibles l'une par l'autre. Il en résultera désormais, selon la pertinente formule de Baré, un "malentendu Pacifique" permanent » (Bachimon, 1990, p. 107).

L'année suivante, en avril, c'est l'équipage de *La Boudeuse*, commandé par Louis-Antoine de Bougainville, qui débarque. Les Tahitiens ont bien retenu la leçon : l'accueil est chaleureux et les cadeaux très nombreux. L'équipage en retire ainsi l'impression de débarquer au paradis : « Lorsqu'en 1769 le navigateur français Louis-Antoine de Bougainville arrive à Tahiti, il raconte être émerveillé par la douceur de vivre qui émane de Tahiti. Le mythe du bon sauvage est né. Si le tableau que dresse l'Européen est idyllique, il est cependant loin des réalités du quotidien polynésien où les guerres claniques sont légion, où la société est fortement hiérarchisée tant sur le plan politique, social que religieux » (*Hiro'a*, avril 2011, p. 22). Cependant, même les écrits de Bongainville ont été retravaillés à l'édition pour ne présenter que le meilleur côté de l'aventure, occultant les frustrations des marins vis-à-vis du nombre de choses qui disparaissent "volées" - si l'on peut dire ça d'un monde où la propriété se vivait très différemment (Kahn, 2000, p. 12). Ce qui a effectivement eu lieu, c'est l'arrivée de l'équipage accueilli par des feuilles de bananier en gage de paix. Ce n'est néanmoins pas cet échange de clous et de bananes qui va rester dans l'histoire :« Quand Bougainville fit paraître en 1771 le récit de son *Voyage autour du monde*, tous les lecteurs retinrent la description de son arrivée à Tahiti en 1768 : une "jeune fille" vint à bord du navire français, "laissa tomber négligemment un pagne qui la couvrait, et parut aux yeux de tous telle que Vénus se fit voir au berger phrygien : elle en avait le corps céleste." Quelles étaient les intentions de cette Vénus tahitienne ? Bougainville ne laissa aucun doute à son lecteur, quand, quelques pages plus loin, il affirma : "Chaque jour nos gens se promenaient dans le pays... On les invitait à entrer dans les maisons... ils leur offraient des jeunes filles... Vénus est ici la déesse de l'hospitalité..." » (Tcherkézoff, 2004, p. 7).

En 1769, c'est au tour de James Cook de débarquer sur les plages tahitiennes. Il vient avant tout pour une expédition scientifique : « Depuis Tahiti, Cook doit observer un phénomène céleste rare, le transit de Vénus. Il s'agit du passage de la planète Vénus, visible comme un disque noir, devant le Soleil. Il effectue également des mesures astronomiques qui doivent permettre, à son retour en Europe de calculer la distance entre la Terre et le Soleil, ainsi que la taille du système solaire » (*Hiro'a*, janvier 2013, p. 18). Il s'attache aussi à décrire les mœurs des habitants de Tahiti. Sans avoir connaissance des écrits de Bougainville, il décrit des scènes similaires d'amour en public et d'offrandes de femmes. Voltaire en conclut ironiquement que lorsque les Anglais et les Français réussissent à se mettre d'accord sur la description de coutumes, c'est qu'elles sont nécessairement véridiques, tellement il est rare que les deux nations œuvrent de concert (Tcherkézoff, 2004, p. 8). Cette unanimité entre les Français et les Anglais a été renforcée par le fait que seuls Bougainville et Cook ont publié des récits. Le voyage de Wallis et les rapports plus musclés qu'il a entretenu avec les Tahitiens sont restés dans l'ombre. L'Occident n'a donc retenu que les épisodes pacifiques et les offrandes sexuelles.

L'impression que nous donnent les récits des voyageurs est celles de jeunes filles dévergondées qui n'hésitent pas à se déshabiller et s'offrir au premier venu. «Tous considérèrent que la réception fut une "hospitalité" sexuelle et notèrent que cette sexualité tahitienne réclamait d'être pratiquée en public. Ils estimèrent aussi que ce devait être une coutume locale : c'est ainsi que se pratiquait l'amour entre les Tahitiens. Les Français n'imaginèrent pas un instant que les Tahitiens auraient pu organiser une réception inhabituelle, pour des êtres extraordinaires. Ils crurent être reçus comme des "amis" ou des "alliés". Tous remarquèrent que les femmes qui semblaient être mariées ne s'offraient pas et les présentations sexuelles étaient limitées aux "jeunes filles". Mais au lieu de s'interroger davantage sur cette étrange restriction, ils en conclurent immédiatement que la coutume générale était la liberté sexuelle, et que seule la jalousie d'un mari y mettait un frein » (Tcherkézoff, 2007, p. 63). En revenant sur les textes et sur ce que l'on sait aujourd'hui de la société tahitienne pré-européenne, Serge Tcherkézoff met en avant l'hypothèse que ces jeunes filles étaient vierges, car une jeune fille qui n'avait jamais fréquenté un homme était "taboue", donc sacrée. L'auteur propose un rapprochement entre les danses sacrées qui appelaient la fécondité de la terre en mimant un acte sexuel et l'offrande de ces jeunes filles aux explorateurs. Cependant, les nouveaux venus ne comprirent pas un traitre mot de l'explication, ils ne comprirent que les gestes, évidents et universels, qui les invitaient à prendre sexuellement ces jeunes filles. D'où la conclusion que Tahiti était un paradis sexuel. Il en est resté une image mythique et erronée de Tahiti où la sexualité ne souffrirait d'aucune restriction.

La construction du mythe de Tahiti s'est faite dans un contexte historique particulier non seulement à Tahiti, mais aussi en Europe. La découverte de Tahiti s'inscrit dans le cadre de l'expansion de la colonisation européenne. Les Français et les Anglais, notamment, rivalisaient pour rallier un maximum de territoires sous leur drapeau. Les premiers explorateurs, que ce soit Wallis, Cook ou Bougainville, avaient donc pour mission d'explorer les océans et de trouver des nouvelles îles à annexer. Ainsi plusieurs équipages partirent à la recherche du mythique "continent austral" censé équilibrer les terres de l'hémisphère sud. Cependant, là où ils cherchaient un continent, les marins ne trouvèrent que quelques îles éparses sans grandes richesses. Pour compenser cette déconvenue, ils vont dresser de ces îles un tableau idyllique dont les philosophes de l'époque s'emparent comme symbole d'un âge d'or perdu (Bachimon, 1990, p. 109). En effet, le siècle des Lumières bat son plein en Europe et de nombreux philosophes critiquent les mœurs de l'époque comme étant empreintes de moralisme religieux. Tahiti devient alors le contre-exemple parfait, l'image même que le simple bonheur épicurien est possible. « *Le Supplément au Voyage de Bougainville* que lui adjoint Denis Diderot est un exemple de reprise du stéréotype à des fins de critique de la société européenne. C'est la Nouvelle Cythère, ses Apollons indolents et ses Vénus qui s'offrent nues aux marins qui désormais constituent les éléments centraux de la représentation européenne "éclairée" de Tahiti. Tahiti devient la concrétisation matérielle d'un mythe, celui d'un paradis terrestre, mélange d'Eden, d'Âge d'or ou de Champs Élysée, et d'un rêve qui reposait sur l'espoir de le retrouver préservé en raison de son extrême isolement » (Bachimon in Amirou et Bachimon, 2000, p. 125-126).

Une jeune femme de Tahiti
John Webber

Dans ce contexte, la Polynésie est similaire à l'Orient d'Edward Saïd : « L'Orient a presque été une invention de l'Europe, depuis l'Antiquité lieu de fantaisie, plein d'êtres exotiques, de souvenirs et de paysages obsédants, d'expériences extraordinaires » (Saïd, 2005, p. 29).

... et les missionnaires anglais (1797-1842)

On imagine bien la santé épanouie des marins après plusieurs mois de privations en mer. S'ils se remettent petit à petit à Tahiti, ils contaminent les populations locales qui n'étaient pas immunisées contre les maladies européennes. Suite aux premiers contacts a lieu une dépopulation dramatique des îles : « Le problème de la dépopulation des îles, qui va s'étendre sur une période de plus ou moins cent cinquante ans, constitue l'une des questions les plus prégnantes et dramatiques, car la mort des êtres entraîne la mort de la culture, de la langue, de la civilisation insulaire, et il s'en est fallu de peu que certains archipels aient vu leur population totalement s'éteindre. Cook a estimé, lors de son premier voyage en 1769, la population de Tahiti à plus de cent mille personnes ; cinq ans plus tard, à soixante mille. En 1797, les premiers missionnaires l'évaluent à seize mille ; en 1842, lors du protectorat, il en restait sept mille et en 1857, le pharmacien Gilbert Cuzent dénombre six mille cent habitants sur la seule île de Tahiti » (Margueron, 1996, p. 13).

Par un cynique concours de circonstances, c'est justement à cause de sa réputation de paradis sexuel que la *London Missionary Society* choisit Tahiti comme première terre d'évangélisation (Saura, 2004, p. 31). En effet, la vision de la Polynésie des missionnaires est le négatif de celle des premiers explorateurs : là où les premiers ont vu le bonheur d'une sexualité libre et d'une nature généreuse, les seconds n'ont vu qu'hérésie et sauvagerie. Les missionnaires débarquent dans la baie de Matavai le 5 mars 1797. Cependant, leur succès est loin d'être immédiat et les premières conversions sont longues à venir. « La date de 1797 ne constitue nullement cette sorte d'absolue rupture que tout étudiant en sciences sociales abordant le domaine polynésien et tahitien mémorise pourtant comme telle, tant l'historiographie s'y est attachée en une logique a posteriori. Le Mémorial Polynésien reproduit une gouache exemplaire à cet égard, où un tableau du Duff sous voile devant Tahiti est assorti d'un *ia ora na* délicieusement touristique. De fait, l'arrivée missionnaire constitue le point de départ anecdotique d'un mouvement qui, bien des années après, va bouleverser la société *mā'ohi*, réalisant ainsi les vœux des hommes de la L.M.S. ; mais à leur propre étonnement. Elle ne peut donc pas être le point de départ de ce qui serait un processus implacable, s'égrenant du premier contact d'un pied missionnaire et du sable tahitien jusqu'à la christianisation rigoureuse et définitive de foules sauvages, objet d'une volonté extérieure et non moins définitive » (Baré, 2002, p. 197). En effet, il fallut près de dix ans aux missionnaires pour parler tahitien et commencer à intéresser quelques chefs. Les conversions de masse, comme l'abandon des infanticides et des sacrifices humains, n'interviendront que dans les années 1815-1820 (Saura, 2004, p. 31). Si aujourd'hui, la Polynésie est effectivement chrétienne, le succès des missionnaires de l'époque n'a pas ressemblé à une guerre glorieuse et rapide contre le paganisme, d'autant plus que les Polynésiens ont

le fameux tableau censé représenter l'accueil paisible et enthousiaste des missionnaires à Tahiti

adapté et transformé le christianisme selon leurs propres codes culturels, ce qui ressemblait fort à de l'hérésie pour les envoyés de Londres (Baré, 2002, p. 196). Beaucoup de ces missionnaires abandonnèrent donc les îles tahitiennes trop ingrates et sauvages pour Sydney qui faisait office de "métropole du bout du monde".

Le tournant historique des événements a lieu autour du personnage de Pomare II et de son ambition. Je ne m'attarderai pas sur une description longue et incertaine de l'organisation sociale avant l'arrivée des premiers explorateurs[5]. Quelques éclaircissements sont toutefois nécessaires pour comprendre l'ampleur des changements. Avant le contact, Tahiti était organisée en districts – qui correspondent plus ou moins à ceux d'aujourd'hui –, chacun ayant ses propres dirigeants. La présence européenne dans la baie de Matavai à Pirae, donne à ses chefs, les Pomare, la possibilité militaire de rêver plus grand. C'est le cas de Pomare II qui espère gouverner la totalité de l'île de Tahiti, voire même de Moorea, l'île sœur, dont il est originaire par sa mère. Seulement, dans sa conquête, il se heurte à une rude opposition et se fait chasser de ses propres terres. Il se réfugie donc quelques années à Moorea, où les missionnaires restants, qui sont encore sous sa protection, le suivent. On dit que c'est durant cet exil alors que Pomare est vulnérable et hanté par ses échecs, que Nott obtient un des premiers vrais succès de la mission. Dans le cas de Pomare II, l'événement n'est pas tant la conversion en elle-même, nombre de Tahitiens suivant déjà régulièrement les enseignements des missionnaires, mais plutôt l'importance sociale du personnage. Ces évolutions restent au départ dans une logique très polynésienne dans laquelle si un dieu ne leur convient plus, il n'est pas impie d'en changer (Baré, 2002, p. 250-251). En effet, en 1815, lorsque Pomare décide de reprendre ses terres et de rassembler une armée, la bannière protestante n'est pas encore nécessairement le témoin de la croyance en un Dieu unique : « Quand Pomare II se lance, en 1815, dans la bataille de Fei Pi sous la bannière de Jehovah contre les chefs païens d'unités tribales concurrentes, il ne reconnaît pas l'essence d'un nouveau type de divinité, il fait alliance avec un dieu étranger qui a plus de *mana* que les divinités locales : stratégie politique et non-conflit idéologique. » (Rigo, 2002, p. 299). Ce n'est qu'après cette bataille, sous la pression des missionnaires que le protestantisme devient la religion officielle du royaume Pomare, unifié et centralisé dès 1819. C'est alors que surviennent massivement les changements puisque la monarchie fait disparaître les chefferies traditionnelles et que Pomare pro-

---

[5] Je renvoie pour cela à l'excellent ouvrage de Jean-François Baré, *Le malentendu pacifique* (2002).

mulgue une loi qui interdit danse et tatouage, le fameux code Pomare. « Il y a un vrai questionnement sur le code Pomare. C'est le point de départ de tous les interdits, mais, à l'époque, il n'a pas été beaucoup contesté, la majorité des Polynésiens étaient d'accord. Il n'a pas été considéré comme un code colonialiste » (Martin Coreoli in *Hiro'a*, juillet 2016, p. 30).

Aujourd'hui, beaucoup considèrent les missionnaires comme les coupables par excellence de l'''acculturation'' des Tahitiens. Il faut néanmoins voir le caractère volontaire de ces conversions, non seulement comme un moyen de pallier la chute dramatique de la population suite à l'arrivée des premiers explorateurs, mais aussi, à l'image de Pomare, comme un moyen d'acquérir du pouvoir et des biens économiques : « Des pans entiers de la culture polynésienne ont disparu dans ces catastrophes, mais il apparaît que les étrangers n'en ont pas été les seuls responsables. Il est frappant de constater que les chefs dominants de l'époque, suivis par une partie de la population, ont été plus préoccupés par l'acquisition de biens culturels ou matériels importés que par le sauvetage de leur culture. » (Lavondès, 1985, p. 142). Il faut distinguer ici la colonisation militaire de la colonisation religieuse. En effet, si la colonisation militaire fut la source de nombre de tensions, de conflits et de batailles, la conversion religieuse se fait sans vagues. Bruno Saura raconte même que certains habitants de Rurutu, en voyage à Tahiti, y auraient découvert le protestantisme et l'aurait ramené chez eux. Lorsque les missionnaires anglais débarquent quelque temps après, l'île est déjà convertie ! (Saura, 2008 : 51-52) Paradoxalement, c'est aussi grâce à l'Église qu'un certain nombre d'éléments culturels ont pu être préservés, notamment la langue. « On peut donc avancer en conclusion que le christianisme à Tahiti et en Polynésie a été autant un mouvement de rupture avec le mythe édénique, que paradoxalement il en a permis la résurgence par l'effet conservateur qu'il a eu sur les bases humaines et culturelles *mā'ohi* en créant en Polynésie une nouvelle tradition syncrétique mêlant apports chrétiens et approches païennes » (Bachimon, 1990, p. 209).

À partir de là, les avis divergent sur la vitesse et les causes précises des changements de la société polynésienne : certains mettent en avant la destruction des *marae* et la construction d'églises sur leur emplacement comme symboles de la restructuration de la société tahitienne (Saura, 2008, p. 51), d'autres soulignent plutôt l'importance du protectorat français et la mise en place de la propriété privée (Perez, 2011, p. 258). Néanmoins ce qui est certain, c'est que les changements n'ont pas eu lieu du jour au lendemain : « Et de fait, la masse

38

des nouveaux fidèles ne change rien à son mode de vie, persiste à pratiquer le *tapu* de ses chefs, les sacrifices sanglants, les guerres tribales immémoriales, les pratiques festives ancestrales interdites cependant par la nouvelle religion, tout en assistant en même temps aux grandes fêtes célébrant le nouvel *Ari'i* Dieu des chrétiens. Cumul obligatoire, incontournable. Si ce mode de vie est condamné par la seconde vague de missionnaires, c'est pourtant la norme. Cette attitude caractérise quasiment l'ensemble de la population ; il s'agit d'un phénomène associatif plutôt que d'une attitude dualiste : accepter une nouvelle religion ne signifie pas renoncer à tout ce sacré qui faisait le passé ! » (Perez, 2011, p. 203).

... et la colonisation française (1842-1945)

« La colonisation est tout autre chose. Il s'agit d'un processus d'occupation politique et militaire, ayant généralement des conséquences démographiques et économiques. Elle est aussi un rapport de force déséquilibré, en faveur du pays colonisateur. Une colonie se définit comme un "territoire occupé et administré par une nation étrangère, et dont il dépend sur les plans politique, économique, culturel, etc." Il se trouve toujours sur place des relais locaux (monarques, chefs) pour signer des traités et donner l'illusion d'un consentement à la colonisation » (Saura, 2008, p. 52). Après la présence missionnaire pacifiste acceptée par Pomare II, la colonisation française se fait dans le cadre d'une présence armée. Pomare IV, reine de Tahiti, a été obligée d'accepter peu ou prou cette présence française ; à travers les maints traités qu'elle a signés, elle a essayé de garantir à la fois la paix de son royaume et un maximum de libertés dans la manière de gérer ses affaires. Elle a ainsi essayé de faire passer une loi en 1842 qui interdisait de vendre des terres à des Français ; la violation de ce traité entraîna indirectement la guerre franco-tahitienne de 1844-1847. D'autres accords tentèrent de la même manière, vainement, de conserver au maximum l'ancienne organisation de la société tahitienne ; en 1880 un traité est signé qui permet aux tahitiens de gouverner selon leurs lois et coutumes avec des "tribunaux indigènes". Seulement, à ce moment-là de l'histoire, l'ancienne société tahitienne avait déjà plus ou moins disparu et ces tribunaux indigènes étaient déjà une reconstruction (Saura, 2008, p. 441-442). Nous avons ainsi un double mouvement, d'une part la présence missionnaire, qui offre une solution aux problèmes auxquels doivent faire face les Tahitiens, mais qui élimine un certain nombre d'éléments propres à cette société, comme les tatouages ou les cultes sur les *marae*, d'autre part la colonisation militaire française qui change l'organisation des pouvoirs locaux et qui introduit la propriété privée.

La période coloniale à Tahiti s'étend de la signature du protectorat français en 1842 à la Seconde Guerre mondiale. Durant toutes ces années, la Polynésie française – ou Établissements français d'Océanie à l'époque – est, dans les apparences, une colonie comme une autre : gouverneur, administration coloniale… Cependant, perdue au milieu du Pacifique, isolée, loin de l'Europe et sans terre exploitable, Tahiti peine à attirer les colons. « Pour l'année 1885, Toullelan estime que sur 247 nouveaux immigrants débarqués, 210 sont repartis. La réalité coloniale leur apparaît médiocre, d'autant qu'elle se mesure en référence au rêve paradisiaque » (Bachimon, 1990, p. 310). Le gouvernement français constate cet échec de la colonisation civile, mais ne peut laisser Tahiti aux mains des Anglais, le Pacifique devenant alors une *mare nostrum* anglaise. Il décide alors d'en faire une colonie pénale et militaire, ce qui exclut d'office le mythe paradisiaque : « Envisager l'installation d'une colonie militaro-pénale suppose, en effet, que l'on considère avoir affaire à un milieu d'accueil particulièrement répulsif au point de ne pouvoir imaginer l'éventualité d'une colonisation libre. C'est-à-dire, selon les critères de l'époque, que les climats, les ressources et les indigènes y soient supposés insupportables pour les Européens » (Bachimon, 1990, p. 213). Que devient le mythe dans ces conditions ? Il se réfugie dans l'art, que ce soit la peinture, la littérature ou le cinéma (Bachimon, 1990, p. 211). Après les baleiniers et les déserteurs viennent alors une horde d'artistes, comme Paul Gauguin, Herman Melville ou Pierre Loti. Les histoires des écrivains remplacent peu à peu les récits des premiers explorateurs, dessinant un Tahiti tout aussi imaginaire.

Bachimon parle de "haut-lieu littéraire", dans la mesure où ce ne sont pas les événements qui ont construit Tahiti, mais des histoires romancées, stéréotypées, purement issues des projections européennes (Bachimon in Amirou et Bachimon, 2000, p. 122-123). Ainsi, les Français de la fin du XIXe et du début du XXe siècle ne connaissent Tahiti qu'à travers les passages du *Mariage de Loti*, des peintures de Gauguin et des cartes postales. Ces diverses sources livrent cependant une vision très particulière de la Polynésie qui n'existe que dans l'imagination (Kahn, 2011, p. 59).

La similarité entre les explorateurs et les écrivains va plus loin ; les uns comme les autres ont fait l'apologie de la beauté des femmes de Tahiti et raconté largement leurs expériences sexuelles. La Rarahu de Pierre Loti n'étant que l'exemple le plus flagrant des relations entre les femmes tahitiennes et les hommes européens. Les parallèles possibles entre la Polynésie et l'Orient d'Edward Saïd se poursuivent : « De même que les diverses possessions coloniales – en dehors de leurs avantages économiques pour l'Europe métropolitaine – ont leur utilité pour y envoyer les fils rebelles, le surplus de population de délinquants, de pauvres et d'autres indésirables, l'Orient est un lieu où l'on peut chercher l'expérience sexuelle inaccessible en Europe. Aucun des écrivains européens qui ont traité de l'Orient ou qui ont voyagé en Orient depuis 1800 ne s'est dispensé de cette quête […] Ce qu'ils cherchaient souvent, à juste titre, je crois, était une sexualité d'un type différent, peut-être plus libertine, moins chargée de péché ; mais même cette quête, si elle était répétée par un nombre assez grand de personnes, pouvait devenir aussi réglée et aussi uniforme que le savoir lui-même (et c'est bien ce qui s'est passé). Avec le temps, la "sexualité orientale" est devenue une marchandise aussi normalisée que tout autre dans la culture de masse » (Saïd, 2005, p. 331-332). On voit ainsi qu'après une période "d'abstinence" liée à la présence missionnaire, le caractère sexuel du mythe paradisiaque continue à être central et complètement idéalisé par une vision masculine européenne.

Au début du XXe siècle, certains anthropologues commencent à s'intéresser à ces terres du bout du monde, c'est le cas de Handy et de Mead notamment. Ces scientifiques sont souvent partis sur le terrain après avoir étudié de manière approfondie les récits de Bougainville et de Cook. Leurs séjours étant souvent très brefs et la plupart d'entre eux ne parlant pas les langues locales, ils se contentent de sources européennes sur place. Comme tous avaient été marqués par les mêmes récits, tous présentaient une thèse similaire, ce qui renforçait à la fois leur crédibilité scientifique et la popularisation du mythe sur la Polynésie. D'autant plus que vu l'éloignement, peu de lecteurs vérifiaient leurs affirmations et ceux qui le faisaient étaient tout aussi chargés d'idées reçues (Bachimon, 1990, p. 8). « Cela a donné une sorte de consensus : certaines choses, certains types d'affirmations, certains types d'ouvrages ont paru corrects pour l'orientaliste. Il a bâti son travail et sa recherche sur eux, et ils ont, à leur tour, exercé une forte pression sur de nouveaux écrivains et de nouveaux savants. On peut ainsi considérer l'orientalisme comme une espèce d'écriture, de vision et d'étude réglées, dominées par des impératifs, des perspectives et des partis pris idéologiques ostensiblement adaptés à l'Orient. […] L'orientalisme est une école d'interprétation dont le matériau se trouve être l'Orient, sa civilisation, ses peuples et ses lieux » (Saïd, 2005, p. 350).

Ainsi au lieu d'apporter de nouvelles connaissances, de nouveaux éclaircissements sur Tahiti et sa vie quotidienne, les études sur Tahiti mettent en place une image de plus en plus archétypale. De manière assez cynique, parce que l'auteur n'a pas directement étudié la Polynésie française et montre ainsi une certaine récurrence dans les réactions européennes face à l'inconnu, on peut résumer l'histoire de Tahiti avec les mots de Polhemus : « We have always been at least a little frightened by what Lévi-Strauss has called the savage mind. Perhaps what worried Westerners most about these savages was that they were "naked"; that they danced and communicated powerful symbolic statements with their tatooed bodies. The West responded to this "threat", I would argue, with a two-pronged attack. First we sent out the troops of missionaries armed with the story of the fall of man, so that the native might have the sense to feel ashamed of his own nakedness. Next (and here I will be regarded as more heretical; a fact which is itself of interest) came the troops of anthropologists, who (armed with their notebooks) were enlisted to bring home the good news that even such bizarre behaviour as that indulged in by the primitive could be made to fit into rational, empirical models of human behaviour. » (Polhemus, 1975, p. 14-15).

En ce qui concerne la danse, le protectorat français, officiellement signé le 29 juin 1880, va changer bien des choses. L'installation de la colonisation française eu pour effet l'abolition des codes de lois missionnaires qui faisaient du protestantisme la seule religion autorisée et qui interdisait danses et tatouages (Saura, 2008, p. 55). Pour fêter le 14 juillet, l'administration coloniale va mettre en place des réjouissances mettant en avant les particularités de la colonie : dans un premier temps ce sera le chant qui sera surtout mis en avant, puis la danse y fera petit à petit son apparition. On voit ainsi dès le début du XXᵉ siècle, les prémisses du *Heiva* moderne comme une période mettant en avant des festivités françaises (parades, banquets) et tahitiennes (*va'a*, lancer de javelot, compétitions de danse et de chants). Au fil du temps, les activités tahitiennes ont pris le pas sur les Françaises, mais les deux ont toujours cohabité (Stevenson, 1990, p. 261). La particularité de la danse, par rapport aux tatouages, est qu'elle s'est effacée de la vie publique, c'est certain, mais que les gens ont continué à danser en privé. « Malgré les interdits missionnaires des années 1820 à 1840 relayés pendant quelques décennies par une politique indécise de la part des autorités coloniales françaises, oscillant entre condamnation – pour des raisons morales – et laisser-faire – par respect des libertés individuelles –, la danse tahitienne n'a jamais disparu » (Saura, 2008, p. 99).

Le passé encore présent...

... et les transformations du XXᵉ siècle (1945-2000)

Si l'arrivée des explorateurs et des missionnaires a obligé la société tahitienne à se restructurer fondamentalement, nous n'avons que peu de documentation sur la rapidité et la mesure de ces changements. Plus récemment, une autre "révolution" eut lieu dans le monde polynésien sur laquelle nous avons à la fois beaucoup plus d'informations et beaucoup moins conscience des impacts, puisqu'elle est beaucoup plus récente. En effet, plusieurs éléments font de la suite des années cinquante une période de grands bouleversements : « Le XXᵉ siècle tahitien commence en 1945. S'ouvre alors une ère nouvelle ; politiquement, économiquement, puis culturellement. C'est l'ère de la décolonisation, possible, en marche. Celle d'une croissance économique fulgurante (mais croissance n'est pas développement). Celle d'une nouvelle acculturation massive. Celle enfin, à partir des années 1970, des interrogations identitaires allant parfois jusqu'à la remise en cause de l'ordre politique, culturel, voire religieux établi jusque-là » (Saura, 2008, p. 56-57). La seconde partie du XXᵉ siècle voit ainsi l'ouverture du Centre d'Expérimentations nucléaires du Pacifique – appelé plus fréquemment le CEP –, la mise en place d'un aéroport international qui ouvre Tahiti au reste du monde, l'arrivée massive de militaires et de touristes et le renouveau d'un certain nombre de pratiques anciennes plus ou moins oubliées.

La première étape de cette nouvelle époque d'après-guerre est celle de l'indépendance des différents territoires français à travers le monde. En 1945, à la sortie de la Seconde Guerre mondiale, les habitants des colonies accèdent à la citoyenneté et au droit de vote, apparaissent alors les premiers partis politiques locaux. En Polynésie, c'est une des périodes sombres de l'histoire, notamment pour Pouvana a Oopa, un agriculteur et menuisier qui vient s'opposer à l'Assemblée territoriale mise en place par le gouvernement français. Il revendique "Tahiti pour les Tahitiens" et fonde le premier parti indépendantiste. Plusieurs auteurs notent le côté fondamentalement politique de ses revendications : lutte pour l'indépendance, la fin des injustices coloniales, le maintien des terres aux Polynésiens… Il n'oppose pas la culture occidentale à la culture polynésienne ; il ne fait ainsi aucune référence aux *marae*, aux missionnaires, à une identité *mā'ohi* (Saura, 2008, p. 58), au contraire il se fait le représentant de la vraie foi chrétienne que les Européens auraient bafouée (Rigo, 2004, p. 156). Mais Pouvana a Oopa est accusé d'avoir voulu incendier la ville de Pape'ete (Saura, 2004, p. 207). Personne ne sait exactement le déroulement des événements et les théories du complot vont bon train, notamment celle selon laquelle la France aurait arrêté Pouvana a Oopa pour le décrédibiliser, stopper son mouvement indépendantiste et garder la main mise sur un éventuel futur site d'expérimentation nucléaire. Quoi qu'il en soit, il fut trahi, arrêté et exilé pour cette affaire d'incendie avant que la France ne reconnaisse son erreur et réhabilite l'homme politique, bien après la période d'une possible décolonisation et l'implantation du CEP.

En effet, en 1962, la France perd la guerre d'Algérie et doit faire une croix sur son centre d'expérimentation nucléaire dans le désert algérien. Le choix d'un nouveau lieu est incontournable et en 1960 un nouveau centre fait ses premières expérimentations dans les atolls reculés des Tuamotu, le plus vaste des archipels de la Polynésie française. Tahiti voit alors défiler tout un cortège de militaires, d'hommes politiques et de hauts gradés... « [...] tous les chercheurs s'accordent en effet pour voir dans l'installation du Centre d'expérimentation du Pacifique (CEP), des transferts financiers qu'il a engendrés et des mouvements migratoires qu'il a suscités (accélération du taux de croissance naturelle, brusque augmentation des flux migratoires vers l'agglomération urbaine de Papeete), une rupture. Cette rupture aurait conduit à une véritable révolution socio-économique et socio-culturelle et donné naissance à une génération distincte : la "génération CEP" ou les "enfants de la bombe" » (Brami Celentano, 2002, p. 648). En 1996, à la fin de la période d'activité du CEP, la France a conduit 45 essais nucléaires atmosphériques et 134 tests sous-marins, chacun coûtant en moyenne vingt millions de dollars. La France, afin de pouvoir continuer impunément son programme nucléaire, a injecté des fonds financiers énormes qui ont permis à la fois de créer une prospérité artificielle et d'entretenir la dépendance coloniale (Kahn, 2000 : 14). « Tahiti as paradise is not a benign image [...] Although these images were first created by romantic imaginations to transport Europeans to another world, they soon became willfully employed as a political and economic tool to serve colonial agendas, to attract tourists and their money in order to support the ruling class, and to distract the world from noticing nuclear atrocities » (Kahn, 2000, p. 22).

A force d'influx financiers, de visites touristiques, de cortèges militaires et autres, les habitudes de la vie quotidienne sont mises à mal. Intervient alors, à travers certains intellectuels tahitiens, la volonté de réaffirmer une identité tahitienne propre et de se détacher de la France (Stevenson, 1992, p. 120).

C'est notamment sous les plumes de Henri Hiro et Duro Raapoto que se développe ce discours. Alors qu'il a toujours existé à Tahiti des amoureux de la culture, ces deux penseurs marquent un tournant parce que ce sont des hommes de lettres qui entreprennent une conceptualisation systématique de leur culture. Ils tentent ainsi de sauver certaines pratiques (les *'ōrero* notamment), en ressuscitent d'autres (le port du *pāreu* est l'exemple le plus flagrant), créent des néologismes pour permettre un discours en tahitien sur la tradition, la culture et l'identité polynésienne (Saura, 2008, p. 59). Ils s'opposent aussi violemment à l'implantation du CEP ; ils développent un discours qui rattache l'homme polynésien à la terre, à la nature, celle même que le gouvernement français tente de détruire à coup de bombes nucléaires. C'est ainsi qu'ils "inventent" les expressions *iho tumu mā'ohi* et *hīro'a tumu mā'ohi*, dont les traductions habituelles sont respectivement identité et culture *ma'ohi* ou autochtone. Le mot *tumu* en tahitien signifie d'abord la racine. Parler de *iho tumu* ou de *hīro'a tumu* ancre définitivement l'identité tahitienne dans le rapport à la nature : est *mā'ohi*, autochtone celui qui a des racines, celui qui est du lieu, non seulement par le cœur, mais par les tripes, par le sang. Ces philosophes rappellent ainsi la vieille coutume polynésienne, encore d'actualité aujourd'hui, qui consiste à enterrer le placenta du nouveau-né et à planter un arbre sur cet emplacement ; l'enfant qui vient de naître est alors ancré dans la terre du *fenua*. « Le point de vue de Duro Raapoto n'est à l'évidence pas celui d'un sociologue pour qui aucune culture ne disparaît, pour qui toute culture se recompose. À l'inverse, le risque de disparition découle ici d'une perception substantialiste de la culture : la culture est un héritage, susceptible de se perdre. Toutefois, le message de Duro Raapoto n'est pas entièrement pessimiste, car, si cet héritage est aujourd'hui affaibli, il peut se régénérer par un retour à la terre et aux traditions » (Saura, 2008, p. 181).

« Lorsque le changement social fait accélérer ou transforme la société au-delà d'un certain point, le passé doit cesser d'être un moule pour le présent, et peut au mieux en devenir le modèle. Cette injonction à "en revenir aux manières de nos ancêtres" intervient quand nous ne les suivons plus automatiquement, ou que l'on ne s'attend plus à ce que nous le fassions. Cela a pour conséquence une transformation fondamentale du passé lui-même » (Hobsbawn, 2012, p. 15). C'est ce qui est arrivé en Polynésie dans les années 1960-1970 avec la mise en place du centre d'expérimentation nucléaire du Pacifique, l'inauguration de l'aéroport et l'installation massive de Français à Tahiti. Si certains intellectuels revendiquent un véritable "retour aux racines" – dans tout ce que cette métaphore a de polynésien –, il faut faire attention à cette notion de "retour". Dans le contexte historique tahitien, pour les intellectuels des années 1960, le "retour" ne renvoyait pas à la période avant l'implantation du CEP, mais faisait un bond dans le temps pour revenir à la société pré-européenne. Seulement, il y avait eu une rupture d'une telle durée qu'il n'y avait plus personne de vivant pour se souvenir de comment c'était "avant". Les seules sources d'informations sont donc les écrits des premiers explorateurs et des missionnaires. Il est légèrement cynique que pour retrouver des éléments d'une société pré-européenne, les seuls restes soient justement européens. D'autant plus que ces restes européens ont créé une vision très spécifique de Tahiti, celle du mythe de l'île paradisiaque. On peut dès lors se demander dans quelle mesure la reconstruction récente de certains éléments culturels, comme la danse, ne dépendent pas eux-aussi de la vision initiale des Occidentaux et dans quelle mesure ils conditionnent à leur tour le mythe du paradis tahitien.

Il ne faut cependant pas avoir une image trop linéaire des changements qui sont survenus durant les années soixante ; tout n'est pas directement lié. Il y a d'une part les revendications indépendantistes, mais il y a aussi une série d'initiatives individuelles qui mettent en valeur des éléments culturels, comme le groupe de danse de Madeleine Mou'a, soutenues par les pouvoirs publics (Saura, 2008, p. 59). Certaines institutions culturelles voient le jour grâce aux subventions du gouvernement, sans qu'il y ait un rapport avec des revendications indépendantistes. Alexandrine Brami Celentano rappelle aussi qu'il ne faut pas confondre le discours des intellectuels engagés dans les mouvements politiques indépendantistes et celui des promoteurs du tourisme des années quatre-vingt, même s'ils portent sur les mêmes sujets et semblent curieusement parallèles : « Or l'appel à une tradition ancestrale n'a sûrement pas le même sens ni les mêmes enjeux politiques pour les hérauts du renouveau culturel tahitien dans les années de contestation de la domination française et d'affirmation d'une identité *mā'ohi* spécifique, pour les promoteurs de spectacles folkloriques à vocation touristique dans le contexte de reconnaissance institutionnelle de la légitimité et de l'intégrité de la culture indigène, enfin pour les jeunes, contraints de se situer face à ces deux formes d'héritages *a priori* antagoniques » (Brami Celentano, 2002, p. 648).

En ce qui concerne la danse, dans les années soixante, elle était encore très connotée négativement parmi la population tahitienne. Suite aux interdictions missionnaires du début du XIXe siècle, la danse tahitienne a été rejetée pendant un certain nombre d'années, condamnée par l'élite religieuse bien pensante, à cause de son aspect sexuel. Un de mes interlocuteurs me racontait ainsi que sa carrière de chef de groupe était née de la frustration de sa mère à laquelle on interdisait de danser : *A l'époque, ma mère, elle a toujours voulu danser. Mais à cause de sa famille, elle ne pouvait pas danser. Parce que la religion était là et c'était interdit. Parce qu'à l'époque, on disait : "la danse c'est pour les filles faciles"* (Tehere). Néanmoins, les danses se sont quand même transmises au fil de l'histoire, "sous le manteau", dans le secret des cocoteraies ou dans l'ivresse des fêtes (Saura, 2008, p. 375). Dans les années 1950, Madeleine Mou'a est institutrice dans les Tuamotu, elle tombe malade et va se soigner en France. Là-bas, elle assiste à un festival des danses folkloriques de toutes les régions françaises. Elle trouve dommage que les danses de Tahiti soient si dévalorisées alors qu'en France, certains tentent désespérément de sauver les danses locales. À son retour, elle décide alors de créer un groupe de danse et "Heiva" voit le jour en 1956[6]. Pour éviter la mauvaise réputation de la danse, elle va voir d'une part voir les princesses Teiri Marau et Tekau pour être les marraines du groupe – elle-même étant issue de l'ancienne famille royale – (Youtube, 2013, *Souviens-toi Madeleine Mou'a*) et d'autre part, elle codifie les pas. Plusieurs auteurs (Fayn, 2007, p. 22) avancent que la codification de ces pas était un moyen d'éviter la censure et de pouvoir expliquer les significations des danses en dehors d'une interprétation sexuelle. Elle convainc ainsi les filles de bonne famille que la danse tahitienne n'a rien d'arriéré ni d'immoral (Saura, 2008, p. 99). Cependant, si certaines filles se sont laissées convaincre, le public tahitien est encore loin d'accepter cette nouvelle perception, la censure religieuse a été efficace et les stéréotypes sont encore très présents. Une de mes interlocutrices m'a raconté les expériences de sa grand-mère qui a fait partie du groupe de Madeleine Mou'a : *En ce temps, c'était difficile pour les filles, parce qu'après la répétition, quand elles rentraient par le marché de Papeete, on les appelait vraiment par des mauvais noms en tahitien : des filles de rue... Mais ce qui était dur pour ma grand-mère, c'était que c'était sa propre race qui l'insultait. Ça va si c'était quelqu'un d'ailleurs, un étranger. Mais là, c'est quelqu'un de ta propre culture qui vient t'insulter, qui te prend pour une fille de... Des fois, elles faisaient des shows sur le quai pour les touristes qui descendaient du bateau et même là, les locaux leur jetaient des tomates pourries, des cailloux... Elles souffraient en ce temps-là. Donc elles ont dû vraiment se battre pour*

---

[6] Aujourd'hui, les fêtes de *Tiurai* sont devenues *Heiva* en hommage au groupe pionnier de Madeleine Mou'a

que nous aujourd'hui on puisse être appréciés. Maintenant, on est une des danses les plus connues au monde. Chaque pays veut apprendre la danse tahitienne. Pour elle, c'est vraiment un accomplissement de voir cette partie de sa culture se réaliser (Poenui).

À travers l'histoire, la danse tahitienne a reflété les principaux courants de pensée européens : au siècle des Lumières, elle a fasciné par les mouvements lascifs qu'elle mettait en scène, puis ces mêmes mouvements ont choqué le XIXe siècle plus rigoriste et le XXe siècle a vu la réhabilitation de cette danse, forcément changée et transformée, mais toujours vivante. « Il n'y a là rien de très original, car, ailleurs dans le monde, des coutumes s'effacent puis réapparaissent, changent de fonction, sont ressuscitées par les uns, détournées par les autres. Ce qui importe à l'analyse est moins le caractère illusoire ou sincère de ces tentatives de résurrection que le fait de ne pas confondre le discours contemporain au sujet des coutumes anciennes, avec des coutumes qui se seraient perpétuées sans discontinuité dans un cadre traditionnel. Si les entreprises identitaires contemporaines ont le mérite de faire vivre ou revivre par moments certaines coutumes dans les consciences, sur des scènes, et jusque dans la chair des corps, ces manifestations contemporaines ne se situent pas dans la continuité exacte de la tradition » (Saura, 2008 : 15-16). La danse est ainsi intrinsèquement liée aux différents changements sociaux qui interviennent dans l'histoire tahitienne : l'arrivée des missionnaires entraîne son interdiction tandis que les changements des années soixante et l'ouverture de Tahiti au reste du monde amènent sa réhabilitation. « Historical relationships may be determining factors. A society's dance conventions can be viewed as elaborations of, or reactions against, earlier rules » (Hanna in Blacking and Kealiinohomoku, 1979, p. 30). La danse tahitienne telle qu'elle a été recréée dans les années soixante est le produit de l'histoire dans le sens où elle est à la fois un effort de résurrection du passé pré-européen et une réaction contre le passé colonial.

... juste avant aujourd'hui

Le tournant des années 2000 est le théâtre d'un certain nombre d'évolutions, plus subtiles, plus souterraines, mais qui sont elles aussi des clefs indispensables pour comprendre l'actualité. Certaines sont le fruit direct des changements des années soixante, d'autres sont liées au monde extérieur. Toutes, cependant, sont en lien avec des difficultés économiques. Citons tout d'abord la fin des essais nucléaires en 1995 et, par conséquent, la fin des financements militaires français – bien que le gouvernement de l'Hexagone verse encore des sommes non négligeables à la Polynésie comme dette morale. Ensuite, les attentats du 11 septembre 2001 ont provoqué une crise internationale du tourisme, qui a particulièrement touché Tahiti (Kahn, 2011, p. 110). Finalement, la crise économique de 2008-2009 a encore plombé le monde du tourisme au point que plusieurs de mes interlocuteurs l'ont évoquée. En effet, les trois principales ressources de la Polynésie sont, dans l'ordre, le tourisme, la perle et la pêche. Or les deux premiers sont des produits de luxe, très sensibles aux crises financières (Coppenrath, 2004, p. 226). Ces différents éléments ont provoqué des bouleversements dans le monde de la danse. Une cheffe de groupe me racontait ainsi comment elle s'est résolue à arrêter son groupe : *Entre 1980 et 2000, il avait quelques vingt-cinq spectacles par semaine, dans les hôtels et les restaurants. Aujourd'hui il y en a, au plus, cinq par semaine : ceux du mercredi et du vendredi à l'Intercontinental et celui du vendredi au Méridien notamment. Et les spectacles privés étaient légion. Mon groupe se produisait donc plusieurs fois par semaine. Quand la crise économique a conduit plusieurs hôtels à fermer et plusieurs restaurants à cesser de proposer des spectacles, j'ai décidé d'arrêter mon groupe. J'étais certaine que les meilleurs de mes danseurs et musiciens trouveraient leur place dans les quelques groupes qui arriveraient à se maintenir, ce qui a été le cas* (Manouche Lehartel[7]).

Les changements sont aussi politiques. En effet, dans les années 1960, être engagé dans le monde de la culture amenait souvent une tendance pro-indépendantiste. Aujourd'hui, cependant beaucoup de jeunes se sont éloignés du monde politique : beaucoup de Tahitiens pensent que les luttes intestines pourrissent le pays sans qu'aucun parti ne propose de réelles améliorations. La politique est ainsi vue sous l'angle de la division tandis que ce serait la culture qui permettrait vraiment aux Polynésiens de se retrouver et de réellement vivre ensemble (Tiare Trompette in *Hiro'a*, juillet 2008, p. 13). Alors que les acteurs du renouveau culturel des années soixante revendiquaient un retour aux racines loin de l'influence européenne, on peut considérer que plus personne n'envisage d'exclure les influences et intérêts internationaux qui ponctuent le paysage culturel tahitien : « Le discours culturel a changé, il n'est plus aussi exclusif qu'avant. La culture, ce n'est plus seulement le "tout *Mā'ohi*". On est plus consensuel. La diversité culturelle est mieux admise, mieux respectée aussi. *Hiro'a* tend à transmettre ce message : nous parlons aussi bien d'arts traditionnels que d'arts modernes ou classiques, car tous ont leur légitimité dans

---

[7] Je la remercie ici de m'autoriser à utiliser son nom. En effet, sa place importante dans le monde du *'ori tahiti* rendant ses positions et ses discours reconnaissables, il m'était difficile de véritablement préserver son anonymat.

le paysage culturel polynésien. Notre culture, ce n'est pas seulement le chant et la danse. L'art contemporain n'a jamais été soutenu, car pour beaucoup il ne fait pas partie de "notre" culture. Pourquoi serait-il incompatible pour un Polynésien de faire de la peinture ou du hip-hop ? Pourquoi un Japonais ne pourrait-il pas danser le *'ori* ? C'est la réalité culturelle aujourd'hui. Pour reprendre Jean-Marie Tjibaou, "Le retour à la tradition est un mythe. Aucun peuple ne l'a jamais vécu. La recherche d'identité, le modèle, pour moi, il est devant soi, jamais en arrière. C'est une reformulation permanente." La culture est en mouvement et elle est devant nous. Ce qui lui fait défaut, je crois, c'est le manque d'intérêt et de reconnaissance des autorités. On la brandit à tout va, mais on en réduit les budgets ! » (Heremoana Maamaatuaiahutapu in *Hiro'a*, septembre 2009, p. 14[8]). Bruno Saura attribue une part non négligeable de ces changements à la perte de la langue. En effet, jusque dans les années soixante, tous les Tahitiens parlaient le *reo tahiti* et la langue tahitienne était la base de l'identité dans les discours d'Henri Hiro et Duro Raapoto. Or, avec l'ouverture du CEP et de l'aéroport international, l'arrivée en masse de militaires et de touristes français, la popularisation des médias de masse et l'école obligatoire en français, cela a beaucoup changé. Pour certains, cette période a bien plus bousculé les habitudes de la vie quotidienne que la christianisation des îles et la mise en place du protectorat français (Saura, 2008, p. 54). Lors de mon terrain, dans la troupe que j'ai fréquentée – pourtant une de celles qui se revendiquent comme au plus près de la tradition –, presque aucun danseur ne parlait tahitien. La plupart disaient le comprendre ou en avoir quelques notions, mais parmi la vingtaine d'entretiens que j'ai menés avec les danseurs de cette troupe, strictement aucun ne parlait tahitien couramment. J'ai retrouvé un écho de cette impression dans un numéro d'*Hiro'a* (octobre 2014, p. 22) où un article faisait acte que le conservatoire a dû mettre en place des cours de tahitien, car trop d'élèves des classes d'arts oratoires ne le parlaient pas du tout. Bruno Saura impute cet état de fait à la politique française vis-à-vis des langues autochtones sur son territoire, comme le breton ou le basque (Saura, 2008, p. 326). Il reconnaît que ce n'est pas un problème propre à Tahiti et que beaucoup de langues autochtones sont en train de disparaître, mais pour lui, cela est renforcé par la politique française qui ne reconnaît qu'un seul peuple et qu'une seule langue. « En ce sens, nous estimons que la colonisation française

---

[8] Il est utile de rappeler ici qu'*Hiro'a* est un média dépendant des principales institutions culturelles du pays, elles- mêmes dépendantes des subventions du gouvernement. Le point de vue présenté ici est donc orienté politiquement. C'est néanmoins un point de vue qui existe et qu'il est important de présenter.

à l'œuvre en ce début de XXIe siècle à Tahiti est en train de réussir son œuvre assimilatrice : elle affaiblit la culture autochtone, produit notamment chez les jeunes Tahitiens un sentiment d'inconfort vis-à-vis de leur propre langue qui leur fait assurément penser qu'une évolution hors de l'ensemble français leur serait désormais difficile » (Saura, 2008, p. 502).

La mise en place d'internet et des portables, la popularisation de Facebook a aussi beaucoup bousculé le fonctionnement habituel de la danse tahitienne. Les différents réseaux sociaux permettent aux danseurs de communiquer : au sein de mon groupe, toutes les informations sur les horaires de répétition, les lieux, les codes vestimentaires... étaient annoncées sur un groupe Facebook, des danseurs qui sont venus d'un peu partout sur la planète ont connu le groupe via le site internet et sont restés en contact grâce aux réseaux sociaux. Cependant, cette évolution pose aussi des problèmes éthiques : les vidéos diffusées sur Youtube sont l'un des grands facteurs de la popularisation mondiale du *'ori tahiti*, avec toutes les dérives que cela implique et dont nous reparlerons dans le dernier chapitre. Toutefois, là encore nous manquons de recul pour analyser la mesure de ces changements.

Une des difficultés principales rencontrées durant mon terrain a été la description immuable et définitive que l'on me faisait du milieu de la danse, alors même qu'en deux ou trois ans, les choses avaient largement évolué. Lors de mon terrain, le succès du *Heiva* était énorme ; en 2014, il y a eu plus de groupes inscrits qu'en 2013 et en 2015, plus qu'en 2014. Pourtant, quelques années avant, ce n'était pas le cas : en 2009, le concours *Hura tau* a été annulé faute de concurrents, en 2005 Tumata Robinson dénonce la réglementation suicidaire du concours de danse comme cause de l'intérêt décroissant des Polynésiens pour le *Heiva* (Saura, 2008, p. 387). C'est pour cette raison qu'il m'a semblé important de ne pas arrêter l'historique de la danse en Polynésie aux bouleversements fondamentaux des années soixante, mais de montrer qu'aujourd'hui encore les choses s'ajustent, se transforment, évoluent... La danse actuelle n'est pas une pratique figée, mais un élément de réflexions et de questionnements constants. Ainsi, très récemment, en 2011, une décision a été prise de constituer une fédération de danse tahitienne pour rassembler à la fois les écoles et les groupes de danse professionnels.

J'évoquerai plus largement cette fédération dans le chapitre qui vient.

les costumes de danse dans les années soixante

Chapitre 3

Espaces et temps consacrés à la danse

*« Célébrer Tahiti sans danser, c'est un peu comme
manger un poisson cru sans citron »* (*Hiro'a*, octobre 2012, p. 11*)*.

Nous voici maintenant dans le cœur de mon terrain. Dès lors, je ferai plus référence à mes interlocuteurs qu'à la littérature. Pour comprendre le déroulement d'un *Heiva* et l'impact de la danse dans la vie quotidienne des danseurs, il faut saisir comment s'organise la vie sociale à Tahiti. La danse y est une véritable institution; il est impossible de passer à côté des festivités du *Heiva* et des embouteillages qu'il implique par exemple. De plus, la danse tahitienne est dans une période de questionnement, de transition et d'une institutionnalisation progressive qui rend l'étude anthropologique particulièrement intéressante. C'est dans cette perspective que j'aborderai le vif du sujet : comment danseurs et chefs de groupe vivent la préparation d'un *Heiva* ? Quelles sont les différentes étapes de cette préparation ? Puis je reviendrai sur ce qui m'a le plus marquée durant ce terrain : l'investissement nécessaire pour faire vivre le *'ori tahiti*, à la fois de la part des chefs de groupes, à la fois de la part de chacun des danseurs.

Comme la culture, la tradition ou l'identité, le concept de danse nécessite un travail de définition. Je reviendrai sur cette question au chapitre quatre, je retiendrai ici une définition toute simple : « La danse, dans son acceptation la plus générale, est l'art de mouvoir le corps humain selon un certain accord entre l'espace et le temps, accord rendu perceptible grâce au rythme et à la composition chorégraphique. Depuis la nuit des temps, les peuples du monde entier dansent de façon différente, très révélatrice de leur mode de vie » (*Hiro'a*, mai 2008, p. 10). Je me situe ainsi vis-à-vis de la danse dans la même visée qu'Howard Becker qui affirme que son travail de sociologue n'est pas de juger l'esthétique des mondes de l'art, mais de comprendre comment interagissent l'art, les artistes et la société (Becker, 2010, p. 362). Je précise que lorsque

53

j'évoquerai la danse, il s'agit bien du *'ori* dans son sens polynésien. Je ne mentionnerai absolument pas les danses occidentales, en discothèque par exemple, bien qu'elles soient pratiquées régulièrement par les danseurs des groupes.

La danse comme institution

La danse en tant qu'institution se décline sous plusieurs formes. Tout d'abord, elle est inévitablement liée à l'État. Ensuite, il faut évoquer la création récente de la fédération de *'ori tahiti* ainsi que le travail qu'elle est en train de mettre en place. Cependant, il est important de ne pas amalgamer la danse tahitienne aux danses des autres îles qui ont chacune leurs spécificités. Cela m'amènera à discuter des lieux où l'on peut pratiquer le *'ori tahiti* en Polynésie, ainsi que les différentes compétitions de danse qui ponctuent le calendrier. Ce parcours nous permettra de nous faire une idée de la place sociale qu'occupe la danse aujourd'hui à Tahiti.

La danse et l'État

Becker souligne que l'implication de l'État est récurrente dans les mondes de l'art : «Un gouvernement peut considérer que tous les arts, ou certains d'entre eux, constituent une dimension essentielle de l'identité et de la réputation de la nation comme l'opéra pour l'Italie, et les subventionner au même titre que tout autre élément important de la culture nationale qui est impuissant à survivre sans soutien. Il peut estimer que les arts sont une composante dynamique de la vie nationale, qui favorise l'ordre social, mobilise la population sur des objectifs d'intérêt national et détourne les gens de certaines activités antisociales » (Becker, 2010, p. 193). Le *'ori tahiti* est ainsi vraisemblablement considéré par l'État lui-même comme une part essentielle de l'identité polynésienne puisqu'il subventionne largement les différents concours. Cependant, cela va plus loin : Manouche Lehartel, qui, de par son rôle de présidente de la fédération de *'ori tahiti*, est souvent amenée à discuter avec le gouvernement, me racontait qu'elle rappelle régulièrement aux officiels l'importance sociale de la danse ; que feraient-ils si les groupes, en général inscrits au nombre de quinze au *Heiva*, ne répétaient pas tous les jours, chacun lâchant dans la nature une centaine de danseurs désœuvrés ? La danse détourne les participants d'activités antisociales, remplissant le même rôle que l'art chez Becker (2010, p. 193) ou le sport chez Duret (2008, p. 52). Le gouvernement tahitien a ainsi

54

tout intérêt à participer au développement de la danse puisqu'il permet d'occuper une bonne partie de la population pendant les longs mois que durent la préparation pour le *Heiva*. De surcroît, le *'ori tahiti* bénéficie d'une renommée à l'étranger de plus en plus grande dont le gouvernement tire profit, notamment par le nombre de danseurs qui viennent faire du tourisme à Tahiti (Becker, 2010, p. 192). Il faut cependant s'interroger sur les revers de la médaille de ces investissements financiers : quelle contrepartie l'État peut alors être en mesure d'exiger en échange de ces financements ? Qu'en est-il des formes d'arts qu'il ne subventionne pas ? Je n'ai pas trouvé trace de ces questionnements chez mes interlocuteurs, pour qui les subventions de l'État sont plus que bienvenues, activement recherchées et jamais suffisantes.

La fédération et la standardisation des pas

La création d'une fédération en 2011 justifie que l'on parle d'une véritable institutionnalisation en cours de la danse tahitienne. Ces faits font notamment suite au succès international du *'ori tahiti*. En effet, pendant longtemps, à Tahiti, chacun apprenait les pas de base avec les anciens et était libre de créer une école pour les transmettre à son tour. Or avec le succès international que rencontre la danse polynésienne en ce moment, certains étrangers viennent quelques mois à Tahiti, apprennent les pas et repartent ouvrir une école dans leur pays. Certains ne mettent même jamais les pieds à Tahiti, apprennent les danses par des vidéos sur internet et commencent à donner des cours. Si cela ne part pas forcément d'une mauvaise intention, cela scandalise un certain nombre de Tahitiens qu'on puisse gagner de l'argent grâce à "leurs" danses alors qu'en Polynésie, on a du mal à en vivre. « À ce jour, n'importe qui peut se proclamer professeur de *'ori tahiti*. Il n'y a aucune réglementation encadrant ce secteur. Il ne suffit pas de savoir danser pour savoir transmettre : il faut avoir des bases techniques certes, mais aussi historiques, culturelles, pédagogiques... Attention, je ne dis pas qu'il faille sortir du Conservatoire pour prétendre enseigner, je pense seulement qu'il faut désormais former les personnes souhaitant ouvrir des écoles de danse traditionnelle, afin de faire valoir des compétences s'appuyant sur un tronc commun, qui n'existe toujours pas » (Fabien Dinnard in *Hiro'a*, janvier 2013, pp. 8-9).

Un aspect intéressant de la danse tahitienne est que chaque mouvement a une histoire et une signification, notamment dans les *'aparima*, où *'apa* signifie mimer et *rima*, la main. Lorsque je suis arrivée à Tahiti, mes interlocuteurs ont souvent commencé par m'expliquer que ce qui faisait la spécificité de la danse tahitienne, c'était justement cette signification des gestes. Un réalisateur qui travaille avec une des plus anciennes cheffes de groupe me racontait ainsi : *On a recensé deux cents gestes du 'aparima. Et chaque geste correspond à quelque chose. C'est-à-dire qu'en fait, tu racontes une véritable histoire avec les gestes. Non seulement tu as le chant, mais le chant répond à ta chorégraphie. Il n'y a pas un geste qui soit innocent : que ce soit un mouvement de pied, un mouvement de bras, un clignement d'œil, un porté de tête... [...] Pour les 'aparima, on avait deux cents concepts. Donc tu as un vocabulaire de deux cents mots avec lesquels tu peux t'exprimer* (André). Pour l'instant, le plus gros travail de la jeune fédération est la codification de ces pas. En effet, après des siècles de transmission orale et aucune concertation entre les différentes écoles, chacun a sa propre manière non seulement d'enseigner, mais aussi d'exécuter les pas. Un de mes interlocuteurs me racontait qu'il s'était présenté deux ans auparavant au titre de meilleur danseur. Pour cela, il devait préparer un solo avec des pas codifiés à exécuter. Il ne dansait pas depuis très longtemps et il m'a raconté ses difficultés pour trouver à quoi correspondait chacun de ces pas ; comme il n'y a pas d'école officielle pendant des décennies, chacun a appris en observant danser les anciens et comme chacun avait sa manière d'exécuter les pas de base, il peut y avoir de grandes différences de l'une à l'autre. Aujourd'hui, c'est le Conservatoire qui s'occupe de codifier chacun des pas et celui qui veut être sûr d'être au plus près de la version officielle des pas se doit d'y prendre quelques cours, sans se préoccuper des débats d'écoles (Ludovic). Tout d'abord, j'ai été très surprise de ces désaccords. Le renouveau de la danse ayant eu lieu dans les années 60, je trouvais étonnant qu'il s'en soit créé autant en si peu de temps. Aujourd'hui, mon hypothèse est que beaucoup de danses ont traversé l'histoire en cachette et que les débats d'aujourd'hui sont les fruits de ces différentes cachettes dans lesquelles dormait le *'ori tahiti*. Les chefs de groupe se réfèrent ainsi à des traditions différentes, des manières de danser spécifiques, qui n'ont pas pu être officialisées à cause des interdictions. Il n'y a donc pas de "juste" ou de "faux", simplement des mémoires différentes. Cependant, au vu de la situation actuelle, les acteurs, notamment les chefs de groupe, ressentent le besoin d'une institutionnalisation qui fasse l'unanimité afin d'être crédible à l'international : « Il s'agit avant tout de mettre tout le monde d'accord, de réunir la famille *'ori tahiti*. Ce projet est l'affaire de toute la communauté artistique, des groupes, des associations et bien évidemment du Pays. Ensemble, nous devons poser et consacrer les bases du *'ori tahiti* pour que l'on puisse, enfin, tous parler le même langage en matière de pas, de mouvements, de rythmes, de chants, de termes et de définitions » (Geffry Salmon in *Hiro'a*, novembre 2013, p. 10).

L'aboutissement de ces efforts serait, entre autres, l'inscription du *'ori tahiti* au patrimoine mondial de l'UNESCO : « Cette institution internationale est synonyme de garanties, de protection et de valorisation. Encore faut-il pouvoir bien expliquer les enjeux d'un tel classement qui, mal expliqués, peuvent inquiéter. "Appartenir à ce label ne signifie en aucun cas que le *'ori tahiti* n'admettra plus la création", précise Manouche Lehartel. Pour Fabien Dinnard, directeur du Conservatoire, le *'ori tahiti* est un patrimoine vivant, qui évolue et continuera d'évoluer. Sauvegarder ne signifie donc pas figer, mais exposer... avec des garanties internationales à la clé. "Le fait de classer le *'ori tahiti* au patrimoine mondial de l'UNESCO ne dépossédera personne" poursuit Manouche Lehartel, "et en tout cas ne nous empêchera pas de danser comme on l'entend. Au contraire, cela permettra de fixer et de transmettre son origine et son histoire. Ce sera un outil référentiel". "Il me semble évident que le futur de nos arts traditionnels dépend entre autres de ce classement" admet Fabien Dinnard, qui connaît également la réticence de certains face à cette notion. "Notre établissement n'imposera rien à quiconque. Ce n'est pas notre rôle. Ceci dit, on nous a confié la mission d'enseigner ces arts, de les développer et les valoriser. En ouvrant ce nouveau chapitre du *'ori tahiti*, nous remplissons pleinement nos missions, car cela amènera à faire légitimement figurer la culture polynésienne au même rang que les grandes cultures de ce monde." Il est en effet grand temps. Chacun semble bien décidé à avancer, en faisant de chaque différence l'occasion d'enrichir et de renforcer le monde merveilleux du *'ori tahiti* » (*Hiro'a*, novembre 2013, p. 11). L'argumentaire déployé met en évidence les principales inquiétudes liées à cette démarche : celle d'être dépossédé de la danse, celle liée au fait que le Conservatoire puisse imposer sa manière de danser et d'enseigner, celle de figer un patrimoine d'une telle manière que l'innovation et la création ne soient plus possible… Pour cela, le magazine *Hiro'a*, – publié par les principales institutions culturelles du Pays, dont le Conservatoire –, a publié un article pour expliquer cette démarche, notamment en expliquant ce qu'est le patrimoine culturel immatériel, comme garant de la diversité culturelle. Le magazine explique que ce patrimoine, même s'il est fixé comme tradition par une institution, reste vivant parce qu'il reste pertinent pour la communauté. Ce sont les communautés, et non pas l'institution, qui sont les dépositaires du   patrimoine et qui ont la charge de le créer et de le transmettre. L'institutionnalisation permet simplement de garder un sentiment d'identité en liant passé, présent et futur (*Hiro'a*, novembre 2013, p. 11). Cette démarche, même si elle rencontre des réticences, met d'accord un certain nombre de chefs de groupe : « C'est une initiative très intéressante, dans la mesure où elle entend consulter et rassembler l'ensemble des groupes de danse et les entités culturelles de ce pays. Il est clair que nous devrons, un jour ou l'autre, aller tous dans le même sens pour se protéger, s'ouvrir et évoluer » (Tiare Trompette in *Hiro'a*, décembre 2013, p. 7).

Différentes îles, différentes danses

Au sein même du *'ori tahiti*, il existe des différences importantes entre les danses. Un spectacle présenté au concours du *Heiva* doit comporter plusieurs types de danse : les deux principales danses sont les *'ōte'a* et les *'aparima*. Les *'ōte'a* sont des danses rapides exécutées uniquement sur des percussions. Les *'aparima* sont souvent plus lents avec un accompagnement vocal et des instruments à cordes. Le *'ōte'a* sont les danses les plus rapides, les plus impressionnantes et par conséquent souvent considérées comme les plus difficiles; ce sont donc elles qui sont présentées lors des concours solo. Néanmoins, les *'aparima* sont souvent appréciés des danseurs : *Le 'aparima, c'est nécessaire. C'est nécessaire pour revenir dans la grâce, c'est nécessaire pour respirer. C'est vraiment utile et encore plus quand tu as de la musique à côté qui te porte, c'est beau. Un 'aparima, c'est beau. Un 'ōte'a, c'est encore "viril", rapide, c'est encore les fesses qui bougent. Alors que le 'aparima, c'est quelque chose de "wahou". Même le public, il respire. C'est pas la même chose, chacun a sa fonction dans un spectacle* (Imelda). Au *Heiva*, chacune de ces deux danses doit être présentée une fois par les garçons seuls – on parle alors d'un *'ōte'a tāne*, par exemple –, une fois par les filles seules – un *'ōte'a vahine* – et une fois avec toute la troupe, filles et garçons confondus – on parle alors d'un *'ōte'a amui*. Les autres danses obligatoires sont le *pā'ō'ā* et le *hivināu*. Beaucoup de groupes présentent aussi des *haka* bien que ce ne soit pas directement du *'ori tahiti*, mais une danse des Marquises ou des Tuamotu : « si le thème du spectacle peut justifier l'utilisation de danses autres que le *'ori tahiti* (*'ōte'a mau*, *pei, haka, kapa*, etc.), il n'en demeure pas moins que les pas exécutés doivent appartenir, de façon majoritaire, au patrimoine polynésien du *'ori tahiti* » (Tahiti Tourisme, 2015, Règlement du Heiva).

Le terme *"'ori"* signifie "danse" en tahitien. Le *'ori tahiti* est donc la danse de Tahiti. Ce n'est pas la danse des Marquises, ni des Gambier, ni même des îles Sous-le-vent. Le *Heiva* porte ainsi le paradoxe d'être une compétition de *'ori tahiti* auquel participent aussi des groupes des îles, ce qui peut être problématique. En effet, si ces groupes présentent des spectacles dans leur langue, d'un point de vue technique, ils ne sont jugés que sur le *'ori tahiti*. Ce que certains déplorent, car cela lisse les particularités des danses des îles. Pire, à trop favoriser le *'ori tahiti*, certaines autres danses risquent de disparaître, alors même qu'à l'origine il existe autant de différences entre les danses d'Hawaii et des Marquises qu'entre celles de Tahiti et des Gambier (*Hiro'a*, septembre 2009, p. 24). Cette pression quant à l'uniformisation nationale est loin d'être unique puisque Glick-Schiller et Meinhof notent la même tendance vis-à-vis de la migration des artistes qui sont toujours définis par leur appartenance nationale, comme si tous les habitants d'un même pays devaient nécessairement partager une même histoire et une même culture (Glick-Schiller and Meinhof, 2011, p. 23). Cependant, les réactions des groupes des îles ne sont pas similaires, chacun réagissant en fonction de sa génération, de son lieu d'origine, de son vécu... « C'est le principe selon lequel les individus construisent leur propre parcours de vie, à travers leurs choix et les actions qu'ils entreprennent à l'intérieur des opportunités et des contraintes imposées par le contexte historique et social. Choix et actions dépendent des ressources disponibles et participent à la construction identitaire de l'individu. » (Bierschenk et al., 2007, p. 216).

Quelles sont ces différences gommées par le *Heiva* ? À quoi sont-elles liées ? Ces différences sont parfois des subtilités chorégraphiques : par exemple dans un *haka* des Tuamotu, on ne tire pas la langue, alors qu'on le fait aux Marquises. Mais elles peuvent aussi être plus importantes : « Regarde : quand les hommes ondulent, c'est Rapa. Regarde : quand les femmes pointent du pied, c'est Rapa. Rapa la fierté, l'intensité. Rapa les graines, les plumes. Rapa, les pas qui étonnent, qui hurlent leur authenticité, leur appartenance, leur somptueuse différence » (Matareva, 2014, p. 188). Cependant, elles peuvent aussi être liées à l'histoire ; en effet, à force de se concentrer sur la renaissance du *'ori tahiti*, on a oublié que les danses des autres îles avaient aussi été frappées par les interdits missionnaires et qu'elles n'ont pas bénéficié de la même attention depuis les années soixante. *La danse tahitienne et la danse rapa, c'est pas pareil. L'original de la danse rapa était caché, oublié, et j'ai réussi à le retrouver. Comment j'ai fait ? En observant nos anciens. Parce qu'il y a eu un tapu : quand l'Évangile est arrivé, les évangélistes ont dit à nos anciens que la danse c'était contre la religion. Alors ils ont tous arrêté la danse. Ils avaient peur que l'Évangile vienne les punir. Mais nos anciens, quand ils sont bourrés, ils montrent ce qu'ils savent faire et dans toutes les fêtes, ils dansaient la même chose. Alors moi j'ai observé et j'ai tout noté. Après je leur ai posé la question : "c'est quoi cette danse ?" Et ils m'ont répondu : "c'est notre danse, c'est la danse de Rapa." Alors je leur ai dit : "je vais montrer tout ça", "ah non, c'est pas joli à regarder !" Aujourd'hui, tout le monde adore cette danse. C'est pour ça je suis content, je vais laisser une trace de mon passage sur terre. J'ai toujours remercié Dieu de m'avoir remis cette danse qu'on nous avait cachée. Maintenant nos jeunes ils préfèrent ça que la danse tahitienne. Mais comme dans le Heiva, il y a un règlement, on doit danser la danse tahitienne. Il n'y pas la danse rapa dedans. Mais quand on fait des shows ou au festival des arts des Marquises, là on danse la danse de Rapa* (Tonio). D'autre part, la danse dans les îles est aussi vécue très différemment ; à Tahiti, j'ai eu du mal à me faire accepter dans les groupes parce que comme j'étais débutante, on ne voyait pas très bien ce que je venais faire là et je risquais de perturber la préparation du concours. J'ai eu l'occasion d'aller aux Marquises et lorsqu'on a appris que je faisais de la danse, on m'a poussé dans le groupe sans me laisser le choix "parce que c'était génial que je sois là". Dans les îles, le fait d'être ensemble est plus important que la finalité : à Rapa, par exemple, ils organisent des sortes de mini-*Heiva*, où les prix sont symboliques et équitablement répartis entre tous les groupes, simplement pour le plaisir de se rencontrer ; on est loin de la concurrence tendue tahitienne. Il faut cependant préciser qu'il n'y a pas si longtemps, les groupes des districts éloignés de Tahiti ou de la Presqu'île qui faisaient le déplacement jusqu'à To'ata[9] présentaient des spectacles aussi différents et aussi "authentiques" – j'utilise là une catégorie pleinement émique – que les groupes des îles. Cependant, avec les problèmes liés aux lieux de répétitions, de plus en plus de groupes s'éloignent de la capitale pour répéter, gommant ainsi les différences entre les groupes "urbains" et les groupes des districts.

Il est intéressant de noter que dans les concours, on parle souvent des groupes "des îles" alors que chef de groupe, danseurs, musiciens habitent tous Tahiti et que les répétitions ont lieu à Tahiti. D'autant que le *Heiva* est justement un concours de *'ori tahiti* et que les groupes ne peuvent y présenter que certaines des danses propres à leur île. Qu'est-ce qui vaut alors à ces groupes leur appellation "des îles" ? C'est d'une part l'origine du chef de groupe, mais avant tout la langue dans laquelle le groupe présente son spectacle. En effet, un groupe comme Tamariki Oparo va être immédiatement identifié par les *'ōrero* et les chansons en *reo rapa*. C'est d'ailleurs une des questions que se sont posées les auteurs du spectacle *Te Huritau* de Tamariki Poerani qui a fait l'objet d'une série télé : ils se demandaient s'il était plus judicieux garder leur texte en *reo pa'umotu*, langue en train de disparaître faute de locuteurs, ou s'il valait mieux le traduire en *reo tahiti* pour favoriser leurs chances de gagner le concours. Le règlement n'est pas très clair : c'est un concours de *'ori tahiti*, pas de *'ori* des îles, mais des groupes sont déjà venus des îles sans que cela pose problème… Le

---

[9] Scène mythique où ont lieu les concours de danse du *Heiva*.

choix a finalement porté sur le pa'umotu pour que cette langue continue d'être entendue (Vimeo, 2016, *Heiva i Tahiti by Makau*, épisode 1). Le seul groupe à s'être vraiment déplacé depuis les îles pour le *Heiva* 2014 a été le groupe Tahina no Uturoa, venu de Raiatea et qui a remporté le premier prix amateur.

Les galas des écoles de danse sont loin du stress des concours du Heiva

Les espaces consacrés à la danse à Tahiti

Pour rencontrer mes interlocuteurs et me joindre à un groupe de danse, je me suis laissée porter par mon terrain et j'ai compté sur le hasard des rencontres, qui n'ont d'ailleurs pas manquées. Cette façon de procéder ne m'a malheureusement pas amenée jusqu'au Conservatoire et je n'ai donc pas pu interviewer les enseignantes. Incontestablement, et malgré tous les désaccords entre les écoles, l'une des grandes forces du Conservatoire est d'avoir mis en place un diplôme de danse traditionnelle qui valide un certain niveau en danse. « Un diplôme complet "difficile, mais qui valorise le travail, la rigueur et l'implication des professeurs du Conservatoire autant que celui des diplômés. Tous les cours proposés à côté de la danse complètent la formation, car il ne suffit pas de bien danser – techniquement parlant, il faut aussi connaître les multiples visages de sa culture pour l'exprimer avec justesse et sensibilité" » (Vaihere in *Hiro'a*, décembre 2010, p. 9). En opposition au Conservatoire, il existe une multitude d'écoles de danse, qu'elles soient d'incontournables institutions ou toutes nouvelles. Ces deux principales voies d'apprentissage du *'ori tahiti* sont loin d'être toujours en symbiose et les querelles sont nombreuses. La querelle la plus célèbre est celle de la position des pieds : la danse tahitienne met les hanches en roulement et pour forcer ce mouvement, lui donner de l'ampleur, il est plus facile d'avoir les pieds écartés. Au Conservatoire, dans une démarche pédagogique, les professeurs permettent aux débutants d'avoir les pieds écartés pour mieux sentir le mouvement et lorsque les élèves progressent, ils leur demandent de resserrer petit à petit les pieds (Tehere). Or plusieurs professeurs dans les écoles de danse trouve cela extrêmement choquant et vulgaire, même pour des débutants et critiquent violemment le Conservatoire qui permet cela (André). Par ailleurs, le fait que le Conservatoire soit le seul habilité à faire passer un diplôme est source de tensions, car cela lui donne une légitimité que les autres écoles n'ont pas.

Au-delà de ces divergences d'apprentissage, il faut distinguer écoles et groupes de danse. En résumé, les écoles forment, les groupes servent appliquer. Les écoles sont payantes, brassent nombre de femmes d'âge mûr qui sont là pour papoter entre copines tout en faisant de l'exercice, tandis que les groupes sont composés quasiment exclusivement de jeunes qui se préparent pour les concours. Bien que ce soit souvent les écoles qui permettent aux chorégraphes de gagner leur vie alors que les concours sont plutôt des gouffres financiers, il semblerait que ce soit le succès du groupe qui soit une source de prestige social ; cette question mériterait des recherches plus approfondies que je n'ai pas eu le temps de mener, il me paraissait pourtant important d'en faire mention. Un des autres lieux phares de la danse est constitué par les spectacles pour les touristes dans les hôtels. Beaucoup de groupes prolongent ainsi le *Heiva* – qui a lieu en pleine période touristique – en présentant leur spectacle dans les hôtels avec un effectif réduit. Il faut enfin mentionner les spectacles qui se déroulent sur les *marae*, lieux historiques de réflexion historiques. Ces représentations ont souvent lieu avec les mêmes effectifs que lors des shows dans les hôtels, mais sont majoritairement à destination des locaux.

Le marae Arahurahu à Paea paré pour un spectacle de danse

Dans le cadre de mon enquête, je me suis concentrée sur les concours de danse, qui sont au centre de la pratique des danseurs plus que les divers événements qui sont en quelque sorte leur "gagne-pain" – même si là encore tout est affaire de relativité. À Tahiti, il y a deux événements principaux : le *Heiva* et le *Hura Tapairu*. Le *Heiva* a lieu en juillet avec des effectifs de quatre-vingts à cent vingt danseurs sur scène, alors que le *Hura Tapairu* se déroule en décembre avec des effectifs réduits : vingt danseurs maximum sur scène. « Rares sont les groupes qui ont l'opportunité de se présenter à To'ata pour le *Heiva*, car le concours impose un très grand nombre de danseurs et des investissements financiers importants. Avec un nombre restreint de danseurs et peu de contraintes par ailleurs, le *Hura Tapairu* permet à de plus petites formations, comme les groupes d'hôtels, de quartier ou les écoles de danse, d'avoir une visibilité sur la scène artistique locale, mais aussi de se frotter à de grands groupes connus, également présents. Si le *Heiva* est le gardien de la tradition, qu'il entend pérenniser chaque année grâce à un règlement strict et un jury composé de doyens de la danse traditionnelle, le *Hura Tapairu* vise à encourager la création, l'innovation avec l'absence de règlement chorégraphique et un jeune jury. Deux visions différentes et complémentaires » (*Hiro'a*, octobre 2007, p. 13). Beaucoup de groupes commencent par se présenter au *Hura Tapairu* plusieurs fois avant de rassembler confiance en soi, effectifs et finances nécessaires pour participer au *Heiva* : « Après avoir participé au *Hura Tapairu* plusieurs fois, le groupe avait envie d'évoluer et de relever le défi du *Heiva*.

Concourir au *Heiva* est un aboutissement en soi » (Teraurii Piritua in *Hiro'a*, juillet 2012, p. 11). Il est important de souligner une fois de plus que les compétitions de danse sont très représentatives d'une certaine élite urbaine et ne sont que très peu présentes dans les îles, sinon de manière anecdotique pour le plaisir de se retrouver.

Les temps du Heiva

« *Heiva* en tahitien signifie divertissement, mais dans les cœurs, il signifie aussi fête, culture, danse, chants, découvertes, émotions, frissons ! Le *Heiva i Tahiti* est un des plus anciens festivals du monde. Sa première édition remonte à 1881. […] "le *Heiva* reste un repère essentiel et intense du calendrier culturel et de nos racines ancestrales. Expression la plus traditionnelle de notre langue, de nos légendes, il en est aussi l'expression la plus moderne. C'est là que se nouent et se resserrent les fils de la création, de la parole, de l'identité" » (*Hiro'a*, juillet 2016, p. 14). Cette vision du *Heiva* comme d'un rappel annuel de l'identité polynésienne est récurrente. Dès le début, la question de l'identité a été au centre des festivités du *Heiva* : il est né en 1881 pour fêter le 14 juillet et il rappelait alors l'appartenance française de Tahiti. Au fur et à mesure de l'histoire et de l'occupation coloniale de Tahiti, le *Heiva* est devenu un moyen d'exprimer une identité propre au-delà de la présence française (Stevenson, 1992, p. 122). Ce festival est, non seulement, le lieu des plus grands concours de danse, mais aussi l'occasion de concours de chants, qui ont lieu en alternance avec les groupes de danse durant les mêmes soirées, preuve de la force de leur lien que je n'ai malheureusement pas eu le temps de développer. C'est aussi l'occasion de pratiquer les sports traditionnels comme le lancer de javelot, le grimper de cocotier, la course des coureurs de fruits ou le soulever de caillou. Le *Heiva* draine ainsi des participants de tous horizons sociaux, de toutes convictions religieuses, de différentes îles…

Les spectacles du *Heiva* s'articulent autour d'un thème et doivent présenter un certain nombre de danses imposées – *'ōte'a* et *'aparima* entre autres – avec des musiques et des costumes originaux. Je vais maintenant évoquer des différentes étapes telles que je les ai vécues : le choix du groupe, la mise en place des chorégraphies, la mise en musique, la fabrication des costumes et finalement le jour J. Je m'appuierai essentiellement sur le discours de mes interlocuteurs, mais, aussi sur le magasine *Hiro'a* et la série *Heiva tahiti by Makau* pour les étapes auxquels je n'ai pas assisté, comme le choix du thème.

Les différents points de vue

Dans le début de ma recherche, j'ai cherché à comprendre le processus qui permettait de se présenter au *Heiva*. Une cheffe de groupe m'a raconté sa démarche : *D'abord, on rencontre l'auteur qui nous propose un thème, un thème basé sur une histoire, sur une légende, sur des traditions. Pas d'ailleurs, mais vraiment d'ici, sur des traditions de notre pays. Qui nous ont été données, certaines par des livres ou par une transmission du grand-père ou... Parce que toutes les histoires ne sont pas écrites ! Donc l'auteur nous propose le thème qu'il veut. Généralement, ça me touche. Ce qui m'a été proposé, ça m'a toujours plu ! Pourquoi ? Ben parce que c'est toujours différent. On a tellement d'histoires ! Il y a tellement d'histoires sur notre pays qu'on a le choix ! Après l'écriture du texte, après la rencontre avec l'auteur, je monte mon déroulement, c'est-à-dire que j'essaie de voir de quelle partie du texte je parle à chaque tableau. Et une fois que le programme est mis en place, on commence à choisir si on veut faire un 'aparima là, un 'ote'a... Après, une fois que le programme est mis en place, là on commence à toucher le chef d'orchestre, qui doit être informé du déroulement du spectacle, de combien de tableaux il va devoir interpréter, créer au niveau des percussions... Pour que, quand on voit le spectacle, on entende ce qu'on voit. Ensuite, les costumes suivent. Et une fois qu'on est calé sur tout ça, on peut commencer les répétitions* (Vaimiti). On voit ainsi à quel point la danse touche des domaines très divers de la vie polynésienne au-delà des chorégraphies : musiques, vêtements, légendes… Cette même cheffe de groupe me racontait qu'à partir de sa passion pour la danse, elle en était arrivée à aimer toutes les facettes de sa culture sans distinction.

Les danseurs que j'ai interrogés se sont plus attardés à décrire les différentes phases au sein même des répétitions. *Il y a des parties beaucoup plus amusantes et des parties où il faut prendre son mal en patience. Par exemple quand on vient d'apprendre une nouvelle chorégraphie, c'est excitant et tout. Après, devoir le refaire cent millions de fois, au bout d'un moment, on est fatigué, on est fiu, mais ça fait partie du Heiva, c'est comme ça. Et puis aussi les emplacements par exemple : ça prend beaucoup de temps, il faut dire à chacune où se placer, il faut être patiente. Et puis les costumes : quand tu dois faire toi-même tes costumes, que tu fais des nuits blanches et que tu passes tous tes jours off à faire, ça fait partie du Heiva* (Yumi). Suivre un groupe en particulier et assister à toutes les répétitions m'a permis de bien différencier ces stades. Nous avons d'abord commencé la répétition des chorégraphies en janvier dans la salle de l'école de danse avec de la musique enregistrée, les filles s'entraînaient le mardi et les garçons le jeudi. Puis en février les travaux ont été finis dans l'immeuble et une deuxième salle a été ouverte, nous permettant de répéter en même temps que les garçons, soit deux fois par semaine. En avril, la cheffe de groupe a réussi à obtenir l'autorisation de répéter sur un parking avec l'orchestre et des répétitions se sont ajoutées le mercredi soir, puis le lundi soir. À partir de mai, nous avons commencé à répéter les jours de congé et les samedis. Et début juin, nous avons entamé la fabrication des costumes : la deuxième salle a été transformée en costumerie, ouverte de huit heures du matin à vingt-deux heures le soir, sept jours sur sept.

Les *pūpahu*, qui sont souvent les assistants des chefs de groupes, ont un discours intermédiaire entre les positions des chefs de groupe et des danseurs. Sans être investis dans l'écriture du thème, ils voient au-delà des répétitions : ils aident le chef de groupe à mettre en place les chorégraphies, à trouver les bons gestes, à les caler sur la musique. *Pour l'ōte'a tane, par exemple, on a travaillé ensemble pour voir le texte avec la cheffe de groupe et quelques autres. On réfléchit : "comment est-ce qu'on va exprimer telle idée ?" On cherche des gestes : "qu'est-ce ce geste-là veut dire ?". On essaie autre chose.... On prend ci, on prend ça. Du coup on a une panoplie de gestes pour chaque idée* (Ludovic). Il est ainsi intéressant de noter que l'on peut catégoriser le discours des acteurs en fonction de la place hiérarchique qu'ils occupent au sein du groupe.

Le choix du groupe

Pourquoi danser dans un groupe et pas dans un autre ? Qu'est-ce qui motive les danseurs ? Ces questions, parmi d'autres, m'ont intriguée durant mon terrain. Historiquement, la compétition de danse du *Heiva* se divise entre les groupes amateurs, dits *Hura ava tau*, et les groupes professionnels, dits *Hura tau*. Est professionnel tout groupe qui a déjà gagné une fois la première place dans le concours amateur. C'est l'Académie Tahitienne qui a proposé ces noms il y a une trentaine d'années ; *hura* fait référence à l'ancien nom du *'ori tahiti*, *tau* fait référence au temps et *ava*, c'est l'entrée. Sont classés *hura tau*, les groupes qui ont l'expérience du temps, tandis que les amateurs sont *hura ava tau*, à l'entrée du temps (*Hiro'a*, juillet 2011, p. 10). Néanmoins cette distinction n'a eu aucun impact dans le discours de mes interlocuteurs. De manière générale, j'ai eu l'impression que ce qui motive les choix des danseurs pour un groupe ou un autre, c'est principalement la présence de leurs amis. Un danseur me racontait ainsi : *Je suis venu parce que mes amis faisaient presque tous partie du groupe. Ils m'ont un peu forcé la main et je me suis pas posé la question de quel groupe j'allais intégrer. J'ai même pas posé la question de savoir si c'était un bon groupe ou non*

(Sacha). Cependant, d'autres situations peuvent se présenter : certains ont ainsi ont parfois un membre de leur famille ou de leur île qui gère un groupe et quelques soient les autres groupes qui concourent, la famille est prioritaire. Une de mes interlocutrices me racontait aussi que comme elle faisait ses études au Canada, elle arrivait en mai, bien après le début des répétitions et il lui fallait la confiance de la cheffe de groupe qui l'avait formée pour qu'on lui garde une place (Dorothée). J'ai trouvé aussi intéressant de poser la question à l'envers : est-ce qu'il y a des groupes avec qui les danseurs ne veulent surtout pas danser ? Les réponses sont là beaucoup plus variées et souvent liées au chef de groupe : certains ne veulent pas danser avec untel parce qu'il ne pense qu'à gagner, d'autres ne veulent pas danser avec tel autre, parce qu'ils ont peur de sa mauvaise organisation. Plusieurs de mes interlocuteurs trouvaient triste la différence de popularité entre les groupes : en 2014, Tahiti Ora a procédé à des sélections drastiques alors le groupe Kei Tawhiti a du se retirer de la compétition par manque d'effectifs. Un chef de groupe des îles me racontait qu'il avait beaucoup de mal avec cette mentalité de sélection proprement tahitienne ; pour lui, les danseurs sont comme des élèves et il faut aider ceux qui peinent plutôt que de leur demander de partir. Quant à moi, le choix de mon groupe s'est fait par cet art propre au terrain et à la magie des rencontres : n'ayant pas de voiture pour me déplacer dans l'île, je faisais du stop et une femme qui m'a véhiculée se trouvait justement être l'une des grandes dames de la danse tahitienne. Comme j'allais me promener en ville, elle m'a amenée dans son école, présenté son staff et c'est ainsi que l'aventure du terrain a véritablement pu commencer.

L'écriture comme base du spectacle

Nous avons vu que la première étape de la préparation du *Heiva* est de trouver le thème que le spectacle va mettre en scène. Certains chefs de groupe écrivent eux-mêmes le spectacle, d'autres font appel à des écrivains, mais il y a toujours un texte comme point de départ. Les spectacles du *Heiva* sont ainsi l'occasion pour les écrivains de faire passer des messages. En effet, de moins en moins de jeunes parlent et lisent le tahitien. Or tous les spectacles du *Heiva* se déroulent en *reo tahiti* et ils sont filmés, enregistrés et retransmis, touchant ainsi une population que les livres, souvent considérés comme l'apanage des intellectuels, n'atteignent pas (*Hiro'a*, avril 2009, p. 13). Le règlement du *Heiva* stipule que le spectacle doit premièrement « illustrer un thème historique, légendaire, abstrait ou littéraire contemporain » et deuxièmement, être « inspiré du patrimoine culturel, de l'environnement naturel, de la vie en société de la Polynésie française » (Tahiti tourisme, 2015, règlement du *Heiva*, p. 3). Pour choisir leur thème, certains vont questionner les anciens afin de transmettre des histoires qui se perdraient autrement, d'autres se basent sur des légendes déjà écrites. D'autres encore s'inspirent d'anciens rites collectés par des Européens, alors que certains s'inspirent directement de leurs songes. Certains enfin mélangent plusieurs de ces sources d'inspiration (Viméo, 2015, *Heiva by Makau*, épisode 1). Globalement, les thèmes présentés au *Heiva* sont extrêmement diversifiés : *à travers la danse, au Heiva surtout, nos histoires sont tellement variées qu'on touche à tout : on peut aller des profondeurs de la mer jusqu'au bout de la montagne, pour ne parler que du côté naturel. Après on a tout ce qui est histoires, légendes... Et là aussi, dans le monde polynésien, il y a une variété d'histoires incroyable. C'est comme des contes de fées en fait... Par exemple Walt Disney, c'est des contes de fées, c'est féérique, et bien on a les mêmes histoires chez nous* (Vaimiti).

De manière générale, les spectacles sont un moyen pour les chefs de groupe de s'exprimer : un chef de groupe m'expliquait ainsi que son dernier spectacle était l'occasion d'une mise en garde pour préserver les ressources de la planète. « En Polynésie, la danse est bien plus qu'un art "gestuel". Elle est, pour les chefs de groupe comme pour les danseurs, un médiateur d'émotions certes, mais aussi et surtout de messages. Assister à une soirée du *Heiva* est le meilleur moyen de comprendre l'état d'esprit de la population : quels sont ses espoirs, ses craintes, ses questions... » (*Hiro'a*, juin-juillet 2009). Écrire un thème pour le *Heiva* pour certains va cependant au-delà de la simple histoire à raconter : présenter un thème au *Heiva* peut être un véritable "engagement spirituel", avec des rites précis à respecter absolument. Ainsi dans une courte série télé, les responsables du groupe Tamariki Poerani racontent entre autres comment ils ont été voir la responsable du lignage qui est la dépositaire d'un rite spécifique pour lui demander son autorisation. En effet, il faut non seulement confronter les savoirs de la dépositaire du rite avec la vision des auteurs, mais il est aussi nécessaire d'avoir sa bénédiction pour que le *mana* soit présent et pour que les chefs du groupe ne prennent pas de risques inconsidérés (Vimeo, 2015, *Heiva i Tahiti* by Makau, épisode 1 et 2). Une des auteurs racontait ainsi qu'un proverbe *pa'umotu* affirmait qu'on ne peut pas marcher sur le dos d'un mort sans le réveiller ; pour amener un thème sur To'ata, thème qui fait appel à des légendes, des divinités et autres forces indéfinissables, il faut donc demander aux responsables l'autorisation de réveiller certains esprits et les rendormir une fois le spectacle terminé. Sinon, *il va y avoir des malheurs* (André). On me donnait l'exemple d'un responsable du *Heiva* qui n'aurait pas respecté la cérémonie d'ouverture et qui est décédé quelques semaines après. Bruno Saura (2007, p. 123) et *Hiro'a* (par exemple *Hiro'a*, juillet 2015, p. 19) se font aussi les témoins de pareils discours. Cependant, ces histoires ne font pas l'unanimité : *C'est un peu des légendes urbaines. Enfin des légendes îliennes plutôt pour faire l'analogie...* (André). De moins en moins de chefs de groupe respectent cette manière d'aborder le *Heiva*, notamment parce qu'ils de plus en plus sont issus de la zone urbaine de Tahiti et qu'ils ont souvent peu eu l'occasion de vivre tout le système de croyances et de pratiques proprement "îliennes". Certains vont alors "inventer", ou du moins recréer à partir de contes existants, leurs propres légendes, comme Tumata Robinson avec son thème Marukoa (*Matareva*, 2011, p. 185).

Lors du *Heiva* auquel j'ai assisté, une publication Facebook a circulé dans laquelle Simone Grand, une anthropologue tahitienne, s'indignait du manque de "tahitianité" des thèmes : trop d'erreurs, trop bibliques, trop "fourre-tout". Elle a nommé son message : lettre ouverte pour un minimum de véracité historique et culturelle. En voici un extrait : « Bien qu'admirative de vos réalisations, force m'est de constater un certain laxisme sur les thèmes présentés au *Heiva*. Alors que la Bible et ses thèmes sont depuis des millénaires portés par de puissantes organisations religieuses et cultuelles nationales et internationales, pour la culture et l'histoire polynésiennes, il n'y a que nous et personne d'autre. Or, les thèmes bibliques polluent gravement l'expression de la culture polynésienne. [...] Les jurys sont pointilleux sur les pas, les gestes et la qualité de la danse, sur les costumes et le fait qu'ils tiennent, etc., et c'est bien. Ne pourrait-on pas être exigeant aussi sur le contenu des thèmes ? Les lacunes de certains étant phénoménales, une formation pourrait être dispensée aux candidats au *Heiva*. Nous devons à nos enfants et au public, un minimum de véracité historique et culturelle »[10]. On retrouve ici les réflexions de Stevenson pour qui le *Heiva* est non seulement un synonyme de culture et de traditions, mais aussi pour un certain nombre de Polynésiens un outil d'apprentissage de leur propre histoire (Stevenson, 1990, p. 266).

Les répétitions comme quotidien et le groupe comme famille

Je n'ai que peu eu accès à la mise en place des chorégraphies puisque ce sont souvent les meilleurs danseurs qui aident la cheffe de groupe à choisir les gestes. C'est néanmoins une étape cruciale pour les chefs de groupe qui va dé-

---

[10] La publication dans son entier se trouve en annexe.

terminer l'ensemble du spectacle : *Si dans mon thème on parle du soleil par exemple, comment je vais interpréter le soleil ? Est-ce que je vais faire un soleil humain ? Est-ce que je vais faire un soleil avec un accessoire ? Est-ce que je vais faire des mouvements de soleil ? Plusieurs éléments comme ça, et c'est* ça qui est pour nous différent à chaque fois. C'est l'interprétation du thème. Par exemple, la mer, certaines vont mimer la mer avec les mains, comme ça dans ce sens-là ou dans ce sens-là, ou avec le corps. Mais tout le monde se lie avec ce qu'on voit. Donc nous on sait comment évolue la mer, parce qu'on est entouré d'eau. Je ne sais pas réellement comment l'expliquer. Mais on ne va pas faire la mer, avec la tête par exemple ou tendre sur l'oreille. Tu vois, on a une manière différente d'interpréter, mais on se rejoint toujours par rapport à ce qu'on voit. Comment dire ? On a le même regard parce qu'on a le même océan* (Vaimiti). En ce qui me concerne, je me contentais de découvrir les chorégraphies quelques jours plus tard avec l'ensemble de la troupe.

Le plus impressionnant pour moi a été de me rendre compte du temps que les gens consacrent à la danse sans contrepartie, juste par passion. J'ai interrogé mes interlocuteurs sur l'investissement que leur demande la danse : *Je vais passer en troisième année de l'école d'infirmière et pendant les vacances, je vais déjà commencer à faire mon mémoire, parce que je sais que l'année prochaine, je vais quand même aller au Heiva. J'y arrive. Mais, c'est difficile. Pour les shows hôtels, on a des répétitions trois-quatre fois par semaine. Et avec l'école, tu commences les cours à huit heures, tu finis à dix-huit heures. On a répétition direct après. La danse, on finit vers huit heures et demie, le temps de rentrer, il est vingt et une heures. Le temps de me baigner, de manger, je commence à réviser, il est vingt-deux heures passées... Et le week-end, on a des shows. S'il y a pas de shows, on doit faire nos costumes...* (Katelin). Les danseurs sont souvent prolixes quand on leur demande de parler du temps qu'ils consacrent à la danse : *Au début, t'as répet' de dix- huit à vingt heures. Puis après, c'est de dix-huit heures à vingt-trois heures. Après, t'as les costumes à faire. Si c'est pas les costumes, tu as une réunion pour t'apprendre à chanter. Si c'est pas pour t'apprendre à chanter, c'est pour t'expliquer le thème. Si c'est pas ça, c'est pour aller bronzer tes titi et tes fesses parce qu'il faut que tu sois bronzée le jour du Heiva....* (Dorothée).

Makau Foster raconte que, lorsqu'elle a appris à danser, ils étaient obligés de répéter des heures et des heures durant jusqu'à ce qu'ils s'écroulent de douleur et de fatigue, mais que les membres du groupe le faisaient quand même parce qu'il n'y avait pas grand-chose d'autre à faire (Tamariki Poerani, 2008, *Mes années à Hawaii*). Elle n'a pas été la seule à évoquer l'ennui comme le moteur de

70

Scène de répétition sur un parking

cet investissement (André). En effet, Tahiti étant, malgré tout, une petite île, les possibilités d'activités ne sont pas infinies.

Le temps que passent les danseurs à répéter et à se détourner des "activités anti-sociales" de Becker m'a amené à faire un parallèle avec l'ouvrage *Surveiller et Punir* de Michel Foucault. Il y propose une analyse de la mise en place, en Occident, d'une politique de contrôle des corps, au moyen de prisons et d'écoles notamment. Bien qu'aux antipodes géographiques de ma réflexion, j'ai retrouvé des éléments étonnamment similaires au discours de Foucault dans celui de certains chefs de groupe. Selon les méthodes de la discipline qu'étudie le philosophe français : « A chaque individu, sa place ; et en chaque emplacement, un individu. Éviter les distributions par groupes ; décomposer les implantations collectives ; analyser les pluralités confuses, massives ou fuyantes. L'espace disciplinaire tend à se diviser en autant de parcelles qu'il y a des corps ou d'éléments à répartir. Il faut annuler les effets des répartitions indécises, la disparition incontrôlée des individus, leur circulation diffuse, leur coagulation inutilisable et dangereuse ; tactique d'antidésertion, d'antivagabondage, d'antiagglomération. Il s'agit d'établir les présences et les absences, de savoir où et comment retrouver les individus, d'instaurer les communications utiles, d'interrompre les autres, de pouvoir à chaque instant surveiller la conduite de chacun, l'apprécier, la sanctionner, mesurer les qualités ou les mérites » (Foucault, 1975, p. 168). Lorsque débutent les répétitions d'un groupe de danse, une des premières étapes est d'évaluer le niveau de chaque danseur et de lui attribuer une place en fonction de celui-ci : les meilleurs danseurs sont mis sur le devant de la scène, tandis que les moins doués sont au fond. Chaque danseuse doit retenir qui se trouve devant elle et qui est placé à

71

ses côtés. À chaque individu, sa place, et en chaque emplacement, un individu. Autre analogie intéressante à relever : si le danseur est trop souvent absent ou en retard sans justification, il "perd sa place", en d'autres termes il est recalé au fond avec les moins bons danseurs, voire même, dans certains cas, est purement et simplement exclu du groupe. Voilà, un exemple parfait pour limiter les disparitions incontrôlées, une parfaite tactique d'antivagabondage. Et si le chef de groupe remarque que deux amis placés l'un à côté de l'autre passent plus de temps à discuter qu'à l'écouter, il les sépare et les "déplace", illustrant par là également les mots de Michel Foucault qui met en garde contre les distributions par groupes et les formes de communication inutiles. Ainsi, grâce à la discipline, les chefs de groupe peuvent organiser ces pluralités confuses en différentes scènes qui, une fois ordonnées, forment une histoire, un spectacle compréhensible aux regards extérieurs : « La première des grandes opérations de la discipline, c'est donc la constitution de "tableaux vivants" qui transforment les multitudes confuses, inutiles ou dangereuses, en multiplicités ordonnées » (Foucault, 1975, p. 174). Tableaux vivants qui finiront par magnifier la place To'ata au mois de juillet.

À travers mes observations quotidiennes, je me suis trouvée face à deux discours contradictoires : certains insistaient sur le groupe qui, au fil des répétitions, devenait une famille alors que d'autres s'attardaient sur les tensions liées à la préparation du *Heiva*. Certains m'ont parlé du vol des costumes, un autre me racontait que sa compagne lui avait demandé d'arrêter de donner autant de conseils aux autres, car s'il continuait, les autres allaient devenir meilleurs que lui (Ludovic). En effet, le *Heiva* est non seulement une compétition entre les groupes, mais souvent aussi une compétition entre les individus – en réalité surtout entre les danseuses – pour occuper les meilleures places. D'un autre côté, on m'a aussi expliqué à quel point la solidarité entre les membres d'un groupe était très importante : un jeune danseur me racontait ainsi que malgré sa peur d'être à la traîne au début, il s'était vite intégré, soutenu par les danseurs les plus aguerris qui l'avaient aidé à apprendre les chorégraphies pour qu'il soit à la hauteur sur scène. Dans son discours ce danseur mettait beaucoup en avait les notions de solidarité, d'entraide et de communauté. Dans *Heiva i Tahiti by Makau*, un danseur donnait un message très fort en affirmant que gagner, c'était bien, mais que vivre, c'était mieux et que du coup, ce qui importait c'était de bien vivre l'aventure du *Heiva* plus encore que la compétition (Vimeo, 2016, *Heiva i Tahiti by Makau*, épisode 8). Comme en écho, un chef de groupe me racontait aussi que ses meilleurs souvenirs liés à la danse n'avaient rien à voir avec le fait d'avoir gagné, mais qu'il s'agissait des témoignages de reconnaissance de ses élèves qui lui avaient fait ressentir cet esprit de famille : *Parce que, si mon enseignement peut apporter de la joie dans les familles, à l'intérieur de soi-même, j'ai gagné quelque chose. J'ai tout gagné. Si j'ai pu apporter non seulement un savoir au niveau de la danse, mais aussi partager un savoir sur la vie quotidienne de tous les jours, le respect, l'humilité, la bonté, la générosité, tous ces mots, toutes ces bonnes choses, j'ai tout gagné. Je m'en fous si un spectacle ne s'est pas déroulé comme je l'ai pensé. Si les artistes sont satisfaits de leur travail, j'ai tout gagné. La victoire pour moi n'est pas importante* (Tehere). Une de mes interlocutrices résumait : *Tu vois, c'est comme une famille : on se dispute, mais comme on est obligé de vivre ensemble, on est obligé de se réconcilier et d'oublier. Et ça, ça crée des liens magiques* (Dorothée). J'ai eu l'impression que ces deux types de discours dépendaient non seulement des gens, mais aussi du moment, de la manière dont s'était déroulée la dernière répétition ou d'autres raisons secondaires. En effet, lors d'une aventure intense durant plus de sept mois, il est fréquent de ressentir de la lassitude, d'être poussé à bout… avant de recommencer une nouvelle chorégraphie, de faire la fête avec les membres du groupe et de rechanger d'avis. C'est là toute la limite de n'avoir qu'un seul entretien avec chaque personne.

La musique, les nuisances sonores et les lieux de répétition

La musique du *'ori tahiti* est composée d'une vingtaine de *pehe*, des rythmes de base précis et répertoriés, qui se décomposent en une infinité de variantes (Vimeo, 2016, *'Ori tahiti by Makau*, épisode 1). L'essentiel de la musique d'un *Heiva* se joue sur des percussions : *to'ere, pahu, fa'atete, tariparau*… Elles sont nombreuses et variées, chacune correspondant à une fonction musicale particulière. *'Ōte'a, haka, pā'ō'ā, hivināu*, ainsi que les solos et le final sont tous accompagnés par les percussions. Il n'y a guère que les *'aparima* qui ne soient pas exclusivement rythmiques, mais aussi accompagnés de guitares, de *ukulele* ou de *vivo*. Dans le groupe que j'ai suivi, le lien avec la musique s'est renforcé lorsque nous avons eu accès à un parking : nous avons commencé les répétitions en janvier dans une salle avec de la musique enregistrée sur CD, c'est seulement fin mars que la cheffe de groupe a obtenu l'autorisation de répéter sur un parking où les musiciens pouvaient être présents. Répéter avec un orchestre change fondamentalement l'énergie du groupe – on m'a même parlé de *mana*. *Les percussions, moi, c'est ce qui me porte. C'est ce qui me fait vibrer, c'est ce qui me fait ressentir que la danse ça existe.*

Un pahu sur le marae

Sans musique, ce serait presque rien. C'est dans les tripes. Ça te fait sentir être vivant. Tu ressens les choses, tu vibres, au son des to'ere. Les nôtres de batteurs, ils sont extras. Je les vénère. Pourtant, ce sont des personnes simples, qui n'ont pas d'argent, qui... Mais ils excellent tellement dans leur domaine que t'oublies tout ! Tu oublies ta pauvreté, tu oublies... En ce qui me concerne, moi qui travaille dans le social et tout ça, ben j'oublie tout. J'oublie ma journée, j'oublie les problèmes des gens, j'oublie que ça peut exister... Et je m'enferme dans ces sons et qui font que je peux danser le plus vite possible, tellement c'est beau (Imelda).

La nécessité de répéter avec des musiciens est l'une des principales causes de tensions sociales liées au *Heiva*. En effet, à Tahiti, il n'existe que très peu de salles qui permettent à une troupe de plus de cent danseurs et de musiciens de répéter correctement. La plupart des groupes répètent donc sur des parkings en plein air, presque tous les soirs de la semaine. Au plus grand bonheur des voisins… J'ai été le témoin de ces tensions lors de notre première répétition sur le parking : nous étions censés finir à vingt heures, mais nous avons pris le temps d'une dernière mise au point. Résultat : la police était là un quart d'heure après l'heure dite, appelée par un voisin mécontent. « Depuis les temps immémoriaux, les groupes de danse n'ont aucune place qui leur soit allouée pour répéter leur spectacle de danse. Nous devons toujours nous enfoncer plus profond à l'intérieur des terres, ou toujours plus loin sur les parkings en bord de mer. Ce n'est pas drôle. La situation est vraiment alarmante et incommode pour les groupes. Le voisinage se plaint du bruit passé

18h, conduisant les musiciens à arrêter de jouer, et par là même les danseurs à cesser de danser... Tout le monde travaille et les répétitions ne peuvent avoir lieu qu'en soirée, explique Marguerite. C'est un fait. D'autre part, je comprends parfaitement que le voisinage, après une journée de labeur justement, n'ait aucune envie de supporter les sons des *to'ere* pendant plusieurs heures. Mais comment résoudre notre dilemme ? Bientôt, pour ne déranger personne, je crois que nous devrions répéter sur le dos des *mā'oa*, sur le récif ! » (Marguerite Lai in *Hiro'a*, juin-juillet 2009. p. 38). La personne chez qui je logeais habitait auparavant juste à proximité d'un lieu de répétition et elle m'a confié que bien qu'elle adorait les percussions, les entendre tous les soirs pendant plusieurs heures revenait à l'impression d'avoir un marteau-piqueur dans la tête et qu'elle avait fini par se résoudre à déménager. Il est ainsi difficile de trouver un juste milieu entre la production d'œuvres d'art et le bien-être des citoyens : « Il arrive que des citoyens trouvent certaines activités artistiques gênantes ou inquiétantes, voire carrément dangereuses. Des lois sur les nuisances, notamment sonores et visuelles, sur l'outrage aux bonnes mœurs ou l'insulte à la religion peuvent les protéger contre ces aspects préjudiciables de l'art, en entravant la production de certaines sortes d'œuvres » (Becker, 2010, p. 179).

La problématique des lieux de répétitions va au-delà des nuisances sonores. En effet, il est difficile de danser sur du goudron dans l'obscurité et je me souviens du choix difficile entre perdre l'équilibre avec des chaussures ou m'esquinter les pieds en les enlevant. « Entre deux pick-up, cinq sacs de sable et une pyramide de pavés, la troupe Manahau répète son spectacle pour le *Heiva*, quatre soirs par semaine sur le parking de la Maison de la culture. Comme la plupart des autres troupes, Jean-Marie Biret et ses quatre-vingts danseurs et danseuses font avec les moyens du bord et ne s'en plaignent pas : "Parfois, je dois mettre les pieds dans la glace après une soirée de répétition, raconte Marine Biret, meilleure danseuse en 2010, mais c'est comme ça." Ces conditions ont tout de même un inconvénient : plusieurs éléments se sont découragés et ont abandonné. Mais pour Jean- Marie Biret : "participer au Heiva, ce n'est pas pour la compétition, mais pour découvrir de nouveaux amis et de nouveaux talents et apporter sa pierre à la grande fête du pays" » (La Dépêche, 13 mai 2014). Certains chefs de groupe sont cependant plus vindicatifs : « Nous répétons dans des conditions pitoyables alors que l'on attend de nous des spectacles d'une qualité irréprochable. C'est totalement incohérent !

Comment pouvons-nous avoir des exigences face à nos danseurs et musiciens alors que nous ne pouvons pas leur offrir des conditions de répétitions dignes de leur travail ? Ils répètent dans des parkings sombres et humides à la lumière des phares de voiture et des lampadaires, quand par chance il y en a. Et pourtant, chaque année, les spectacles du *Heiva* sont toujours plus beaux, plus grandioses, plus aboutis » (Makau Foster in *Hiro'a*, juin-juillet 2009). Cela est d'autant plus problématique que peu de parkings sont aussi grands que la place To'ata. Or, les groupes n'ont droit qu'à une seule répétition sur cette scène avant le jour J. Ce qui a l'air d'un détail peut être très embêtant : par exemple dans le groupe que j'ai suivi, les musiques ont dû être rallongées pour permettre aux danseurs d'avoir le temps de faire leurs déplacements. On imagine bien les problèmes et les tensions que cela a causés à moins d'une semaine du jour J.

La fabrication des costumes

Chaque chef de groupe répond de manière personnelle à la problématique de la fabrication des costumes : pour certains, cela fait partie intégrante de ce qu'un danseur doit absolument savoir faire, parce que c'est ainsi que ça se faisait autrefois, alors que pour d'autres, cela permet plutôt d'unifier le groupe. En effet, aux répétitions les danseurs sont là pour danser et les chefs de groupe répriment les bavardages. Les échanges sont donc circonscrits. Par contre, pendant la fabrication des costumes, on peut discuter tranquillement tout en tressant, enfilant, cousant. Une cheffe de groupe me racontait qu'elle obligeait tous ses danseurs à mettre la main à la pâte : *Tout le monde participe à la confection des costumes. Pourquoi ? Ça permet au groupe d'avoir des échanges. À apprendre à mieux se connaître, à détendre un peu l'atmosphère, parce que plus on se rapproche, plus on a de répétitions, plus les gens ils sont stressés, plus moi aussi, je suis sur le bout des nerfs. Et faire les costumes, ça permet à tout le monde de se détendre, d'avoir ce petit côté où tout le monde se rassemble à un endroit, et puis assis, tranquille, on fait son costume, sans précipitation, en discutant, en partageant son repas, en partageant son matériel et donc il y a des conversations qui s'ouvrent. Alors qu'à la répèt', on est là pour danser, pour travailler et on a parfois même pas le temps de s'échanger des bonjours ou des au revoir. Donc les costumes, c'est un moyen pour moi d'avoir un groupe uni où tout le monde se connaît* (Vaimiti). Cependant, lors des soirées de concours, des pénalités sanctionnent chaque costume qui tombe et chaque pièce qui se détache ; certains chefs de groupe confient donc la responsabilité des costumes à un professionnel pour éviter ces ennuis.

Les costumes sont aussi l'occasion de tensions importantes au sein des groupes : les vols de costumes arrivent régulièrement, commis souvent non pas par des concurrents, mais par des personnes du même groupe. Une de mes interlocutrices me parlait de la cleptomanie polynésienne, célèbre depuis les premiers explorateurs. Pour ma part, j'aurais plutôt envie d'incriminer l'épuisement général face à la montagne de travail que nécessite la préparation au *Heiva*. En effet, le nombre de costumes réalisés pour chaque *Heiva* est réellement impressionnant : « Pendant le *Heiva* 2013, nous avons pu admirer 13 modèles de costumes végétaux différents et autant de costumes traditionnels. En comptant les autres costumes nécessaires au spectacle (au moins quatre par groupe), cela nous fait 52 modèles de costumes différents pour un *Heiva*, portés par environ 2000 danseurs. Tout ceci pour seulement une heure de spectacle... Des chiffres qui font tourner la tête, et ce n'est rien à côté du travail que la fabrication de ces œuvres éphémères nécessite ! Cueillir une espèce de fougère qui pousse dans une vallée bien précise, se procurer ce petit coquillage que l'on ne trouve que sur cet atoll des Tuamotu, ramasser une à une les milliers de graines de *pitipitio*, harmoniser l'ensemble pour tout le monde... Heureuse-

Costume végétal féminin : lors du spectacle, la diversité des costumes représente la richesse naturelle de la Polynésie

ment, les artistes engagés dans la course du *Heiva* sont des aventuriers de la culture, évoluant au cœur d'une nature généreuse et entourés d'artistes dont l'inspiration est sans limites » (*Hiro'a*, septembre 2013, p. 24). Becker note que les ressources naturelles et humaines à disposition des artistes sont déterminantes pour les productions artistiques ; ce sont même elles qui gouvernent les mondes de l'art (Becker, 2010, p. 111). En effet, avec un environnement naturel différent, les costumes seraient fondamentalement différents. De plus, les chefs de groupe mettent en action leurs propres ressources humaines en faisant appel aux costumiers qu'ils connaissent ou en allant chercher les matières premières sur leurs îles d'origine ; l'aboutissement de cela est que chaque spectacle, mais aussi chaque costume est unique. Pour les danseurs, fabriquer les costumes est alors un moyen d'apprendre à mieux connaître le patrimoine de leurs îles, qu'il soit naturel ou culturel. Chaque année, les danseurs des différents groupes investissent les jardins de leurs oncles, tantes, grands- parents et poussent parfois jusque dans les vallées leur chasse aux végétaux, alors que le grand costume est plutôt l'occasion de mettre en valeur le patrimoine culturel. Un chef de groupe racontait ainsi qu'il a dépensé plus de deux millions de francs pacifiques[11] rien que pour les chapeaux de son grand costume, mais pour lui ce n'est pas ça qui importait : l'essentiel, c'était de mettre en valeur le patrimoine artisanal des Australes et son costume a permis non seulement de faire vivre un certain nombre d'artisans, mais aussi de favoriser la transmission de certains savoirs spécifiques (*Hiro'a*, août 2014, p. 23). Grâce à Manouche Lehartel, cheffe de groupe et muséologue, chaque œuvre qui remporte le prix du grand costume est conservée au Musée de Tahiti et des Îles. Elle en a même fait une exposition itinérante, La danse des costumes, pour exposer le savoir-faire que nécessite la fabrication de tels ouvrages *(Hiro'a, novembre 2007, p. 7)*.

Seulement, la quantité de costumes est telle qu'elle soulève aussi un certain nombre de problèmes. Les *more* qui sont la base des jupes pour le grand costume, sont notamment la source de nombreuses discussions : il n'y a pas suffisamment de production à Tahiti pour fournir tous les groupes. Certains vont donc faire faire les *more* sur leur île d'origine, d'autres s'y prennent à l'avance pour pouvoir se fournir sur Tahiti, mais la plupart des chefs de groupe commandent leurs *more* à Hawaii. Un numéro de *Hiro'a* a consacré un long article à ces questions : « "Pour réunir suffisamment de *more*, je m'y suis prise en janvier, affirme Mateata Legayic, chef de la troupe Toakura qui a obte-

---

[11] Soit près de 17 000 euros

nu le premier prix en costume traditionnel. J'ai dû en commander à plusieurs endroits – Taha'a, Moorea, Papara... Il me paraissait important d'investir en Polynésie, mais j'avoue que c'est difficile, car les artisans ont du mal à fournir et les prix augmentent." L'an dernier, Toakura avait investi pour ses costumes près de 4 millions. La subvention versée aux groupes pour l'aide aux costumes est de 1,5 million ; le prix pour le plus beau costume que la troupe a remporté est de 110 000 Fcfp. Tumata Robinson, chef du groupe lauréat du *Heiva* 2011, Tahiti Ora, estime à environ 5 millions son budget costumes cette année. Elle s'est résolue à commander ses *more* à Hawaii. "La filière en Polynésie n'est pas suffisamment organisée pour répondre à la demande de tous les groupes, explique-t-elle. Et la qualité du travail n'est pas toujours satisfaisante non plus. En commandant mes *more* à Hawaii, je n'ai pas de mauvaise surprise, en revanche, cela me coûte très cher ! [...] En prenant une moyenne de 14 groupes

Détail d'une ceinture de grand costume

investissant 4 millions dans ses costumes, ce sont près de 50 millions qui seraient injectés chaque année auprès des artisans polynésiens[12]. [...] L'écono-

---

[12] Pour Toakura, 4 millions de francs pacifiques correspondent à environ 34 000 euros, 1,5 millions de FP à 13 000 euros, 110 000 FP à 1000 euros. Pour Tahiti Ora, 5 millions de FP correspondent à 42 000 euros. Pour l'ensemble des groupes, 50 millions de francs pacifiques valent à peu près 420 000 euros.

mie engendrée par la préparation des costumes du *Heiva* est donc loin, très loin d'être anecdotique. Pour autant, la filière artisanale manque cruellement d'organisation et pourrait, en se structurant davantage, être plus productive pour un grand nombre d'artisans et moins préoccupante pour les groupes ! » (*Hiro'a*, septembre 2011, pp. 22-23). Un chef de groupe me racontait que, pour lui, la meilleure chose à faire était de se présenter que tous les deux ou trois ans, non seulement parce que ça permet au chef de groupe de prendre du recul, mais ça permet surtout d'organiser le prochain *Heiva* avec des ventes de plats, de poulet fumé, de gâteaux… pour pouvoir financer l'ensemble des costumes (Tehere). Aucun des groupes de ma connaissance n'y échappe et j'ai eu ma part de vente de poulet – ce qui est particulièrement compliqué quand on ne connaît personne sur l'île à part les autres danseurs. Un chef de groupe de Rapa avait cependant un autre avis sur la question : au contraire des chefs de groupe de Tahiti qui se plaignent du coût et de la rareté des matières premières pour faire leurs costumes, celui-ci vient au *Heiva* pour récolter des fonds. En effet, à Rapa il n'y a aucun problème de matières premières pour les costumes et venir à Tahiti leur a permis non seulement d'empocher les subventions, mais aussi d'aller dans les paroisses, les manifestations, les communes faire des shows pour récolter des fonds afin de rénover le temple protestant de l'île, renversant ainsi la logique des groupes tahitiens pour qui le *Heiva* est plutôt une source de dépenses.

Le jour J

Le jour J commence avec un fourmillement actif dans la salle des costumes : c'est le dernier moment, il faut enfin faire le costume végétal. J'ai appris ainsi à tresser des couronnes, à coller des fleurs de *tiare* et à mettre certains végétaux au micro-ondes afin de les ramollir pour les rendre plus faciles à travailler. Les filles défaisaient leurs tresses et s'ajoutaient des implants capillaires si le résultat n'était pas à la hauteur de leurs espérances. Elles se maquillaient jusqu'à se rendre méconnaissables. La cheffe de groupe distribuait du *miri* pour qu'on sente bon. On m'a même aspergée d'un mélange odorant pour me bénir. Il régnait dans cette préparation un fabuleux mélange de pratiques anciennes, modernes et bibliques, toutes parfaitement acceptées par les danseurs.

Je n'ai eu que peu de témoignages sur le moment même du spectacle. Probablement que ce moment est tellement bref et intense par rapport à la montagne de préparatifs qui a précédé que les danseurs ne savent pas très bien comment décrire ce qu'ils ont ressenti à ce moment-là. Seule une de mes interlocutrices

a évoqué que le fait d'être sur scène comptait parmi ses meilleurs souvenirs : sentir la fin de l'aventure, se maquiller, enfiler les costumes et ressentir vraiment la force de la danse face au public. C'était ces sensations qui lui faisait recommencer chaque année à participer au *Heiva* (Heihere). Une de mes interlocutrices m'expliquait que le *Heiva*, c'est une période complètement à part où on ne touche plus terre : *Quand tu es dans la période du Heiva, tu es dans une période de flottement. T'es un peu sur terre, un peu dans l'air. Et tu vis. Tu vis, tu danses, tu te dépenses, t'es fatigué, tu dors, t'as mal aux genoux, t'as mal partout. T'es pas dans la vie normale, quoi. T'es pas sur terre, t'es pas en l'air, t'es entre les deux. Voilà. T'as qu'un seul objectif : tu vas danser, tu vas tout donner et voilà, t'es en période de flottement. Une fois que tu redescends sur terre, ça fait mal* (Imelda). Quoiqu'il en soit, pour beaucoup de danseurs, au-delà de s'impliquer pour la "culture", le *Heiva*, c'est aussi un moyen de faire partie d'un groupe, presque d'une famille. Et le retour à la vie "normale" avec du temps libre et de la solitude est souvent difficile.

Le règlement, le jury et les palabres

Lorsque j'ai rencontré ma cheffe de groupe, elle se plaignait de l'organisation du concours. Elle a même affirmé qu'à cause du manque d'organisation, la culture séparait au lieu de rassembler. Intriguée et étonnée, j'ai cherché à approfondir cette problématique durant mes entretiens ; pendant toute la préparation, mes questions ne rencontraient aucun écho parmi les danseurs, alors qu'à l'approche du *Heiva* et des résultats du concours, elles provoquaient des discussions enflammées. Visiblement seuls les chefs de groupes s'en préoccupent toute l'année. *Je considère que le Heiva est la chose la plus ingrate qui soit au monde. À savoir six mois... un an de dur labeur ! Six mois de sacrifice, de travail intensif d'une création complètement originale qu'il s'agisse des percussions, des costumes, du thème à écrire entièrement, des compositions musicales et tout ça réglé par un jury aux compétences... Enfin plus ou moins compétent. Et j'en parle avec beaucoup de facilité parce que moi-même j'ai été plusieurs fois jury* (Manouche Lehartel). Le jury est généralement constitué de chefs de groupe qui ne concourent pas cette année-là et qui sont reconnus par leurs pairs pour leur expérience dans leur domaine, que ce soit le chant, la danse, les percussions ou l'écriture. Ce n'est donc pas un jury professionnel. « Tous les ans, préparer le *Heiva i Tahiti* est une aventure pleine de rebondissements et... de revendications ! En témoignent les nombreux désaccords qui ont prévalu à cette édition et sur lesquels il est inutile de revenir, puisqu'écoute et dialogue nous ont permis de trouver à tous, autorités, organisateurs et artistes, un terrain d'entente. Il faut avouer que la culture est un sujet sensible en Polynésie, pour ne pas dire passionnel. Mais c'est grâce à cet attachement, parfois revendiqué de manière virulente, que notre *Heiva* est vivant et perdure, qu'il est toujours aussi profond et authentique ! » (*Hiro'a*, juillet 2011, p. 3). En 2014, une cérémonie de paix, le *Rāhiri*, a été organisée en ouverture du *Heiva* pour apaiser les esprits et éviter les disputes à la proclamation des résultats (La Dépêche, 5 juillet 2014). Cependant, il ne faut pas oublier que ces tensions ne sont pas propres au monde du *'ori tahiti* mais à un monde sportif global dans lequel chacun doit se battre pour obtenir les financements qui permettent d'exister (Koebel, 2011, p 41).

Il est intéressant de noter qu'au *Heiva*, seule la première place est valorisée : *Il y a eu des polémiques parce que nous sommes arrivés deuxièmes. Il y a eu des polémiques sur le fait que notre cheffe de groupe a, je vais dire, "refusé" le trophée. Il y a d'autres qui vont dire que notre cheffe de groupe a "donné un coup de pied" dans le trophée, il y a d'autres personnes qui vont dire que notre cheffe de groupe a "jeté" le trophée, ou "abandonné" le trophée... Il y a plein de termes. Moi je connais pas la vraie histoire. Par contre il y a un truc qui est sûr, c'est qu'elle n'a pas pris le trophée. C'était symbolique, elle refusait sa deuxième place* (Teheiarii). Une autre de mes interlocutrices, cheffe de groupe reconnue, me racontait qu'elle n'a jamais gagné le *Heiva*. Alors qu'en fouillant dans les archives, je me suis rendu compte qu'elle avait été deuxième. Cette sensation a été renforcée par la lecture du magasine *Hiro'a* : en effet, les interviews sont toujours celle des premiers, sans jamais donner la parole aux autres. Pourquoi les éditeurs ne proposent-ils pas une autre vision des choses de temps en temps ? Une hypothèse pourrait être qu'ils estiment qu'il existe assez de conflits comme ça, sans ouvrir de portes supplémentaires aux disputes.

Selon le règlement mis en ligne pour le *Heiva* 2015, le concours de danse est séparé en deux catégories : *Hura tau* – professionnels – et *Hura ava tau* – amateurs. Quelle que soit la catégorie dans laquelle ils concourent, les groupes doivent présenter au minimum septante-deux personnes – dont douze musiciens – sur scène et au maximum deux cent (Tahiti Tourisme, 2015, Règlement du *Heiva*). Lors des concours, il faut obligatoirement présenter au moins quatre ou cinq types de danses et trois types de costumes – traditionnel, végétal et en tissu – sous peine de pénalités. Les concours d'orchestres et de solos sont, quant à eux, facultatifs. Le spectacle doit durer maximum une heure. « Un temps défini durant lequel les artistes racontent une histoire en musiques et en chorégraphies. Cette histoire, c'est la base du spectacle ainsi que ce qui fait tout le charme du *Heiva i Tahiti*. Car c'est notre histoire, issue tantôt de légendes, tantôt de faits historiques, ou tout simplement de thèmes qui font la Polynésie d'aujourd'hui, qui est contée lors de chaque soirée de concours » (*Hiro'a*, juin 2014, p. 14). Afin de favoriser la transparence et faire taire certaines querelles, *Hiro'a* avait publié en 2012 les critères de notation du jury (*Hiro'a*, juillet 2012, p. 16), néanmoins je n'ai pas trouvé cette notation, ni aucune autre, dans le règlement que j'ai pu consulter (Tahiti tourisme, 2015, Règlement du *Heiva*). En 2012, le thème était noté sur quinze points, prenant en compte son authenticité et son originalité ainsi que la maîtrise de la langue. La danse était notée sur trente-cinq points, prenant en compte la chorégraphie, dont l'occupation de l'espace, l'originalité des figures et la synchronisation de l'ensemble, le rythme et la gestuelle, essentiellement la maîtrise technique de chacun des danseurs. La musique est notée sur vingt points répartis entre la virtuosité de l'orchestre, la maîtrise technique des chants et le dynamisme de l'ensemble. Finalement, trente points sont accordés à la présentation générale : la beauté des costumes, leur concordance avec le thème, la mise en valeur des traditions, etc. Cela fait donc un total de cent points auxquels on peut retirer des pénalités par exemple pour les retards administratifs, pour des costumes qui tombent ou pour le dépassement du temps accordé. Mais les prix ne se limitent pas seulement au meilleur groupe de danse : deux prix pour les costumes – un pour le végétal, un pour le traditionnel –, deux prix pour les orchestres – un pour le traditionnel, un pour la création –, un prix pour les meilleurs danseurs, homme et femme, un prix pour le meilleur auteur et encore d'autres prix à la discrétion du jury – cette dernière expression étant particulièrement géniale. Ma cheffe de groupe les appelait les "prix- bonbons" parce qu'elle avait l'impression qu'on les distribuait comme des bonbons pour que les autres groupes ne soient pas trop frustrés.

J'ai souvent eu l'impression que la complexité de cette organisation n'avait que peu d'impact au niveau des danseurs ; ils sont là pour danser, le reste n'importe pas vraiment. Mis à part une éventuelle victoire. Dans mes premiers entretiens, je cherchais à comprendre l'organisation du *Heiva* et ce qui comptait pour les danseurs. Aucun ne pouvait me dire le montant des prix et certains ne savaient même pas s'ils dansaient en *Hura tau* ou en *Hura ava tau*, ils n'avaient retenu que les dénominations en français qui sont les plus couramment utilisées. Cette méconnaissance est peut-être dûe aux très nombreux ajustements que l'organisation a connu ces dernières années : *Ce que j'aime pas trop, c'est qu'ils font que changer la réglementation. Un moment, il y avait les danses en couple, après il y en avait plus. Au niveau des noms aussi : c'est Hura Tau et... Enfin je sais plus. Avant c'était amateurs et professionnels, maintenant c'est Hura Tau et Hura je sais plus quoi... Ils font que changer des petits trucs comme ça. Donc j'espère qu'à un moment donné, ils vont s'arrêter, ils vont fixer quelque chose et qu'ils vont arrêter de bouger. Parce que tous les ans, les règles changent. D'un côté, si c'est pour améliorer, c'est bien, mais à un moment donné, il faut qu'ils arrêtent. Parce qu'après, nous on est un peu perdus* (Heihere).

Quand la danse devient un mode de vie

Beaucoup de danseurs m'ont raconté la danse comme essentielle à leur vie, à leur équilibre, un lieu particulier où tout s'oublierait. Si cet état d'esprit a été particulièrement mis en avant dans le discours de mes jeunes interlocuteurs, il est aussi présent chez celles qui dansent depuis des années, malgré tous les sacrifices que danser implique. Comme le note Asia Hammil, lauréate du prix de meilleure danseuse au *Heiva* 2014 : « La danse fait partie de moi, de mon quotidien, je ne sais pas pourquoi, mais je ne peux pas arrêter définitivement, je m'y remets toujours. C'est une manière de se défouler, c'est une échappatoire au quotidien, car quand tu danses, tu racontes une histoire et tu oublies tout. Et puis il y a l'ambiance de l'aventure, les copines, tu es pris dedans. C'est une aventure humaine incroyable » (Asia Hammil in La Dépêche, 27 juillet 2014).

En exigeant autant d'investissement, le *Heiva* a cependant des conséquences non négligeables sur la vie de couple et la vie de famille, d'autant plus que la grande majorité des danseurs travaillent parallèlement à la danse. « Entre le travail et le *Heiva*, je n'ai plus vraiment de vie personnelle. Heureusement, j'ai mon père, ma sœur autour de moi, mais mon chéri ne danse pas, et toutes ces répétitions, ça commence à être difficile... » (Marine Aruhoia Biret in La Dépêche, 13 mai 2014). Chaque couple, chaque famille doit trouver un équilibre, des arrangements, des concessions pour pouvoir continuer à vivre leur passion. Une danseuse me racontait ainsi qu'elle a choisi de participer au *Heiva* avec un groupe de Tahiti alors qu'elle habitait Moorea ; elle devait découcher chaque soir où elle répétait. Malgré tout, elle disait qu'elle était très contente de son choix et qu'elle ne voyait que le côté positif : la danse la sortait, lui faisait faire du sport, lui permettait de rencontrer des gens, tandis que son compagnon passait son temps à faire du tennis. Le *Heiva* ne chamboulait pas trop leur emploi du temps. Néanmoins elle reconnaissait qu'elle pouvait se permettre ce mode de vie parce qu'elle n'avait pas d'enfants (Heihere). Pour les plus jeunes, la danse est même un moyen de rencontrer des personnes, filles comme garçons, et de construire des liens grâce à une passion commune. Des jeunes danseuses me racontaient ainsi qu'elles étaient beaucoup plus attirées par des garçons qui dansaient que par les autres, non seulement physiquement, mais aussi parce qu'ils comprenaient ce qu'elles vivaient (Samantha et Fanny).

Malheureusement, peu de mes interlocuteurs avaient des enfants. En effet, les parents sont encore moins disponibles que les autres danseurs et leurs rares moments de temps libre ne sont pas consacrés à une étrangère qui leur pose des questions. Une amie a cependant accepté de prendre le temps d'un café avec moi pour me parler de l'aventure de son premier *Heiva* en tant que maman. *J'ai un compagnon qui... Comment dire ? Qui est extraordinaire. Bon ça va faire dix ans qu'on est ensemble. On a parcouru beaucoup beaucoup beaucoup de chemin. Le jour où j'ai été convaincue qu'il n'aimait que moi et que je ne pouvais vivre qu'avec lui, on avait trouvé notre équilibre. Lorsque j'ai fait le Heiva en 2012, je l'ai mis de côté pendant six mois. Je ne dormais pas chez moi, je faisais les costumes. Lorsque je rentrais chez moi, il était vingt-trois heures, on se levait à quatre heures du matin, on allait au boulot. Tous les jours. Week-end compris. Parce que le samedi matin huit heures, j'étais à la costumerie et le dimanche, j'étais à la plage avec mes copines. Je pense aussi qu'en 2012, c'est pour ça que je me suis permis de me lancer dans le Heiva, parce que j'avais trouvé un certain équilibre. Grâce à cet équilibre, j'ai pu aller danser, j'ai pu découcher, j'ai pu me concentrer sur la danse, le boulot, la danse, le boulot. Parce que mon mec, lui, il vivait tout seul. Il vivait tout seul, il bouffait tout seul, il faisait sa vie tout seul. C'est un solitaire dans son âme, donc ça ne lui déplaisait pas. Toutefois, quand j'ai réintégré mon domicile et que j'ai vu qu'il avait prit dix kilos, je me suis dit qu'il y avait un souci. […] Tous mes copains danseurs et danseuses lui ont dit : "il faut que tu viennes aussi dans la danse". Et lui, il a dit : "Mais j'ai rien à voir avec la danse. C'est pas ma vie. C'est pas ma passion, c'est pas… Je m'en fous moi de la danse." "Oui, mais ça crée des soucis dans le couple". […] Non, c'est dur. C'est dur de concilier. Il faisait des concessions, donc moi il fallait que je trouve des façons de faire des concessions aussi. Un jour, il m'a appelé, il veut une moto. Oui. Oui. Oui. J'achète la moto. D'accord. C'est peut-être inconsidéré, mais non, si c'est le prix à payer pour tout ce qu'il vit et tout ce qu'il fait… Ça ne peut pas aller que dans un sens, il faut que ça vienne de l'autre aussi.* Lorsque je lui ai demandé si la présence de leur fille avait changé quelque chose, elle m'a répondu : *Non, c'est toujours un homme extraordinaire. Heureusement que je le sais d'ailleurs. Parce que le soir après mon boulot, je vais au sport. Il garde la petite. Et c'est comme ça tous les jours. Le samedi, par contre, c'est son seul jour où il fait ce qu'il veut. Donc je garde la petite. Le dimanche, on est ensemble. Et le peu de fois où il me réclame des moments en famille, des balades en famille, j'essaye de m'y tenir. Voilà. Mais en tout cas, le lundi je vais au sport, je vais à la répétition, il garde la petite. Le mardi, je vais au sport, il garde la petite. Le mercredi, je vais au sport, à la répétition, il garde la petite. Le jeudi, c'est la même chose, le vendredi, c'est la même chose. Donc non, ça change rien. On a fait un choix d'avoir un enfant. On va essayer d'assumer jusqu'au bout, mais en tout cas, au jour d'aujourd'hui on a été prêt à assumer cet enfant. Mais oui, c'est quelqu'un d'extraordinaire. Et c'est ce qui me permet d'y aller, c'est ce qui me permet de pas me prendre la tête. Parfois, je m'en veux, hein ! Et j'en discute avec lui parce que je me dis que c'est beaucoup. C'est beaucoup, mais c'est la vie, c'est notre vie. Je fais le choix de la garder parce que j'ai envie que tu te sentes bien dans ton corps.*(Imelda). Lors de mon terrain, j'ai eu l'occasion d'interroger longuement deux danseurs avec des enfants et malgré leur discours plein d'amour et de compréhension, aujourd'hui aucun des deux ne vit encore avec son partenaire de 2014.

Les couples où les deux parents dansent doivent trouver d'autres arrangements. Le plus fréquent est que les enfants viennent avec eux aux répétitions : les plus petits se promènent entre les danseurs, les plus grands jouent à la console dans un coin de la salle. Lors des répétitions de mon groupe, il y a généralement un peu plus de cent danseurs, une dizaine de musiciens et il y a une vingtaine d'enfants entre deux et dix ans. Un couple d'amis, parents de deux garçons, un de six ans et un de neuf ans, me racontait comment chaque après-midi était l'occasion d'une discussion avec les enfants pour savoir ce qu'ils feraient le soir : le plus grand aime bien jouer à l'ordinateur et reste souvent à la maison alors que le plus jeune adore être dehors et l'exercice physique et vient régulièrement s'entraîner avec son papa. Les parents m'expliquaient néanmoins que lorsque les répétitions auraient lieu tous les soirs, week-end compris, ils seraient obligés de prendre quelqu'un pour les enfants, parce qu'ils ne pourront plus assurer le suivi des devoirs. De la même manière, une ancienne cheffe de groupe me racontait qu'elle a obligé son fils à danser l'année où son mari a dû être rapatrié en France pour soigner un cancer : elle ne voulait surtout pas que son fils reste seul à la maison tous les soirs avec un père malade en France et une mère toujours absente.

Certains danseurs, qu'ils soient hommes ou femmes, choisissent de devenir chefs de groupe. Il existe autant d'explications que de situations : par exemple pour l'une c'était le hasard, alors que pour une autre c'était son investissement qui l'a amené à gravir les échelons du groupe, jusqu'à en prendre les rênes. De manière générale, la plupart des chefs de groupe ont commencé par monter une école de danse, puis un petit groupe avec lequel ils ont fait des shows-hôtels et finalement le groupe a grandi et ils ont proposé un groupe pour le *Heiva*. La plupart, donc, gagnent leur vie grâce à la danse. « Il faut toujours être au premier plan, participer à chaque concours, gagner pour être demandé – dans les hôtels, à l'international... Pour être capable de faire de sa passion son travail, il faut énormément de rigueur et d'implication. Mais au regard du succès du *'ori tahiti* ici comme ailleurs, avec de la volonté, de l'énergie et de l'imagination, on peut parvenir à se créer de très belles opportunités » (Tiare Trompette in *Hiro'a*, décembre 2013, p. 7). Tout le monde s'accorde à dire que la préparation d'un *Heiva* est un moment intense pour tout le monde, mais encore plus pour les chefs de groupe. L'une d'elle m'expliquait qu'elle était systématiquement la première arrivée et la dernière partie. La première arrivée parce qu'elle tenait à accueillir chacun et la dernière partie parce qu'à la fin tout le monde allait la voir pour régler ses problèmes et qu'il fallait encore gérer les "à côtés" du spectacle de danse : musique, costumes... Comme je n'avais pas de moyen de locomotion, dans les premières semaines, c'était souvent la cheffe de groupe qui me déposait chez moi, car j'habitais sur son passage ; je me suis vite lassée parce qu'effectivement, elle partait bien après tous les danseurs ! Un jeune danseur très impliqué me racontait également qu'il avait envie de monter son propre groupe un jour, mais que pour l'instant avec une fille en bas âge, il ne voulait pas prendre cette responsabilité-là.

Comme je l'ai mentionné, la plupart des groupes ne se présentent que tous les deux ou trois ans. Certains chefs de groupe, notamment ceux qui n'ont pas d'enfants, profitent alors de ces creux pour redevenir de simples danseurs dans d'autres groupes. Cependant, cette expérience en tant que danseur semble beaucoup moins importante pour eux que leur vécu comme chef de groupe. J'ai ainsi mené un entretien pendant près de deux heures avec un chef de groupe, avant qu'il ne me mentionne que cette année il se présentait au *Heiva* comme danseur dans un autre groupe (Tehere). Si pour les chefs de groupes, l'expérience en tant que leader est plus importante que celle de danseur, c'est probablement parce qu'elle implique plus de responsabilités et qu'elle est socialement plus valorisée. Une danseuse m'expliquait : *Je pense que la place du chef de groupe, c'est la place la plus importante dans un groupe. Si le chef de groupe ne va pas bien, le groupe entier ne va pas aller bien. Si il va bien, et bien on va aller bien. Je veux dire que c'est eux qui portent le nom du groupe et c'est eux qui vont aller en compétition. Tu vois ce que je veux dire ? C'est eux qui vont tirer le groupe pour aller en compétition sur la scène du Heiva* (Imelda). Le rôle des chefs de groupe est donc tout à fait central pour comprendre le fonctionnement du *'ori tahiti*. Il faut néanmoins rester prudent, car on a souvent tendance à considérer la vision de quelqu'un de haut placé comme plus juste : « Dans tout système de groupes hiérarchisés, les participants tiennent pour acquis que les membres du groupe le plus haut placé ont le droit de définir la manière dont les choses sont effectivement. [...] Les membres de groupes inférieurs disposent d'informations incomplètes ; leur vision de la réalité est de ce fait partielle et déformée. C'est pourquoi, du point de vue d'un participant correctement socialisé, toute histoire racontée par ceux du haut mérite intrinsèquement d'être considérée comme le discours le plus crédible que l'on puisse espérer obtenir sur le fonctionnement de l'organisation. » (Becker, 2002, p. 153). Or la vision des chefs de groupe n'est pas meilleure ou plus valable, elle renseigne simplement sur des préoccupations différentes de celles des danseurs.

Madeleine Moua

Parrure de costume © Tahiti Ora

Chapitre 4

À la rencontre des problématiques

*« Le Heiva i Tahiti est, à n'en pas douter, la forme la plus aboutie de l'expression de
l'art polynésien, car il entremêle avec talent, la comédie, la tragédie, l'expression
corporelle, l'art oratoire, le chant et le son des percussions »*
(Geffry Salmon *in La Dépêche, 4 juillet 2014*).

J'aborde à présent des thèmes et des questions qui sont apparus comme essentiels à une véritable analyse du *'ori tahiti*. Je commencerai par définir brièvement la danse et ce qu'elle véhicule comme représentations pour les différents acteurs. La question du genre est absolument incontournable puisque le *'ori tahiti* présente des spectacles mettant en scène de manière très différenciée des "hommes" et des "femmes". La problématique du corps l'est tout autant, car qui dit danse, dit aussi expérience corporelle et mise en scène du corps. Quant à la question de l'opposition entre la tradition et la modernité, si elle n'est pas exclusive au *'ori tahiti*, elle y prend des caractéristiques spécifiques que j'évoquerai dans la quatrième partie de ce chapitre.

Qu'est-ce que la danse ?

Qu'est-ce que la danse ? Un simple loisir, un art, un sport ou même une transe ? Christophe Apprill, dans son ouvrage *Sociologie des danses de couple* (2005), note la difficulté qu'ont les chercheurs à définir ce qui tient de la danse ou non. Toutes les danses n'ont pas pour objectif d'être une présentation, toutes les danses ne sont pas une recherche esthétique, certaines danses se passent de musique, d'autres nécessitent des objets, certaines sont solitaires, d'autres non, des danseurs contemporains ont même proposé des danses immobiles... Difficile de trouver des éléments absolument irréductibles. De manière très pragmatique, je me contenterai d'une définition émique et de considérer comme "danse" ce que mes interlocuteurs appellent ainsi.

Lors de chacun de mes entretiens, comme conclusion, j'ai demandé à mes interlocuteurs de me définir en quelques mots ce qu'était le *'ori tahiti* pour eux. J'ai ainsi récolté une liste de mots qui a dessiné les contours d'une définition. Ceux qui sont majoritairement ressortis sont : l'art, la beauté, la grâce, la sensualité et la culture[13]. La notion de culture est ce qui a été le plus évoqué et met en évidence une des préoccupations centrales des personnes impliquées dans la danse polynésienne. La notion d'art est une catégorie plus générale qui peut relever à la fois de la réflexion, du rythme et du dépassement des activités du quotidien. Quant à celles de beauté, de grâce et de sensualité, j'ai tendance à penser que ce sont des éléments clefs pour comprendre le lien entre danse et société, tant elles ont été centrales dans le discours et les pratiques des acteurs – surtout des actrices d'ailleurs. Certains interlocuteurs m'ont évoqué l'importance de la solidarité, du travail ou de la compétition, mais ces aspects n'ont été cités que par une ou deux personnes, pas plus. Il est intéressant aussi de noter que pour Madeleine Mou'a la nature était essentielle pour la danse, qui est née, selon elle, du battement des vagues sur le récif, du bruit du vent dans la vallée, qui rythment la vie quotidienne (Youtube, 2013, *Souviens-toi Madeleine Mou'a*). Pourtant, aucun de mes interlocuteurs n'a mentionné le mot "nature" ; le fait que ma recherche ait eu lieu à Tahiti en zone urbaine a probablement eu une influence. En interrogeant des danseurs d'îles où la nature est omniprésente, j'aurais peut-être eu des réponses différentes.

Dans les différents synonymes qui sont ressortis, je m'attarderai sur celui de culture qui montre à quel point, selon le regard des danseurs, la danse est partie prenante d'une certaine identité tahitienne – je précise que je parle bien ici de Tahiti et non des îles. *La danse tahitienne, c'est d'abord une culture. Et après seulement dans un deuxième temps, un art. Non pas que ça s'oppose, mais pour moi c'est vraiment d'abord une culture. Et après seulement un art que tu performes en public et où tu mets en œuvre ta créativité* (Dorothée). Cette danseuse originaire de Moorea qui suit ses études à Montréal me racontait ainsi que, lorsqu'elle se sentait isolée, loin de chez elle, il lui suffisait de danser pour qu'elle se sente à la maison. Comme si la

---

[13] La liste complète des mots qui m'ont été donné pour qualifier le *'ori tahiti* : Amour, *Art, Avoir du caractère, *Beauté, Bien-être, Captivante, Communauté, Communication, Compétition, *Culture (polynésienne), Démonstration, *Emotion, Entrainante, Envoutante, Excitante, Expression, *Grâce, Image de la femme polynésienne, Maitrise de soi, Passion, Perfection, Régularité, Respect, *Sensualité, Sérieux, Solidarité, Souplesse, Synchronisation, Théâtre, Travail, Vie. Ceux qui sont précédés d'une astérisque sont ceux qui ont été évoqués par plus de deux personnes.

culture qui entourait la danse suffisait à transporter la Polynésie jusque dans le froid canadien. Cette prévalence de la culture se retrouve aussi dans les critiques envers ceux qui transgressent les canons établis : aujourd'hui beaucoup estiment que Les Grands Ballets de Tahiti – groupe qui a connu un succès énorme dans les années 1990 et qui a largement repoussé le cadre habituel des spectacles en se produisant lors de shows remplis de paillettes et de fumigènes à Las Vegas – ne faisaient pas du *'ori tahiti*. La plupart de mes interlocuteurs ne se reconnaissaient plus dans cette manière de danser tant ils s'étaient éloignés de la danse tahitienne, alors que les chefs du groupe estimaient qu'ils faisaient de l'art et que c'était de leur devoir de bousculer les traditions (Saura, 2008, p. 386). On voit ainsi que pour beaucoup, suivre les bases établies du *'ori tahiti* est plus important que l'attrait de la nouveauté, renvoyant ainsi la danse du côté de la culture polynésienne plutôt que de l'art moderne.

Je veux souligner également un mot qui n'a que peu été évoqué dans ces définitions succinctes, mais dont plusieurs de mes interlocuteurs ont débattu longuement durant les entretiens : la danse comme un moyen d'expression des émotions. « La danse seule a cette faculté de démontrer toute l'émotion qu'un corps peut donner. Je crois que la force et la finalité du *'ori* résident dans son caractère sensuel, propre à chaque danseuse. J'estime que la sensualité qui émane du *'ori* Tahiti est une véritable œuvre d'art, car elle ne s'apprend pas, ne peut pas être une tricherie, ni un échange commercial. On peut danser de manière parfaite, techniquement parlant, mais ne dégager aucune émotion » (Mamie Louise in *Hiro'a*, avril 2010, p. 25). Pour beaucoup, la capacité à faire naître l'émotion est le gage d'une grande danseuse – d'un grand danseur aussi, même si à travers mon observation du 'ori tahiti, j'ai eu l'impression que l'émotion était plutôt l'apanage des filles. Une de mes interlocutrices me racontait qu'elle suivait la même cheffe de groupe depuis des années parce que chaque fois qu'elle la voyait danser, elle pleurait et qu'elle aurait du mal à respecter un chef de groupe qui ne la ferait pas "vibrer" autant (Dorothée). Cette définition de la bonne danseuse comme capable de générer une émotion chez le spectateur correspond à celle de l'artiste chez Becker : « Ce qui fait l'excellence artistique varie de toute évidence selon les époques et selon les lieux. Mais on pourrait dire de manière générale que nous attendons d'une œuvre exceptionnelle réalisée par un artiste aux talents exceptionnels qu'elle touche profondément son public, et qu'elle le fasse (ce qui est peut-être moins évident) en s'appuyant sur des émotions et des valeurs humaines fondamentales (et peut-être universelles) » (Becker, 2010, p. 353). D'où vient cette émotion propre aux meilleures productions artistiques ? "Avoir le truc" est une terminologie récurrente pour tenter d'expliquer quelque chose de difficilement définissable : *Il y a des gens comme ça, ils ne dansent pas pour se montrer, ils ont vraiment ce truc qui les fait briller quand ils sont sur scène. Et je sais pas d'où ça vient* (Dorothée). Cette question du ressenti et de ce que dégage chaque danseur n'est pas propre au *'ori tahiti* comme le montre Pierre-Emmanuel Sorignet dans son étude sur les danseurs contemporains (2010, p. 85). Si un bon bagage technique est toujours avancé pour définir une bonne danseuse, cela ne suffit pas à créer des sentiments. Pour certains, l'émotion naît de la grâce (Poenui), pour d'autres, elle est plutôt liée à la compréhension de la danse ; connaître les paroles de ses *'aparima* et le thème du spectacle est alors essentiel parce que sans ça, les danseurs miment des gestes appris par cœur sans les ressentir (Dorothée). J'ai retrouvé un écho de ce discours chez Makau Foster : dans l'épisode de *Heiva i Tahiti by Makau*, elle réprimande ses danseuses parce qu'elles ne chantent pas. Or il faut chanter pour ressentir vraiment sa danse, son appartenance, sa culture. Si on ne chante pas, selon Makau, on n'est que des robots. Pour elle, c'est le chant qui fait qu'on est belles à regarder et c'est vraiment grave que des Tahitiennes ne chantent pas. Même, si chanter et danser en même temps est un exercice difficile et que les danseuses sont essoufflées, il ne faut pas qu'elles fassent passer leur bien-être avant la culture (Vimeo, 2016, *Heiva i Tahiti by Makau*, épisode 6).

Il est intéressant de noter qu'à travers cette question de définition, la danse n'est jamais apparue comme un sport. Un de mes interlocuteurs se plaignait même que le *'ori tahiti* n'est pas assez perçu sous cet angle et que cela peut alors générer des problèmes articulaires : *Si on pose des questions à des gens qui ont fait de la danse ou qui connaissent la danse, ils vont dire que la danse tahitienne, ça abîme les genoux et les chevilles. Ils vont dire ça et moi je leur réponds que c'est faux ! Ça abîme si tu fais mal les choses. Tu t'échauffes pas avant, tu t'étires pas après. Si ton corps n'est pas prêt, tu vas te faire mal. Il faut l'échauffer, il faut le préparer, il faut le renforcer. C'est comme dans tous les sports. Mais pour les polynésiens, la danse tahitienne, c'est pas un sport, c'est la danse. C'est dans le sang ! Et bien bravo !* (Ludovic). Pourtant, le *'ori tahiti* entretient des rapports étroits avec le monde du sport, que ce soit dans les pratiques corporelles des danseurs, qui passent des heures en salle de musculation, ou dans la médiatisation des spectacles qui sont un véritable engouement national, à la manière d'un match de football en Amérique du Sud. On retrouve ainsi les réflexions de Pascal Duret sur le spectacle sportif : « Le spectacle sportif offre l'image idéalisée qu'une société souhaite se donner d'elle-même. Mais il renseigne aussi sur ce dont nous avons besoin pour réussir dans la vie à la manière d'un drame caricatural. Par-delà les résultats des compétitions, il invite les spectateurs à discuter de la légitimité des places obtenues. Ainsi le spectacle sportif en dit-il long sur les modes de pensée et mythes de nos contemporains dans une société concurrentielle » (Duret, 2008, p. 28).

La gestion du genre dans le 'ori tahiti

Aucun de mes entretiens ne s'est déroulé sans que la question du genre ne soit mentionnée, chacun de mes interlocuteurs cependant l'a évoquée de manière très différente. En effet, certains sont mariés et parents, d'autres sont plus jeunes et encore très émoustillés par le sexe opposé, ce qui suscite des grandes différences dans la manière de vivre son genre et celui des autres. La danse polynésienne met en scène deux groupes, les hommes et les femmes, et chaque danseur, qu'il soit homme ou femme, ne peut se passer des danseurs de l'autre groupe. Comme Goffman le soulignait et comme nous allons le voir à travers les entretiens, ce sont deux groupes complémentaires qui ne peuvent exister l'un sans l'autre. « […] ces idéaux sont complémentaires en ce que ceux qui caractérisent les femmes sont différenciés de ceux qui caractérisent les hommes et que, pourtant, les uns et les autres s'ajustent parfaitement. La fragilité s'accorde avec la force, la douceur avec la dureté, la serviabilité permanente avec l'orientation des projets, la sensibilité à la souillure contre l'insensibilité à la souillure, et ainsi de suite » (Goffman, 2002, p. 104-105). Nous verrons à quel point cette complémentarité est essentielle pour les danseurs.

Tout au long de ce travail, je parlerai des "hommes" et des "femmes". Utiliser systématiquement des guillemets rendrait le texte lourd et indigeste, or cette division est importante pour les acteurs, car elle soutient la répartition des individus dans les danses. J'appellerai donc simplement "hommes" ceux qui suivent les chorégraphies des hommes et "femmes" celles qui suivent les chorégraphies des femmes, sans chercher à savoir leur orientation sexuelle précise ni à leur assigner une catégorie de sexe.

La danse ou la femme polynésienne

Lorsqu'on évoque Tahiti, des images bien précises hantent l'esprit occidental ; les plages, le sable fin… et les *vahine* ! Aujourd'hui encore, lorsque ce mot est évoqué, il est chargé de présupposés : la *vahine* est souvent vue comme jeune, belle et plus ou moins nue. Cette image de la Polynésie et des femmes

95

polynésiennes est directement issue de la vision des premiers explorateurs arrivés sur le sol tahitien : « La réputation de la *Vahine*, la femme *mā'ohi*, fut vite établie par l'autre, l'homme occidental. Lorsque le 2 avril 1768, Louis-Antoine de Bougainville décrivit [...] sa première rencontre avec la femme *mā'ohi*, il ne se doutait pas qu'il allait participer à la mise en place du mythe de Tahiti, la Nouvelle Cythère, avec comme élément important du décor la *Vahine*. Cette nouvelle Vénus saine, fraîche et belle est une femme aux mœurs faciles et dissolues. Depuis lors, jamais image de femme n'a été autant colportée et dévoyée. À la fois prisonnière de ce cliché d'un temps passé qui lui "colle à la peau" bien malgré elle, fabriquée de toutes pièces par des Occidentaux en quête d'exotisme ou simplement soumis à des privations sévères, qui l'avaient rêvée et imaginée avant même de la connaître, et soumise à un ordre culturel auquel elle est attachée, la *vahine* a du mal à exister par elle-même. Pire, elle croit être elle-même en se calquant sur cette représentation idyllique, type carte postale, pour se faire reconnaître, et séduire ceux qui croient trouver dans ce cliché l'authentique sauvage des Mers du Sud » (Tuheiava-Richard in Huffer et Saura, 2006, pp. 78-79). J'ai trouvé un écho de cette problématique dans le discours de certaines danseuses pour qui la danse est "l'image même de la femme polynésienne" (Katelin). Elle n'est pas la seule à noter cela : Laura Shuft, dans un essai sur les concours de beauté à Tahiti note que l'image de la *vahine* a été tellement reprise à travers une multitude de films et de livres qu'elle est devenue une "métaphore du lieu" (Schuft, 2012, p. 134). Il nous faut donc nous interroger sur ce qui rend la femme indispensable à l'image de la Polynésie, notamment à travers la danse, au-delà des récits des explorateurs qui ne sont plus guère lus aujourd'hui. Est-ce une forme d'habitude parce que les danseuses sont plus nombreuses que les danseurs ? Une habitude née des reconstructions historiques à partir des premiers récits qui font plus mention de femmes que d'hommes ? Ou est-ce un discours né des exigences occidentales et masculines après des décennies de shows pour les touristes ? Il faudrait sans doute toute une vie de recherche pour répondre de façon satisfaisante à ces questions, je ne pourrais ici qu'en esquisser le contour.

J'ai mentionné qu'un bon groupe de *'ori tahiti* est un groupe complètement synchronisé : l'idéal étant que les danseurs s'exécutent comme s'ils ne faisaient plus qu'un. Or cela suppose que tous dansent de la même manière et aient des physiques similaires, tant au niveau de la corpulence et de la longueur des cheveux que du maquillage et des costumes... C'est cette synchronisation qui est jugée comme "belle" ou "juste" selon les critères du

L'homogénéité des filles sur le marae

jury. Cela implique également que les différences individuelles soient gommées soigneusement et que toutes les femmes doivent tendre à se ressembler. Ce canon de beauté va à l'encontre de toutes les théories récentes sur le genre, Butler en tête : « If one "is" a woman, that is surely not all one is; the term fails to be exhaustive, not because a pregendered "person" transcends the specific paraphernalia of its gender, but because gender is not always constituted coherently in different historical contexts, and because gender intersects with racial, class, ethnic, sexual, and regional modalities of discursively constituted identities. As a result, it becomes impossible to separate out "gender" from the political and cultural intersections in which it is invariably produced and maintained » (Butler, 1990, p. 3). Il m'a été difficile de prendre de la distance avec cette opposition entre hommes et femmes qui était absolue et omniprésente sur mon terrain. Je me suis rendu compte que j'avais eu tendance à transposer cet aspect-là dans mon écriture sans le remettre en question. Même si j'ai beau avoir lu Judith Butler lorsque tout est présenté selon une dichotomie absolue des genres, il est difficile de s'en détacher. Cela est d'autant plus problématique que des exceptions existent : à la fin d'un des spectacles auxquels j'ai assisté, le chef de groupe est monté sur scène et a exécuté un fantastique *fa'arapu*, mouvement féminin par excellence. Lorsque je l'ai interrogé, il m'a raconté avoir d'abord appris à danser comme une fille, parce que ça l'attirait plus et qu'il préférait les mouvements. Mais aujourd'hui, alors qu'il présente le *Heiva* en tant que danseur, il danse parmi les garçons alors même qu'il préfère encore danser en fille (Tehere). Il faut aussi circonscrire cette description du vécu de la féminité au monde de la danse ; dans le quotidien tahitien, il n'est pas rare de croiser des hommes barbus paradant fièrement dans de magnifiques petites robes en dentelle, sans qu'ils s'attirent des regards ou des remarques déplacées. Cela fait simplement partie de l'organisation sociale à Tahiti. On voit ainsi que des exceptions sont possibles et acceptées, elles ne peuvent juste pas se présenter dans les concours de danse où les genres sont très stéréotypés.

La virilité exacerbée des hommes

J'ai emprunté l'expression "virilité exacerbée" à l'un de mes interlocuteurs (Ludovic) et je trouve qu'elle retranscrit relativement bien l'idéal auquel semblent tendre les garçons. Tous les hommes que j'ai eu l'occasion d'interroger ont noté à quel point la virilité était importante, même si elle n'impliquait pas les mêmes éléments selon mes interlocuteurs. Pour l'un d'eux, c'est justement elle qui fait la différence entre les hommes et les femmes ; par exemple, un garçon peut très bien exécuter dans son spectacle un pas féminin, s'il le fait avec virilité ça passera très bien (Teheiarii). Mais pour un autre, c'est important de rester des hommes, de faire des pas d'hommes et de mettre en évidence cette virilité. Mon interlocuteur ne voulait surtout pas que le public pense que la danse c'est "pour les filles", il veut montrer au contraire que danser, c'est très physique et que ça met en valeur le côté masculin, l'aspect "guerrier". On retrouve un écho de cette peur à travers le roman de Chantal Spitz : « On va bientôt ressembler aux Hawaiiens obligés de s'inventer une nouvelle culture. Tu as vu comment dansent leurs hommes ? Comme des femmes. Tu as déjà vu un seul peuple *ma'ohi* dont les hommes dansent comme les femmes ? » (Spitz, 2007, p. 161). J'ai trouvé particulièrement intéressant de croiser certains entretiens ; à Tahiti tous les danseurs expérimentés se connaissent et certains de mes interlocuteurs critiquaient la manière de danser de certains autres comme étant trop féminine, alors que ces derniers m'affirmaient que la virilité était au centre de leur pratique. On retrouve ainsi Butler qui affirme qu'il n'y a pas qu'une manière d'être homme ou femme. Malgré la tendance à l'homogénéisation qu'implique le *'ori tahiti*, il y a des perceptions différentes de la masculinité et de la féminité.

Néanmoins, il existe une différence systématique entre les sexes dans le *'ori tahiti*, c'est la quantité : les filles sont systématiquement beaucoup plus nombreuses que les hommes. Le préjugé selon lequel la danse est un "truc de filles" a la vie dure, même au bout du monde : « Couramment associée chez la majorité des jeunes garçons à une pratique de filles, la pratique de la danse, qu'elle soit contemporaine, classique, ou de couple, confère au participant une étiquette sexuée. Quant aux adolescents, ils se retiennent à peine de confier que la danse, *"c'est pour les pédés"* » (Apprill, 2005, p. 69). Un de mes interlocuteurs, costumier et chef de groupe, me racontait ainsi qu'il a commencé à confectionner des costumes en cachette de son père, derrière le temple, parce que "ce n'était pas des activités pour les garçons" (Tehere). L'offre des cours est aussi beaucoup plus pauvre pour les hommes sans que l'on puisse savoir si cela est une cause ou une conséquence du manque de pratiquants. Ainsi, lorsque je suis arrivée à Tahiti avec mon compagnon et que nous avons voulu apprendre les bases de la danse, on m'a tout de suite envoyée vers une école avec un professeur alors que pour mon compagnon, le seul moyen d'apprendre à danser était de rejoindre les garçons qui préparaient le *Heiva* : *Chez les filles, c'est facile, comme il y a l'école, celles qui ont plus de 16 ans, hop, elles passent direct dans le groupe parce qu'elles sont formées, on connaît leurs capacités sportives et artistiques. Par contre, pour les garçons, comme il y a pas d'école de garçons, à chaque fois il faut trouver les fers de lance qui vont ramener d'autres copains. Et du coup, on a des gars qui sont pas du tout formés* (André).

De la complémentarité

Une des parties les plus intéressantes de mes entretiens consistait à demander à mes interlocuteurs de me décrire avec leurs mots la danse des garçons et la danse des filles. À ma grande surprise, ce sont quasiment toujours les mêmes mots qui sont revenus : grâce et sensualité pour les filles, virilité pour les hommes. *Alors les filles : sensualité, grâce, sexy ! Souplesse. Souplesse dans les mains, les poignets jusqu'au bout des doigts. La grâce. Une fille ça doit être très gracieux, gracieux, sensuel, sexy. Ca doit être l'objet du désir. Parce que, ouah !, elle est belle, elle est magnifique, elle est douce. Les garçons, ils doivent montrer la force. La force, ils sont là, ils sont forts. Ils sont prêts à protéger la femme. C'est pour ça que, pour moi, ils doivent être très virils. Normalement, dans la danse tahitienne, dans les 'ote'a, ça doit être une sorte de parade amoureuse, il s'agit de séduire l'autre : la fille doit lui montrer comment elle bouge bien ses hanches, comment elle est souple, gracieuse, belle, l'homme doit montrer à quel point il est endurant, fort et aussi souple du bassin. Donc il doit montrer la virilité :*

La virilité exacerbée des hommes

"je suis l'homme, je dois avoir une certaine assurance dans le regard, je sais ce que je vaux, je suis fier. Je suis là, regardez-moi !" L'homme doit séduire, autant que la femme. Mais d'une autre façon : par sa force et son endurance. Sa virilité. *Et il y en a plein qui s'égarent un petit peu, je trouve, chez les garçons, qui arrivent à des mouvements de mains qui pour moi sont très féminins* (Ludovic). On retrouve ainsi Goffman et ces idéaux complémentaires de force et de fragilité, de dureté et de douceur (Goffman, 2002, p. 104-105). Cependant, chacun notait des éléments différents sur ces mêmes thèmes : l'une remarquait que la danse des filles était beaucoup plus technique alors que celle des garçons était beaucoup plus physique (Yumi). Une autre attachait la grâce des filles à quelque chose d'aérien tandis que les garçons auraient plus représenté la force de la terre (Samantha).

Ces deux pôles opposés se rencontrent dans les danses *āmui*, les danses de "couple", où le chorégraphe associe les pas féminins et masculins dans un face-à-face. Une cheffe de groupe m'affirmait que ces dernières étaient, pour elle, les danses les plus difficiles à chorégraphier parce qu'elle devait coordonner en même temps deux styles complètement différents (Vaimiti). Si ces danses de couple sont plus exigeantes pour les chorégraphes, une danseuse me témoignait qu'elles avaient un côté plus valorisant pour les danseurs : *Quand tu as un 'ote'a et que tu as les garçons et les filles, on se complète. Ils nous portent et on va dire qu'on les rend beaux. Tu vois ce que je veux dire? Quand ils sont tout seuls, ils ont intérêt d'être virils. Ils ont intérêt d'être forts, d'être de vrais danseurs, d'être des hommes. Parce qu'on sera plus là pour les rendre beaux. Quand nous, on est toutes seules sur scène, on a intérêt à tout donner. Parce qu'on sera plus portées. Voilà. C'est cette cohésion qui est nécessaire. Et quand on est seul, il faut qu'on assume le rôle de l'autre. Ensemble, tu sens qu'il y a une séduction qui se met en jeu. Alors que quand on est seuls, il n'y a plus ce côté séduction, donc on a intérêt de séduire le public. On peut plus se reposer les uns sur les autres* (Imelda). Ce jeu d'opposition n'est pas propre à la Polynésie française, on le retrouve par exemple dans les danses antiques où les exploits physiques de l'homme servent à mettre en valeur la grâce du pas féminin (Delavaud-Roux, 1994, p. 68). Cette perspective où chacun met l'autre en valeur par effet d'opposition est donc un lieu privilégié de la construction des genres : « Ce face à face constitue un foyer d'interrogation et de renégociation des identités de genre : à travers les rôles exigés de l'homme et de la femme sont mises à plat et discutées, avec une profusion de rituels et de codifications, les attentes présumées de ce que l'on peut considérer dans un contexte donné comme étant un homme et une femme "véritables" ("un homme qui en a" comme dit l'expression populaire). [...] C'est à travers une primauté du non verbal que les danses de couple affirment ce commerce des appartenances de genre : les gestes, les types et les styles de danse, les parures, l'apparence vestimentaire et les coiffures sont autant de signes qui tracent la trame sexuée des échanges du moment dansé » (Apprill, 2005, p. 9).

Je suis obligée de discuter ici de la question de la différence biologique entre les sexes puisque les acteurs l'évoquent régulièrement. Lors de mes entretiens, quand je demandais des précisions sur la danse des hommes et la danse des femmes, plus d'une fois on m'a répondu : *ils dansent différemment déjà parce qu'ils ont une morphologie différente* (Vaïmiti). L'allégation de la force est récurrente pour expliquer ces différences. J'ai donc essayé quelquefois de suivre l'entraînement des garçons, grâce à la bienveillance amusée de l'entraîneur de mon groupe. Effectivement, mes muscles y étaient mis à plus rude épreuve que lors de ceux des filles. Cependant les mouvements imposés aux garçons, tout en force, me semblaient beaucoup plus naturels que ceux que l'on répétait chez les filles et, avec un peu d'entraînement, une sportive pourrait tout à fait danser comme un garçon. Cette impression m'a été confirmée par l'une des meilleures danseuses de notre groupe : *C'est facile de danser comme un garçon si tu as la condition physique. Par contre danser comme une fille, que tu aies la condition physique ou pas, si tu n'as pas la technique, tu n'y arrives pas !* (Yumi). Incriminer les particularités sexuées de la danse à une différence de force ou de morphologie qui serait innée nous ramène aux réflexions des intellectuels sur le genre. On retrouve ainsi la définition de "doing gender" de West and Zimmerman selon laquelle "faire" le genre, c'est créer des différences entre hommes et femmes qui ne sont ni naturelles, ni essentielles, ni biologiques, mais qui, une fois mises en place, sont mobilisées pour toutes les explications (West and Zimmerman, 2009, p. 47). Ces différences vont même jusqu'à être réifiées en institution puisqu'on ne peut plus y déroger et qu'on est obligé de suivre les canons genrés de la danse (Berger et Luckman, 2012). Goffman utilise la notion d'"institutional genderism" pour mettre en avant ce côté ritualisé dont le genre est l'objet : « j'ai également insisté sur une sorte de réflexivité institutionnelle, sur l'idée que des pratiques institutionnelles profondément enracinées ont pour effet de transformer les situations sociales en des scènes où les deux sexes représentent des comportements de genre, nombre de ces représentations prenant une forme rituelle qui exprime des croyances sur la nature humaine différentielle des deux sexes, tout en donnant des indications sur la manière dont on peut s'attendre à ce que les comportements entre les deux sexes soient coordonnés » (Goffman, 2002, p. 104).

À Tahiti, garçons et filles s'opposent non seulement par leurs mouvements, mais aussi par l'ambiance qui règne au sein des groupes. Comme je l'ai mentionné, les filles sont beaucoup plus nombreuses et "qualifiées" que les garçons qui apprennent souvent sur le tas en préparant le *Heiva*. Alors que les filles sont souvent en concurrence pour danser dans les meilleurs groupes, les chorégraphes acceptent tous les garçons pour combler ce déséquilibre. L'ambiance chez les garçons est du coup souvent beaucoup plus détendue que chez les filles. Une danseuse, une de celles qui aident les cheffes de groupe – les *pupahu* – me racontait ainsi : *Moi, quand j'arrive, je prends la peine de dire bonjour à tous les musiciens et je dis bonjour à tous les garçons. Tous. Les filles, je ne leur dis pas bonjour. Je dis bonsoir avec un signe de la main, c'est tout. Il y en a qui répondent, il y en a qui ne répondent pas. Et c'est pour ça que je ne leur dis pas bonsoir. Avec les filles, est-ce que c'est un problème de rivalité, est-ce que c'est de la timidité, est-ce que c'est de l'individuel, je m'en fous. Je ne cherche pas à comprendre. Je dirai bonjour aux filles que je connais, c'est tout. Le jour, où elles viendront se pointer devant moi et me dire bonsoir, là j'irai leur dire bonjour. Mais autrement, non. Les filles, il y en a tellement, qu'on se bat pour rester, tu vois ? Moi j'ai pas besoin de me battre. De toute façon, je suis là, je reste. Donc il y a cette*

102

rivalité, on va dire. Voilà. Les garçons, ils ont pas besoin de se battre puisqu'on prend tout le monde. Tu vois ? Les batteurs, ils ont pas besoin de se battre, ils sont bons ! Sans eux, on peut pas danser (Imelda). Durant mes entretiens, j'ai régulièrement demandé à chacun de mes interlocuteurs s'ils préféraient regarder danser les filles ou les garçons. Une danseuse m'a donné une réponse intéressante qui montre à quel point la différence d'ambiance entre garçons et filles est palpable : *En règle générale, si on ne fait pas d'exception, je préfère regarder les filles. Parce que je m'y connais plus, parce que je vais voir un geste un peu original, je vais le remarquer... Juste parce que je m'y connais plus en fait sûrement. Mais il y a des groupes où les groupes de garçons sont tellement à fond... Et la raison pour ça, c'est que les garçons ils sont très unis, alors que les filles, on est très... La cheffe de groupe dit qu'on est très imbues de notre personne. Du coup, ça fait que les garçons sont plus agréables à regarder des fois, juste parce que t'as envie d'être avec eux, t'as envie de t'amuser. Tu vois qu'ils font ça pour le plaisir et qu'ils font pas ça pour se montrer* (Dorothée).

Le *'ori tahiti*, une danse de couple ?

Dans une certaine mesure, la danse tahitienne est une danse de couple comme beaucoup d'autres. En effet, elle cristallise des scènes de rencontre entre hommes et femmes : « Davantage que les autres formes de danse, les danses de couple proposent une mise en scène ritualisée et festive du face à face entre les sexes qu'aucune autre pratique ne réalise avec autant d'intensité. Elles exacerbent un questionnement sur les genres, et détiennent une fonctionnalité propre, celle de favoriser la rencontre des sexes » (Apprill, 2005, p. 69). Alors que les contacts physiques sont relativement réduits par rapport aux danses de couple "standard", il est quand même nécessaire qu'il y ait une excellente synchronisation entre les deux danseurs. Cependant, cela est rendu difficile à Tahiti par les rapports sociaux habituels entre hommes et femmes : « [...] en Polynésie, les hommes mettent un point d'honneur à ne pas s'entretenir avec les femmes, à maintenir une distance corporelle avec elles, y compris avec leur propre épouse. Il n'est pas convenable de manifester des signes de proximité et d'intimité en public, de se tenir la main, encore moins de s'enlacer ou s'embrasser amoureusement » (Saura, 2011, p. 107). Durant mon séjour, j'ai assisté à un certain nombre de spectacles de danse et il n'était pas rare qu'un spectacle entier se déroule sans qu'il n'y ait eu aucun contact physique entre hommes et femmes, y compris pendant les danses de couple. Ainsi, une de mes interlocutrices me racontait qu'elle avait beaucoup de mal à danser avec son partenaire parce qu'elle avait l'impression qu'il interprétait chaque geste de façon ambiguë et qu'il s'enfuyait chaque fois qu'elle essayait de lui en parler. Du coup, elle trouvait qu'ils avaient beaucoup de mal à être synchronisés entre eux et avec le reste du groupe (Poenui). Toutefois il faut prendre garde à toute généralisation excessive ; toutes les personnes d'un même groupe ne rencontrent pas les mêmes problèmes et les discours changent tout au long des répétitions.

Cependant, même si elle met en scène des danses mixtes, la danse tahitienne ne peut pas être assimilée aux danses de couple habituelles. « La structure de la danse, soutenue par des signes vestimentaires, exprime tous les archétypes d'une relation de couple conventionnelle, où l'homme serait un macho dominant une femme soumise. Quelle que soit la manière dont ces archétypes sont appréhendés, ils imprègnent la sociabilité du bal et la technique des danses de couple. C'est en se positionnant par l'image que l'on se construit en tant qu'homme ou femme, que l'on se dirige au bal : l'altérité des genres y est brassée dans un tourbillon incandescent » (Apprill, 2005, pp. 190-191). Si le *'ori tahiti* est effectivement un lieu d'affirmation de soi et de renégociation entre les sexes, et si effectivement le code vestimentaire est distinct entre homme et femme, ici ce n'est pas l'homme qui guide et la femme qui suit. Au contraire : *Généralement, il faut avouer que pendant les danses amui, la lead, c'est la fille. C'est la danseuse qui représente le mieux la danse. Nous, nous sommes l'instrument qui va servir à la mettre en avant. Du coup, on suit plus qu'autre chose : elles ont leur chorégraphie et nous on trouve un moyen, on trouve une chorégraphie qui va s'adapter à leur danse et faire en sorte qu'elles soient belles* (Ludovic). Mon interlocuteur critiquait ainsi les danses où l'homme décide de tout dans un simulacre de machisme. Madeleine Mou'a elle-même affirmait que la beauté du *'ori tahiti* résidait dans le fait que la femme danse seule sans séduction, sans désir, sans homme (Youtube, 2013, *Souviens-toi Madeleine Mou'a*).

La mise en scène du corps

À travers mon terrain, le corps a été l'objet de nombreux discours et de surveillances constantes. Cela m'a, au premier abord, surprise. En effet, le *'ori tahiti* est un loisir pour la plupart des danseurs alors que le corps est au centre d'une attention digne des corps de ballet professionnels ; pour les représentations, on exige des filles qu'elles soient minces, bronzées avec de longs cheveux, tandis que les garçons doivent être minces, musclés et… bien bronzés. La leader d'un des groupes phares de Tahiti annonçait dans le journal, qu'elle sélectionnait les filles sur "leur façon de danser, leur physique et la longueur des cheveux" (Moena Maiotui in La Dépêche, 7 mars 2014). Pour correspondre à ces canons, différentes stratégies sont mises en place : séances bronzage – respectivement en string pour les garçons et topless pour les filles –, shampooing hors de prix, régimes draconiens… Je vais séparer ici trois différents aspects des discours sur le corps qui sont, à mes yeux, symptomatiques des préoccupations des danseurs : les propos sur la beauté, ceux sur la minceur et ceux sur la musculature, même si ces trois aspects se chevauchent allègrement. Je parlerais plus explicitement des filles, car elles abordaient plus facilement avec moi la question intime du corps lors des entretiens que mes interlocuteurs masculins. Néanmoins la majeure partie de mon discours est aussi applicable aux garçons.

On pourrait penser que la pression sur le corps des filles est considérablement plus forte que celle sur le corps des garçons puisque ce sont elles qui sont l'objet de la plupart des projections du mythe occidental, et donc par conséquent des regards occidentaux. Il est difficile de quantifier cette pression de manière précise, d'autant plus que la séparation entre les sexes m'ont interdit d'avoir accès aux mêmes informations intimes pour les garçons, on peut néanmoins noter que le corps de ces derniers est lui aussi sujet de nombreuses attentions.

Être beau

J'ai souvent mené mes entretiens autour d'un café et d'une pâtisserie, que j'offrais à mes interlocuteurs dans cette logique du don/contre-don propre au terrain. Or, plusieurs d'entre eux ont accepté le café, sans rien prendre à manger. Ils m'ont expliqué faire très attention à leur poids à l'approche du *Heiva*. *Tout le monde a le droit de danser, ce n'est fermé à personne. Mais pour moi, ce qui fait un bon danseur, c'est un beau danseur. Pour moi, un bon danseur, c'est un danseur qui est beau, un danseur qui prend soin de lui, qui a une bonne condition physique, qui a une bonne hygiène de vie… Ça fait partie des choses qui font un bon danseur. Ce n'est que l'apparat. Mais oui, pour moi, le physique ça compte aussi. Ça compte pour moi d'être beau* (Teheiarii). En effet, derrière la danse, il y a le principe de spectacle. Derrière le spectacle, il y a le regard du public. Qui plus est un regard subjectif. Une de mes interlocutrices s'en plaignait en affirmant qu'il suffisait d'être la plus jolie pour que tous les spectateurs aient les yeux braqués sur nous. Elle tempérait toutefois son discours en notant que lors du concours, le jury ne regardait absolument pas la beauté des danseuses pour se concentrer sur le roulé[14], les

---

[14] Le "roulé" correspond en français au mouvement féminin de base : le *fa'arapu*

pieds et les bras. Dans le regard des jurys, l'aspect esthétique ne rentre pas en compte, seule la technique est favorisée.

Cependant, à l'instar des concours de beauté étudiés par Laura Schuft, la beauté visée lors des concours de danse est une beauté racée et genrée (Schuft, 2012, p. 136). Ainsi, un des meilleurs danseurs de mon groupe avait participé au concours solo quelques années auparavant, il était arrivé troisième et il racontait que la première place lui avait échappé, entre autres, parce qu'il n'avait pas le bon look : *J'avais un délit de sale gueule. Pas assez typé polynésien. On m'a dit que si j'avais eu les cheveux longs, des tatouages... D'ailleurs cette année, j'ai l'intention d'aller voir un tatoueur pour faire un faux tatouage. Parce que bon, ça reste un show, il faut se montrer. Les tatouages,*

Il faut répondre à des canons de beauté bien spécifiques

je vois ça comme des points de charisme, tout comme des corps bien taillés. Des points de charisme (Ludovic). On voit ainsi qu'à l'opposé de tant d'autres colonies, la Polynésie française a pour particularité que le corps des Tahitiens, tant celui des hommes que celui des femmes, a été tellement vanté que jamais aucun Polynésien n'a jamais essayé de se blanchir pour ressembler aux Français (Saura, 2011, p. 58). Au contraire, ce sont les danseurs français qui doivent abuser de séances de bronzage pour tenter de correspondre aux normes attendues par certains chefs de groupe.

Les cheveux sont aussi un élément central dans les critères de beauté. Avant le jour J, toutes les danseuses se sont fait des petites tresses à l'africaine : elles ont ainsi toutes abordé les mêmes cheveux crépus sur scène. J'ai même vu celles qui avaient les cheveux les plus courts – on parle ici de celles qui n'ont les cheveux "que" jusqu'aux omoplates et non pas jusqu'au bas du dos, je n'ai pas croisé une seule danseuse qui aborde une coupe à la garçonne – se faire poser des rajouts pour ressembler aux autres. Je me suis interrogée longtemps sur le rôle de ces cheveux qui paraissait tellement central, mais sur lequel aucun de mes interlocuteurs ne pouvait me donner une explication. On pourrait faire appel à la théorie freudienne qui voit les cheveux comme un symbole éminemment sexuel, néanmoins l'ethnopsychiatrie nous a montré les dangers d'élargir les analyses psychanalytiques au-delà des frontières occidentales et il serait trop long de présenter ici les tenants et aboutissants de ce débat. De manière peut-être plus pertinente, on pourrait voir ici que les danseuses de *'ori tahiti*, à l'instar des danseuses de cabaret avec lesquelles Perault a travaillé, visent à correspondre point par point aux normes de leur groupe pour renvoyer une impression d'unité et que cette unité ne peut être que celle de la femme idéale. « Le recrutement des jeunes femmes va tendre vers un objectif principal, fil conducteur de l'ensemble de la formation : l'exaltation de la féminité, laquelle passe par une reconstruction minutieuse de la personne. Il faut que la danseuse puisse se fondre dans le groupe, car l'objectif est d'adhérer aux stéréotypes de ce dernier » (Perault in Philippe-Meden, 2015, pp. 57-58). Or les cheveux jouent visiblement un rôle important dans les critères des idéaux de beauté établis par la gente masculine occidentale. Que la femme idéale soit liée à celle d'une blonde pulpeuse dans un cabaret parisien ou celle d'une grande brune exotique sur la place To'ata, cela importe au final relativement peu, ce qui compte c'est que la danse fasse vivre le rêve.

Être mince

Le corps des danseurs – et a fortiori des danseuses – est au centre des préoccupations depuis que les Européens ont mis les pieds à Tahiti ; les explorateurs ont été émerveillés, les missionnaires ont été horrifiés et le XXe siècle a remis au goût du jour la fascination première. Lorsque Madeleine Mou'a décide de monter son groupe de danse, elle commence un travail de réflexion non seulement sur les chorégraphies, mais aussi sur les costumes. C'est elle qui commence à dévoiler le ventre des femmes et à délaisser l'éternelle robe "mission" (Fayn, 2007, p. 21). Son but était le retour à une tradition la plus proche possible de la danse avant l'arrivée des européens. L'exhibition de danseuses en soutien-gorge, est ainsi le lien avec ces images de danses tahitienne transmises par Cook et Bougainville où les femmes étaient seins nus – le port du soutien-gorge étant une concession faite à la pudeur moderne. Aujourd'hui, lors du *Heiva*, les costumes féminins sont bien spécifiques ; quelle que soit la danse, la poitrine des danseuses n'est couverte que d'un *tāpe'a tītī*, un soutien-gorge – *tītī* étant les seins en tahitien – alors que le bas du corps est habillé soit d'un paréo, soit d'une jupe en fibres. C'est donc le ventre qui fait l'objet de la plus systématique "chasse aux bourrelets" : lors des répétitions, notre cheffe de groupe nous demandait régulièrement de relever nos tee-shirts afin de pouvoir vérifier quelles filles avaient besoin de perdre du poids. Vers le mois de mai, le *Heiva* approchant, les chefs de groupe exigent de leurs danseurs qu'ils viennent à des répétitions la plupart des samedis, des dimanches et des jours fériés. Ces répétitions ont lieu durant la journée et le *dress code* pour les filles est systématiquement le même ; elles doivent, en plus de l'habituel paréo pour le bas, venir habillée d'un maillot de bain sans bretelles afin qu'elles puissent profiter des répétitions pour bronzer "sans avoir de marques". On voit ainsi qu'en plus d'être minces et relativement peu habillées, les danseuses doivent être bronzées uniformément, afin de correspondre au mieux au mythe occidental qui voit les "vahinés" comme jeunes, minces et bien bronzées, ce qui reprend tout à fait les diktats de la mode et de la société moderne en général sur le corps des femmes. Le corps des garçons est lui aussi le sujet de nombreuses attentions : dévoiler sur scène des fesses bien blanches n'étant pas du meilleur goût, les garçons organisent des "sessions plages" où ils vont bronzer en string afin d'éviter les marques disgracieuses[15].

Parmi les discours concernant la question du corps, celui que j'ai le plus entendu est effectivement celui du souci de perdre du poids. Une danseuse me racontait ainsi que lors de son dernier *Heiva*, elle avait perdu vingt-cinq kilos, même si elle était sensée en perdre quarante. Pour ce concours, son objectif était d'en perdre trente-cinq et elle en avait déjà perdu dix. J'ai longuement discuté de la question du corps avec cette danseuse, sujet sur lequel elle était visiblement en pleine réflexion. Lorsque je lui ai demandé si c'était à cause de la danse qu'elle voulait perdre du poids, elle m'a répondu qu'elle se fichait de l'avis des autres, qu'elle ne faisait les choses qu'en fonction d'elle et que c'était pour elle-même qu'elle voulait maigrir et pas pour la danse. C'est tout à fait possible, mais il faut alors se questionner sur ce qui fait correspondre ses pertes de poids avec les concours de danse. Cependant, des discours plus pondérés existent sur la perte de poids : une de mes interlocutrices affirmait

---

[15] La présence de mon compagnon pendant trois mois et sa participation au groupe de danse m'ont permis d'établir un lien de confiance avec les garçons sans lequel il aurait été très compliqué d'obtenir ce genre d'informations !

Avec des costumes qui dévoilent autant, il est important pour les danseurs d'éviter les marques de bronzages

que même si la cheffe de groupe lui demandait de perdre du poids, elle allait faire attention, mais qu'il était hors de question de faire un régime drastique : *Là, j'ai perdu un petit peu de poids, mais je vais pas non plus m'affamer pour aller danser au Heiva. Je vais faire encore un petit peu plus attention, mais bon... M'affamer, c'est vraiment pas mon truc ! Surtout que moi, mon corps, il me plaît comme ça, quoi. C'est juste pour le plaisir des autres, en fait qu'il faut maigrir, alors...* (Heihere). Une autre de mes interlocutrices, très mince, offrait un autre son de cloche en affirmant qu'elle aurait au contraire bien voulu être un peu plus forte : *Il vaut mieux avoir des hanches et des fesses parce que c'est beaucoup plus facile de rouler. Moi j'en ai pas, donc tu dois forcer plus. Dès que t'as des fesses, le roulé, il est beaucoup plus grand. Il faut aussi avoir une taille assez fine : ça accélère le rouler. Et il faut avoir les jambes musclées pour pas trop t'épuiser. Moi j'ai les jambes trop fines, par exemple, donc j'ai du mal à bien tenir au sol* (Samantha). La question du corps est ainsi souvent présentée selon l'angle de ses préoccupations personnelles ; cette dernière danseuse n'a même pas mentionné le fait que beaucoup essaient de maigrir parce que son problème principal est d'être suffisamment grosse pour ne pas perdre son costume.

Malgré les discours des danseurs qui gèrent chacun leur corps à leur façon, le fait est que, de manière générale, la force d'un groupe réside dans son homogénéité ; en ceci, le 'ori tahiti ressemble plus à la danse classique qui forme un corps de ballet où tous les danseurs sont semblables tant dans leurs gestes que dans leur apparence, qu'à la danse contemporaine qui présente des individualités dans des corps assumés comme différents. Dans cette standardisation des corps, les chefs de groupe ont un rôle essentiel à jouer, car ce sont eux qui vont décider quelle liberté ils laissent à leurs danseurs pour gérer leur corps ; certains vont être intransigeants, tandis que d'autres vont être beaucoup plus souples. Ainsi on m'a raconté une répétition avec un des groupes phares de Tahiti : les filles devaient suivre les pas de la meilleure danseuse tandis que la cheffe de groupe et son assistante observaient et sélectionnaient les "candidates". *Dès la première répète, elle a pris à part certaines filles et elle leur a dit : "Bon d'abord vous avez pas les bases et ensuite, vous avez trop de poids à perdre, donc je veux pas perdre de temps avec vous, je vous demande de pas revenir, quoi." Ok ! Elle est vraiment là pour gagner. Mais le Heiva, c'est pas qu'un concours ! C'est un partage de plein de choses ! Cette cheffe de groupe a demandé à une copine à moi de perdre dix kilos en trois semaines ! Sinon elle danse super bien, c'est ça qui devrait être important ! Alors elle avait effectivement beaucoup de poids à perdre, mais le délai qu'elle lui a donné pour perdre, c'était vraiment... Enfin, on peut pas demander à quelqu'un de perdre dix kilos en trois semaines, c'est pas possible !* (Heihere). Dans un autre groupe, lors d'une discussion informelle avec une jeune danseuse, cette dernière a explosé en disant qu'elle en avait marre des remarques de la cheffe de groupe sur son physique : on lui demandait constamment de perdre un maximum de poids et aujourd'hui, on lui faisait remarquer que ses seins n'étaient pas assez gros et qu'elle "devrait passer à la pompe" ! Et que pour elle, malgré son amour pour la danse, il était hors de question de faire "comme les autres" et de se refaire les seins ! On voit ainsi à quel point la pression sur le corps des danseuses peut être forte, puisqu'il faut passer par la chirurgie esthétique pour correspondre aux normes attendues par certains chefs de groupes. Cependant, là aussi, d'autres discours existent et l'exigence vis-à-vis du corps dépend des groupes : dans un groupe d'un district un peu éloigné, bien que classé dans la catégorie professionnelle, aucune exigence de maigrir n'est imposée, ce qui compte c'est que les danseurs "se sentent bien sur scène" (Heihere). Dans certains autres groupes, des discours intermédiaires existent : si effectivement il y a une demande de la part des chefs de groupe pour que les danseurs fassent attention à leur poids, le ton du discours peut être différent, moins intransigeant. Ainsi, une danseuse me

110

racontait qu'elle appréciait que même si on lui demandait de perdre du poids, on ne lui demandait pas de s'affamer, mais de mieux manger. Elle reprenait le discours de la cheffe de groupe. Une autre de mes interlocutrices me racontait que malgré le fait qu'elle était loin d'être fine, sa cheffe de groupe avait besoin d'elle : *Au-delà du ventre plat, ce qu'elle a pu voir en moi, c'est tout ce punch, cette dynamique que je peux avoir au niveau du groupe, au niveau des filles. Pas forcément des danseuses de première ligne, mais des filles qui sont là pour porter le groupe. Et ça, en fait, qu'elle recherche, c'est ce dynamisme. Elle a vu autre chose* (Imelda). Ce sont souvent les groupes les plus connus qui mettent en place les exigences sur le corps les plus draconniennes. Peut-être comme moyen de sélection, peut-être simplement parce qu'ils peuvent se le permettre sans avoir de problèmes d'effectifs.

Au fur et à mesure, je me suis rendu compte que la plupart du temps, lorsque la question du corps était spontanément évoquée par les danseurs, que ce soit lors d'entretiens ou lors de discussions informelles, c'était souvent pour se placer en opposition avec la vision du chef de groupe : certaines danseuses trouvent impossible de perdre dix kilos en trois semaines, d'autres aimeraient plutôt prendre du poids que d'en perdre ou encore lorsqu'il est question de se refaire les seins. Ce qui est surprenant parce que, durant tout mon terrain, j'ai eu l'impression qu'il n'y avait aucune remise en cause de ces normes sociales autour du corps des danseurs, qui me semblaient des diktats tyranniques que chacun suivait pourtant scrupuleusement. Il faut donc relativiser ces discours "rebelles" : la plupart de danseurs essaient quand même de perdre du poids et les sessions pour aller bronzer à la plage sont légions. D'une certaine manière, je pense qu'il est plus facile de manifester son désaccord, alors que se conformer aux normes va de soi, sans qu'on ressente le besoin de l'exprimer.

Être musclé

Alors que l'aspect minceur a plutôt été plus évoqué par les filles, les garçons ont plutôt associé la beauté à la musculature. Chez les hommes, être beau est plus lié au fait d'avoir l'air *le plus sculpté possible* (Baptiste) qu'au ventre plat. « Il y a un an, je me préparais déjà psychologiquement au passage de cette année, je cogitais sur les mouvements. Quand nous avons démarré les répétitions en février dernier, je me suis mis au régime. J'ai arrêté de boire, j'ai fait de la musculation à la salle de gym. » (Johann Pahero in *La Dépêche*, 27 juillet 2014). Le leader des garçons me racontait qu'une partie de son travail était d'encourager les garçons sur l'aspect physique et de leur donner des conseils de musculation. *Il faut dire aux garçons : "imagine à quoi tu veux ressembler sur la scène dans six mois ! Imagine à quoi tu veux ressembler. C'est pour toi, tu fais ce que tu veux. Moi je te dis, si tu fais ça, voilà à quoi tu vas ressembler. Tu seras fier de toi !". Les gars là, ils s'entraînent, ils se mettent sur facebook. Ils sont tout contents ! Mais je leur rappelle : "attention, n'oubliez pas la souplesse ! Étirez-vous !"* (Ludovic). Pour lui, il était ainsi plus important d'avoir des garçons prêts techniquement et avec une bonne condition physique que des danseurs expérimentés. Cependant, il tempérait son discours en affirmant qu'il ne fallait pas s'encombrer de muscles inutiles ; il prenait l'exemple des bodybuildeurs qui, en favorisant le haut du corps et la masse musculaire, seraient beaucoup trop lourds pour tenir l'effort physique durant tout le spectacle.

Mon discours sur le corps est valable dans le monde des concours de danse qui représentent un milieu spécifique à Tahiti. En effet, tant les questions d'obésité que la pudeur héritée de plusieurs siècles d'évangélisation poussent un certain nombre de Polynésiens à cacher leur corps sous un nombre ahurissant de tee-shirt et de pull malgré la chaleur. Mon discours ici ne peut donc pas être généralisé à l'ensemble de la population tahitienne.

Tradition et modernité

Lors de l'introduction théorique de cette recherche, j'ai discuté d'une définition générale de la tradition. Il s'agira ici de circonscrire celle-ci au *'ori tahiti*. Toutefois, même ainsi spécifiée, la tradition est un concept complexe qui ne fait pas l'unanimité. Dans le monde de la danse tahitienne, "traditionnel" s'oppose systématiquement à "moderne" et ce sont des termes qui sont utilisés presque quotidiennement. Pourtant lorsque, anthropologue naïve, j'ai demandé à ce qu'on m'explique ces catégories, beaucoup ont été très empruntés : *Je ne sais pas faire la différence entre tradition et modernité. Je sais juste que pour moi, c'est de l'évolution. En regardant les vidéos des temps anciens, ça n'a plus rien à voir avec aujourd'hui. Alors qu'est-ce qui est traditionnel ? Je pense que c'est différentes façons de penser qui font que chacun en arrive à mettre un mot, mais sur quelque chose qu'on ne maîtrise pas du tout en fait. Justement parce que c'est en perpétuelle évolution* (Imelda). Cette problématique est loin d'être récente : Madeleine Mou'a, tout en étant à l'initiative du renouveau de la danse polynésienne, a peur de certaines évolutions ; elle propose de mettre à part ce qui est ancien et de le déclarer *tapu*, pur, intouchable tandis que les danses plus modernes, comme les *'aparima* – qu'aujourd'hui plus personne ne considère comme telles –, seraient libres d'évoluer

(Youtube, 2013, *souviens-toi Madeleine Mou'a*). Teuira Henry elle-même écrit dans *Tahiti aux temps anciens* : « Le *'ōte'a* a subi de telles transformations que les danseurs de l'ancien temps ne le reconnaîtraient certainement pas dans sa forme moderne. » (Henry, 2004, p. 284). Si la première publication de cet ouvrage date de 1923, on peut cependant estimer que ce texte date de 1848 – notamment grâce à la première préface qui est datée de cette année-là. Il est donc légitime de penser que la danse en 1848 n'avait déjà plus rien à voir avec celle d'avant le contact et que ce débat remonte aux changements drastiques qu'a connus la Polynésie entre 1767 et 1848. Ce qui montre que le débat entre moderne et traditionnel, s'il n'existait pas exactement dans les mêmes termes, cristallise des tensions propres à la danse tahitienne depuis au moins le XIXe siècle.

D'un point de vue anthropologique, il s'agit d'un débat émique difficile dans lequel j'ai été constamment prise à parti, sans en saisir tous les tenants et aboutissants. Il serait injuste de ne pas prendre en compte sérieusement les revendications qui tournent autour de ce débat, parce qu'il est au centre de la vie de nombreux chefs de groupe. Je suis malheureusement prisonnière du discours de mes interlocuteurs qui m'offrent une vision subjective de leur monde, et ce malgré que j'aie essayé de varier au maximum mes interlocuteurs. Même si j'en ai conscience, mon analyse est ainsi nécessairement influencée par ceux que j'ai côtoyés au quotidien pendant sept mois ; il y a dans certains cas une forme d'endoctrinement corollaire à la socialisation (Ryen, 2007, p. 222). Un anthropologue intégré dans un autre groupe, rencontrant d'autres personnes aurait pu livrer une analyse bien différente sans que ni l'une ni l'autre ne soit fondamentalement fausse. Je ne prétends donc pas ici délivrer une vérité ni juger ce qui est juste ou non, je cherche simplement à présenter les préoccupations de danseurs et chefs de groupes qui m'ont confié leurs réflexions, en m'excusant auprès de ceux à qui mon enquête n'a pas donné voix.

Qu'est-ce la tradition ?

À travers mes entretiens et mes observations sur le terrain, j'ai repéré quelques éléments qui permettent de distinguer les groupes "traditionnels" et les groupes "modernes". Pour Bruno Saura, la différence principale vient en amont du spectacle : c'est la manière de vivre des chefs de groupe qui va faire la différence. « La motivation des premiers, dans le domaine de la danse, du chant, des percussions, relève de la compétition et de la transmission d'un savoir que les jeunes doivent acquérir puis transmettre, car il en va de la perpétuation de leur identité polynésienne et donc de celle de toute la communauté. Cette nécessité de transmettre constitutive des activités liées à la danse traditionnelle devient encore plus forte dans le contexte présent d'affaiblissement de la culture polynésienne. Le plaisir de danser et d'être ensemble s'accompagne du devoir des aînés de prolonger l'héritage de leurs ancêtres, en le modifiant le moins possible. Chez d'autres, souvent non issus des milieux polynésiens traditionnels, la danse est plutôt un moyen de se positionner à l'intérieur de cette culture, voire de favoriser la quête de l'épanouissement personnel et de la reconnaissance publique (si possible internationale). Entre ces deux pôles, chaque danseur, chaque chef de groupe oscille, les moins attachés à la tradition revendiquant la synthèse, les puristes campant sur leur objectif premier » (Saura, 2008, p. 387-388). Ce qui est particulièrement vrai dans cette analyse est le fait que tradition et modernité sont deux pôles opposés entre lesquels chacun essaie de trouver son équilibre, quel que soit son rôle, et à travers lequel il juge les autres. Cette analyse est d'autant plus pertinente lorsqu'on évoque le choix des chefs de groupe vis-à-vis de leurs thèmes ; Tumata Robinson, cheffe d'un des groupes les plus modernes, raconte qu'elle a inventé son thème à partir de différentes légendes et rites du Pacifique (*Hiro'a*, août 2014, p. 6), alors que Makau Foster, une des parties tenantes du côté "traditionnel" du *'ori tahiti*, explique que pour amener son thème à To'ata, elle a dû demander l'aval de plusieurs personnes et faire un certain nombre de rituels afin que la mémoire des anciens soit respectée (Vimeo, 2016, *Heiva i Tahiti by Makau*, épisode 1 et 2).

Cette vision très analytique de la situation est cependant quelque peu détachée du vécu des danseurs. Dans le discours de nombreux danseurs, la différence entre moderne et traditionnel se situe plutôt dans le quotidien pratique des répétitions que dans la vie théorique de chefs de groupe qu'ils fréquentent rarement intimement : *Ça peut être le thème : certains groupes inventent des légendes, ça c'est pas traditionnel. Tu peux avoir le choix des paroles. Par exemple, toutes les paroles qu'on utilise dans notre spectacle, ce sont des paroles qui ont été écrites bien avant nous et qu'on réutilise : ce sont pas des paroles qui ont été inventées juste pour que ça fasse joli. Ça peut être les costumes : par exemple les paillettes... Les paillettes, ça existe pas ici. Les paillettes, ça existe pas, le mauve ça existe pas, le bleu ça existe pas. Ça c'est pas traditionnel. Que des trucs comme ça. Mais là en général où tu le vois le plus, c'est dans les chorégraphies. Les chorégraphies traditionnelles, vraiment traditionnelles, c'est simple en fait. C'est juste ça, c'est que c'est carrément simple : t'as pas de saut, t'as pas de pirouette,*

114

tu tournes pas, t'as pas des formations de malades en poisson, étoile ou je sais pas quoi. En fait, plus ça va être compliqué et plus ça va être recherché, moins ça va être traditionnel en général (Dorothée). Le discours de mes interlocuteurs rejoint toutefois l'analyse de Bruno Saura parce que, pour beaucoup, la différence la plus évidente entre des groupes modernes et des groupes traditionnels est l'importance accordée à la signification des gestes ; certains chefs de groupe s'arrêtent plus que d'autres pour expliquer la signification des chorégraphies transmettant ainsi non seulement la signification des gestes, mais aussi l'histoire du thème et des rudiments de langue tahitienne. Pour la plupart des acteurs avec qui j'ai discuté, c'est ce qui définirait les chefs de groupe proprement "traditionnels", alors que les plus modernes s'arrêteraient plus pour corriger les critères techniques, les positions et les déplacements. Néanmoins il faut être très méfiants avec cette catégorisation, car si certains groupes sont ouvertement reconnus comme modernes ou traditionnels, il y en a d'autres dont la catégorisation bascule d'un côté ou de l'autre. Ce qui montre bien que les définitions de la modernité ou de la tradition ne sont pas unanimes et universelles, mais varient en fonction des sensibilités.

Une amie m'écrivait par mail sa déception quant aux lauréats du *Heiva* 2014 : *Je ne peux pas m'empêcher de critiquer le fait que Tahiti Ora ait gagné la première place. Ils méritaient leur place sur le podium bien-sûr pour tout le travail du détail qu'ils ont fait, mais à mes yeux pas la première place. C'était clairement un beau spectacle, mais très décevant pour des locaux. Aucun respect de la culture, des paillettes, du grand show, Hollywood ! Le thème qu'ils ont choisi m'a un peu mis hors de moi je dois dire : le pifao est le nom d'une malédiction dans les îles Tuamotu. La mettre en scène sur To'ata c'était la re-créer, c'était comme jeter la malédiction à nouveau. Même ça paraît un peu fou quand je te l'écris, mais c'est vraiment quelque chose qui nous tient à cœur et auquel nous croyons en Polynésie. En règle générale, je trouve que le jury a privilégié le show à la culture cette année. Je crache beaucoup, mais surtout il ne faut pas prendre ça pour une critique des jurys : je pense que le jury subit malheureusement la grosse pression du public, et que le public comprend de moins en moins la profondeur de leur propre culture. Notre culture évolue et c'est vrai qu'on est tous tentés d'aller dans ce sens. Le Heiva, même si j'aimerais y croire, ce n'est pas l'Académie des cultures polynésiennes ; et bien que le Heiva essaye de rester dans la tradition, on ne peut lui en vouloir d'avoir des critères de notations qui prennent plus en compte le spectacle que le respect de la tradition* (Dorothée). On voit ainsi que le *Heiva* lui-même est pris en tenaille entre une tradition indéfinissable mais centrale, et une société toujours en évolution.

Avantages et inconvénients de la modernité

Il est intéressant de noter que strictement aucun de mes interlocuteurs ne s'est présenté comme purement moderne. Certains se revendiquent comme traditionnels, mais ceux qu'ils pointent du doigt comme "trop modernes" se définissent eux-mêmes comme étant "au milieu". Mon hypothèse est que se revendiquer comme uniquement moderne serait perçu – à la fois par les autres et par soi- même – comme occultant ce qui fait la spécificité de la danse tahitienne, à savoir un héritage particulier fait de légendes, de mouvements propres et d'une certaine organisation sociale. La modernité, ce serait mettre de côté ce qui fait que l'on reconnaît le *'ori tahiti* d'un *hula* hawaiien ou de la danse moderne européenne. Si un chef de groupe se présente au *Heiva*, même s'il est considéré par les autres comme "moderne", il s'inscrit tout de même dans une certaine "tradition", rendue obligatoire par le règlement. Ceux qui ne tiennent pas à suivre ce règlement sont libres de danser comme ils veulent dans leurs écoles ou de faire des shows à l'étranger comme l'ont fait Les Grands Ballets de Tahiti pendant des années. Ceux qui font l'effort de participer au *Heiva* tiennent à être reconnus comme pratiquant le *'ori tahiti*, ils ne s'estiment donc pas comme "modernes", mais simplement comme faisant correspondre certains aspects de la vie moderne avec le règlement "traditionnel" et considèrent ainsi qu'ils se trouvent "au milieu". Cela met en évidence la place centrale de la danse comme élément permettant à un certain nombre de personnes de définir leur identité polynésienne. Dans ce sens-là, il aurait pu être intéressant dans ma recherche d'investir une école de danse moderne – au sens européen du terme – et d'interroger des Tahitiens qui en font partie pour voir quel dialogue ils mettent en place entre la pratique d'une danse européenne, le *'ori tahiti* et leur sentiment d'appartenance nationale.

Lors de mes entretiens, j'ai demandé à mes interlocuteurs de me parler de ce débat et de m'en expliquer les tenants et aboutissants. Ce qui est très fréquemment évoqué est que dans les spectacles purement "traditionnels", on s'ennuie ! *J'aime bien tout ce qui est nouveau, mais j'aime bien ce qui est ancien aussi. Bon, c'est vrai que quand tu vois des spectacles traditionnels, des fois, c'est un peu mou. Des fois, tu t'endors un peu devant le spectacle. Des fois, tu comprends pas les paroles. Enfin, moi je parle pas tahitien, donc je comprends pas tout. Et du coup, tu t'ennuies un peu quand c'est un peu trop traditionnel* (Heihere). Une autre de mes interlocutrices me racontait qu'après s'être éloignée de son ancienne école de danse pendant longtemps, elle était revenue les voir lors d'un gala qui ressemblait de près à celui auquel elle avait participé à l'âge de cinq ans. Elle a donc choisi de changer d'école pour quelque chose qui évoluait plus, quelque chose où la créativité avait plus sa place (Imelda). On retrouve les analyses de Becker qui affirme que pour retenir véritablement l'attention du public, les artistes doivent dépasser un certain nombre de conventions : « Une pièce de théâtre totalement conventionnelle engendre l'ennui et vaut peu de gratifications à son auteur. Pour les artistes le succès passe par la transgression de normes plus ou moins profondément intériorisées » (Becker, 2010, p. 217). Cependant, à Tahiti, ce débat est particulier puisqu'il fait aussi appel à une "tradition" et à une "culture" particulière qui permettent la création d'une "identité" : *Parce qu'à trop vouloir être moderne, à trop vouloir créer, on perd ce qui nous rend spécifiques, ce qui rend unique la danse tahitienne* (Yumi).

Le "juste" milieu

Comme je l'ai évoqué, beaucoup de mes interlocuteurs ont revendiqué un "juste milieu" entre tradition et modernité. *Il faut que ce soit au milieu. Il ne faut pas que ce soit trop traditionnel, parce que sinon tu t'ennuies, mais il faut pas que ce soit trop moderne, parce que sinon tu comprends rien et ça n'a rien à voir avec la danse tahitienne* (Heihere). Cependant, comme ces discours sont tenus par des danseurs issus de milieux et de groupes différents, ce juste milieu n'implique pas forcément les mêmes éléments. Pour l'un, ce juste milieu est concentré sur les gestes eux-mêmes : *Je me situe vraiment au milieu. J'aime beaucoup ce qui est traditionnel, parce que c'est des gestes que je trouve vraiment puissants. C'est plus posé, on sent que ça va avec. Alors que du moderne, c'est comme s'il y avait des deux parties, le haut du corps et le bas du corps qui vont pas ensemble. Le bas du corps, il est traditionnel alors que le haut du corps, il fait un truc trop "gestuel". Après bon je suis d'accord que les anciens trucs du Heiva, je m'ennuyais, il se passait rien quoi. C'est pour ça que j'ai réfléchi à comment faire pour rester dans la tradition, tout en apportant un truc qui donne envie de regarder. Qui donne envie de danser quand tu le vois !* (Ludovic). Pour d'autres, le juste milieu, c'est ne pas mettre de côté ce qui a été fait avant : *On a toujours de toute façon un lien avec le Tahiti d'avant, dans le sens où on interprète des histoires qui se sont passées. Je vais pas dire que je me situe dans la création, ça voudrait dire que je mets de côté ce qui m'a été appris, ce qui m'a été donné, ce que mes anciens faisaient avant pour changer la vision de la danse. Je vais pas non plus me dire traditionnelle parce que je n'ai pas vécu à cette époque, on peut juste se référer à des vidéos, donc je ne peux pas dire que je suis traditionnelle. Il faudrait qu'ils inventent un mot qui soit collé aux deux. Au milieu. Parce que quelque part, je suis très sensible à ce qu'il se passait avant, à la manière d'interpréter et je suis aussi jeune donc j'ai envie d'interpréter à ma manière* (Vaimiti). À l'évidence, ces notions de traditions et de modernité sont des questions que chaque danseur se pose et où chacun apporte sa propre réponse.

Dans les textes plus théoriques, on trouve un écho de ces questions locales, preuve que l'opposition entre tradition et modernité n'est pas propre à Tahiti, mais un débat récurrent. « Tout changement, si révolutionnaire puisse-t-il apparaître, s'opère sur fond de continuité, toute permanence intègre des variations. [...] Bref la tradition, supposée être conservation, manifeste une singulière capacité à la variation, ménage une étonnante marge de liberté à ceux qui la servent (ou la manipulent) » (Lenclud, 1987, p. 5). Bruno Saura affirme quant à lui que toute culture est un jour obligée de se confronter à cette tension entre une modernité qui fait appel à l'originalité individuelle et la tradition qui met en avant l'héritage de la collectivité (Saura, 2008, p. 26). C'est donc une démarche personnelle de savoir quelle est la part que l'on accorde au passé et celle que l'on donne au présent, quelle est la part qu'on accorde à l'individualité et celle que l'on donne à la collectivité. Cependant, aucun monde de l'art, que ce soit à Tahiti ou ailleurs, n'échappe au changement et aux transformations, qu'elles proviennent de l'extérieur ou de tensions internes (Becker, 2010, p. 301). Ce phénomène est renforcé par le fait que, comme partout, un mode de vie de plus en plus individuel se met en place à Tahiti – un peu moins dans les îles –, reléguant l'importance de la collectivité à des sphères de plus en plus restreintes. On retrouve ici les réflexions de l'érudite hawaiienne Kealiinohomoku qui notait l'importance des évolutions sociales sur la manière de danser. Pour elle, chaque changement majeur dans la société va être à l'origine de changements dans la manière de danser ; on peut voir renaître d'anciens éléments adaptés au goût du jour, se créer de nouvelles danses ou alors de nouvelles interprétations des mêmes éléments... (Kealiinohomoku, 1979, p. 47-48). La peur de la modernité est-elle aussi une peur de perdre une certaine identité ? Cela pourrait expliquer certaines tendances que l'on a pu observer dans le monde du *'ori tahiti* à des périodes précises : lorsque Madeleine Mou'a met en place son groupe de danse dans les années 1960, période de grands changements s'il en est une, elle est obnubilée par les questions de modernité. Puis, dans les années 1990, années relativement stables politiquement et économiquement, il y a l'explosion des grands ballets de Tahiti et des tournées à l'étranger avec des innovations telles que l'utilisation de fumigènes, de paillettes... inconnus dans le monde polynésien "traditionnel". Enfin, aujourd'hui alors que la crise économique s'est fait durement ressentir et qu'internet a obligé le monde du *'ori tahiti* à s'ouvrir, la méfiance est revenue.

118

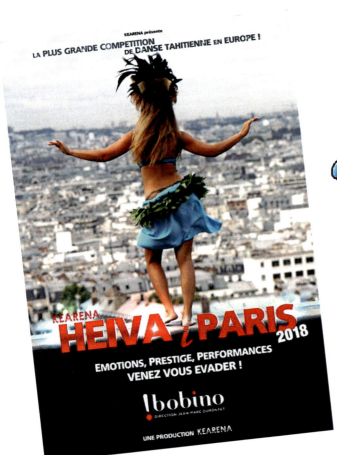

Chapitre 5

Le 'Ori Tahiti, star internationale

« Le Heiva est un festival de chants et danses plus que centenaire,
et il a encore de l'avenir, c'est certain !
Quelle que soit sa destinée, il continuera d'exister sans problème,
car il est soutenu par toute une population. Il organise le temps des Polynésiens et
commence aussi à organiser le temps de tous les amoureux du 'ori tahiti
à l'extérieur de chez nous » (Hiro'a, juillet 2016, p. 7).

Alexandrine Brami Celentano notait à juste titre que les jeunes aujourd'hui, insistent beaucoup plus sur la nécessité de promouvoir le *'ori tahiti* à l'étranger que sur la sauvegarde d'éléments culturels qui seraient restés "purs" (Brami Celentano, 2002, p. 655). Mais comment l'importance des relations avec l'étranger dans les esprits s'est-elle mise en place ? Quelle est la place des étrangers dans les concours de *'ori tahiti* en Polynésie ? Quels sont les débouchés de la danse tahitienne à l'étranger ? Pour répondre à ces questions, il faut au préalable faire un détour par la place que la danse occupe à Tahiti même. Comment est-elle vécue par les danseurs ? Que représente-t-elle pour eux ? Pour saisir les enjeux de l'internationalisation de la danse, il faut comprendre la place qu'occupe la danse dans l'espace social tahitien.

La place de la danse à Tahiti

Au travers de mes entretiens, j'ai senti très présent le fait que le *'ori tahiti* est un héritage, un patrimoine à préserver, au-delà de toutes les tensions dont j'ai pu être témoin. Certains de mes interlocuteurs ont même été jusqu'à "biologiser"cet héritage, ils l'ont ancré au plus profond de leur corps : *Je pense que la danse est déjà intégrée dans le sang du polynésien. Je pense qu'il est né déjà avec ce bagage-là. C'est même pas un bagage : c'est un don, un cadeau* (Tehere). Une amie me racontait que si elle prenant la résolution de ne plus danser pour consacrer plus de temps à sa famille, au moment où elle entendra le son des *tō'ere*, elle aura du mal à ne pas aller danser : *La danse, c'est dans mes tripes. Je peux par*

Final multi-générationnel lors du gala d'une école de danse

exemple être amenée à aller à un spectacle de danse, ça va me chauffer les pieds et de toute façon, je retournerai danser. Si on m'appelle pour aller danser, j'aurai du mal à dire non. Je vais peut-être hésiter, mais j'aurai du mal à dire non. Parce que c'est dans mes tripes (Imelda). À travers cette vision presque biologique de l'inscription de la danse dans le corps, on voit l'importance de la danse dans le corps social tahitien.

L'importance de la danse dans le quotidien tahitien s'appuie sur deux facettes. Tout d'abord elle crée du lien social. Par exemple, une jeune fille qui m'expliquait que c'était un moyen pour elle de rencontrer du monde tout en étant productive : *Depuis que je fais le CNED[16], je suis souvent à la maison et donc je sors moins. J'avais besoin d'être en contact avec les gens, de faire une activité sportive... Je préférais faire ça que de sortir avec des copines où j'apprenais rien, tu vois ? Au moins là, je rencontre des gens et j'apprends quelque chose en même temps que tout le monde.* (Poenui). Le 'ori tahiti est aussi capable de créer du lien entre les classes sociales : une ancienne cheffe de groupe occupant un poste à responsabilité me racontait qu'elle allait chercher ses danseurs au fond des vallées défavorisées pour les amener aux répétitions, aux spectacles, et qu'elle prenait ses vacances pour

---

[16] Centre National d'Enseignement à Distance

les amener en voyage à travers le monde afin de promouvoir la danse polynésienne (Manouche Lehartel). De plus, le *'ori tahiti* créé aussi des liens entre les générations : une de mes interlocutrices me disait que c'était sa grand-mère, qui avait dansé dans le premier groupe de Madeleine Mou'a, qui l'avait poussée vers le *'ori tahiti*. Elle me racontait à quel point elle était heureuse de pouvoir partager cette passion avec sa grand-mère et à quel point cela les rapprochait. Un autre m'expliquait que du haut de sa trentaine, il était nettement plus âgé que la moyenne des danseurs, mais que grâce à la danse, cela n'avait strictement aucune importance parce qu'ils partageaient une même passion : *Parce que, la danse c'est pas juste le Heiva, c'est pas juste tu viens à la répet' et tu passes sur la scène. Pour moi, la danse c'est vraiment créer des liens et partager une passion* (Ludovic). Je retrouve ici l'analyse de Christophe Apprill concernant la culture du bal qui, grâce à sa dimension patrimoniale, servirait à resserrer le tissu social mis à mal par l'individualisme moderne (Apprill, 2005, p. 186).

D'autre part, la danse est incontournable dans le paysage culturel de Tahiti, dans le sens où elle est présente dans la plupart des institutions culturelles : le conservatoire propose des cours de *'ori tahiti*, le musée conserve les costumes et les spectacles de danse composent une bonne partie du programme des spectacles à la maison de la culture. *Hiro'a* propose aussi des leçons de danse, agrémentées de photos et d'explications pour attacher son *pāreu* (*Hiro'a*, octobre 2014, p. 26-27 pour les femmes et *Hiro'a*, février 2015, p. 42 pour les hommes). Si le *'ori tahiti* a connu un essor sans précédent après les années 1960, récemment il a encore gagné en popularité. Plusieurs raisons peuvent être invoquées : le succès international et les débouchés qui en découlent, mais aussi la médiatisation de la danse, la crise économique, la mise en place de diplômes qualifiants. « En temps de morosité économique et sociale, la culture, les arts traditionnels sont "comme des refuges", explique Martin Coeroli. [...] Les troupes de danse et groupes de musique offrent un lieu de convivialité, une famille, une communauté qui pourraient remplacer des liens qui feraient défaut, ou apporter un soutien supplémentaire. Dans une société de plus en plus individualiste, le groupe est recherché. "Danser ou jouer dans un groupe est devenu une fierté en plus de donner un sentiment d'appartenance" » (*Hiro'a*, mai 2016, p. 8). Cependant ce discours doit être tempéré ; il faut garder à l'esprit que beaucoup de danseurs tahitiens ont l'impression d'être les plus impliqués dans la culture, parce qu'ils connaissent les légendes, parce qu'ils savent tresser des chapeaux et arranger des végétaux, alors qu'ailleurs la culture peut se vivre de manière beaucoup plus simple et parfois plus authentique : « Si les discours sur le patrimoine polynésien, pour des enjeux culturels et touristiques, trouvent un certain écho à Tahiti (notamment en milieu urbain), il en va tout autrement dans des lieux où la polynésianité se vit dans un plein présent et n'éprouve pas le besoin de se mettre en scène pour croire qu'elle existe. Il en est de même des revendications identitaires et des discours développementalistes qui, dans l'ensemble, ne sont pas substantialisés comme à Tahiti » (Ghasarian, Bambridge et Geslin, 2004, p. 220).

Les étrangers au Heiva i Tahiti

Un nombre impressionnant de danseurs viennent à Tahiti chaque année pour participer au *Heiva* : dans le groupe que j'ai suivi, il y avait cinq mexicaines, une taïwanaise, une italienne, une japonaise et une rapa nui (originaire de l'Ile de Pâques). La présence des étrangers est ainsi suffisamment importante pour que le règlement du *Heiva* soit obligé de quantifier ce qui est toléré : « Les groupes de danses traditionnelles doivent être composés de membres originaires ou résidents de Polynésie française. Cependant, une participation maximale de dix personnes ne répondant pas à ces critères est tolérée dans chaque groupe. Ces personnes ne peuvent en aucun cas être chef de groupe, chorégraphe, chef d'orchestre, auteur, compositeur, meilleur danseur, meilleure danseuse ou *pūpahu* » (Tahiti Tourisme, 2015, Règlement du Heiva, p. 5). La précision que les étrangers ne peuvent pas être *pupahu* est importante, puisqu'elle implique que les étrangers ne peuvent pas danser en première ligne, même si leur niveau technique est excellent. Dans l'épisode six de *Heiva i Tahiti by Makau*, cette dernière très remontée contre ses danseurs, les apostrophe en disant que les nouvelles, les étrangères ont appris en deux jours ce que les autres ont appris en six mois, elle va même jusqu'à affirmer que si un règlement ne l'interdisait pas, elle mettrait les étrangères devant et les autres derrière parce que c'est ce que chacun mérite (Vimeo, 2016, *Heiva i tahiti by Makau*, épisode 6).

D'un point de vue théorique, j'ai tenu à faire des entretiens avec les étrangers présents dans la troupe que je suivais. Cependant, la plupart ne parlaient pas français et l'anglais était une deuxième langue pas toujours maitrisée, impliquant incompréhension culturelle et linguistique, ce qui peut porter préjudice à la qualité des entretiens (Dahinden and Efionayi- Mäder, 2009, p. 107). Quant à ma place d'"étrangère" pour ce *Heiva*, elle s'est montrée pro blématique au début parce que souvent les étrangers compensent leur "étrangeté" par une excellente maîtrise technique de la danse, ce qui n'était pas mon cas. Cependant, mes rudiments de tahitien, ma bonne connaissance de l'histoire de Tahiti, ma présence dès le début du mois janvier – alors que beaucoup d'étrangers arrivent entre mai et juin – ajouté au fait que je renonce à danser simplement pour aider et poser des questions m'ont permis de dépasser ce statut problématique. Quant à l'utilisation du terme "étranger", j'ai conscience de ses limites et de son ambiguïté, surtout en milieu post-colonial comme c'est le cas à Tahiti, néanmoins c'est un terme émique très utilisé qui laisse transparaître nombre de préoccupations des acteurs du 'ori tahiti.

Qu'est-ce qu'un étranger à Tahiti ?

La question de la langue et de la culture

Même s'ils ont une excellente maîtrise technique, la présence d'étrangers n'est pas toujours vue d'un très bon œil, ni par les chefs de groupe, ni par les danseurs. Les questions de langue et de culture tiennent une part importante dans l'explication de ces animosités : *Pour moi, la maîtrise de la langue, l'histoire de Tahiti sont importants. C'est pour ça que je veux pas ouvrir les portes de ma troupe à n'importe quel étranger. J'ouvrirai que si je m'aperçois que cette personne fait des efforts pour comprendre la langue et pour s'intéresser à notre histoire. Pas qu'à la danse. Parce que ces étrangers, leur but c'est de bouger leur derrière. Montrer leurs performances techniques. C'est tout. C'est venir dans mon pays me dire que je danse mieux que toi ! Non ! Tu veux faire ça, fais-le dans ton pays ! Entre vous. Pas chez nous. Viens pas dans mon pays me dire que je suis meilleur. Non, c'est nous qui t'avons appris à danser. Sois recon-*

naissant. Et ça, souvent les étrangères, elles viennent pour montrer ça. Et je suis pas d'accord avec cette vision des choses. Même si elles sont pas toutes comme ça, hein ! Je suis pas fermé, hein ! Au contraire. Je les prendrais bien avec moi pendant les répétitions du Heiva. Pour venir s'entraîner, pour apprendre. Pas pour danser. C'est là où je verrai comment elles sont, comment elles s'investissent. [...] Parce que beaucoup d'étrangers vont venir danser juste pour dire qu'ils ont dansé dans tel groupe. Pour le prestige. Ils vont pas venir danser parce qu'ils ont compris la langue. Moi je suis obligé de faire comprendre à mes artistes, je serais obligé de leur expliquer, de leur détailler ce qu'on est en train de faire. Pour qu'ils aient l'attitude, pour qu'ils ressentent le thème. Je ne pense pas qu'une étrangère va autant s'intéresser à ça. Si je devais accueillir une étrangère dans mon groupe, j'aurais aimé qu'elle maîtrise d'abord plus ou moins la langue tahitienne (Tehere). La notion d'étranger est problématique à la base et le contexte colonial de Tahiti brouille d'autant plus les pistes. Un Français habitant à Tahiti depuis quelques années est-il pour autant Polynésien ? Un métis ayant passé toute sa vie en France et participant au *Heiva* pour venir à la rencontre de ses racines est-il lui aussi Polynésien ? Ainsi, ce chef de groupe m'affirmant n'accepter d'étranger qu'à condition qu'il parle tahitien, avait dans ses rangs une jeune Française que je connaissais bien et qui ne parlait absolument pas tahitien. Par ailleurs, certains reconnaissent que, parfois, peut-être parce que cela représente plus un défi, certains étrangers sont plus investis dans leur danse que les locaux :

Lorsque j'ai vu ceux de mon île au Heiva à Vaitupa, je te dis qu'en regardant les garçons, il y a un qui sortait du lot : c'était le popa'a. Il dansait, il chantait ! Il était à fond, il vivait la danse ! Il vivait complètement la danse ! C'était magnifique. Il chantait toutes les chansons, c'est fou ! Les autres, c'était des polynésiens mais... ils étaient pas du tout du tout dedans. Mais lui, il vivait complètement. Ça, c'était magnifique ! (Violette). J'ai aussi pu observer le discours inverse : un métis qui avait pourtant passé toute sa vie à Tahiti, me racontait qu'une cheffe de groupe n'avait pas voulu de lui à cause de son physique, trop "métropolitain" et qu'elle avait tout essayé pour le dégoûter de la danse (Ludovic).

Qu'est-ce qui est si effrayant dans cet incroyable succès international ? Il y a, entre autres, deux éléments de réponse qui méritent d'être évoqués ici. D'une part, je pense qu'il y a la peur de se sentir dépossédé du *'ori tahiti*. En effet, ce que beaucoup de mes interlocuteurs évoquent, c'est que les danseurs étrangers possèdent une excellente maîtrise technique, parfois meilleure que celle des Tahitiens ; ils pourraient donc, à terme, se lasser des professeurs polynésiens qui ne leur apprennent plus rien. Sans voir qu'à Tahiti, la danse va plus loin que le simple déhanché chorégraphique : *Outre le fait d'apprendre les techniques de danse, ce stage permet de sentir la façon de penser des Polynésiens. [...] Personnellement, j'ai compris à quel point la danse faisait partie de leur vie, de leur quotidien. Contrairement à nous, elle représente plus qu'un loisir pour eux* (Yoshiko Chisaka in *Hiro'a*, janvier 2012, p. 19). Une cheffe de groupe soulignait ainsi que le *Heiva* était pour elle l'occasion d'explorer et de redécouvrir le patrimoine polynésien chaque année, un aspect de la danse difficile à comprendre de l'extérieur, tant il est personnel, intime et ancré dans le paysage naturel autant que culturel (Vaimiti). Bien sûr les danseurs étrangers qui passent plusieurs mois à Tahiti se rendent compte de ces aspects, ce sont ceux qui restent dans leur pays, qui font le plus peur à ce niveau-là. Ces tensions sont d'autant plus fortes que les Tahitiens redécouvrent leurs danses après des années de mise sous silence et qu'aujourd'hui face à une mondialisation grandissante dans une île jusque là quelque peu à l'écart, le *'ori tahiti* permet de se raccrocher au passé, à une "tradition" pour se construire une identité propre. Et c'est cela qui est mis à mal par ces étrangers qui dansent "mieux" que des Tahitiens. D'autre part, je pense qu'après des années de marketing sur Tahiti comme paradis touristique à vendre, certains peinent à sentir la danse comme un autre produit "carte postale" prêt pour l'exportation : *Je pense qu'il ne faut pas rejeter ceux qui viennent de l'étranger. Parce qu'ils viennent découvrir notre culture. Mais il ne faut pas que notre culture devienne un produit à exporter. Parce que c'est ce qui est en train d'arriver : il y a des écoles de danse en France, au Japon. Et il ne faut pas que notre culture soit quelque chose qu'on puisse acheter et s'enrichir avec. Nous, on doit garder ça. Parce que si on fait pas attention, peut-être un jour ce seront des étrangers qui viendront nous apprendre notre danse. Ça serait... Et ça peut arriver. Parce qu'il y a eu un concours dernièrement, c'est une Américaine qui a gagné. Il faut que le gouvernement soit conscient du danger. On peut leur apprendre, mais il ne devrait pas y avoir d'écoles de 'ori tahiti ailleurs qu'à Tahiti. Vous voulez danser le 'ori tahiti ? Aller à Tahiti !* (Tonio).

La question de l'argent

Pas toujours évoquée, mais toujours sous-jacente, la question de l'argent sous-tend nombre de débats quant à la présence des étrangers. En effet, la Polynésie a beaucoup souffert de la crise économique et la danse, grâce à son attractivité internationale, peut aussi servir à relancer une certaine forme de tourisme : elle permet ainsi d'accueillir des étrangers qui paieront un billet d'avion, des cours de danse privés, des instruments de musique, des costumes, du shopping… « Un touriste japonais dépense en moyenne 300 000 Fcfp[17]17 à Tahiti en dehors de l'hébergement et du transport, confie Fabien Dinnard [le directeur du Conservatoire]. C'est autant d'argent injecté dans l'économie. C'est une bonne chance pour la Polynésie, conclut-il. À mon sens, la danse est la meilleure vitrine, le meilleur ambassadeur de notre culture et de notre pays » (Fabien Dinnard in *Hiro'a*, mars 2009). L e *Hura Tapairu* a d'ailleurs ouvert une catégorie "internationale". Avec ses effectifs réduits – une vingtaine de danseurs – il reste beaucoup plus accessible que le *Heiva* pour les groupes étrangers. Les danseurs du monde entier qui participent au *Heiva* viennent seuls ou entre amis et s'insèrent dans des groupes déjà formés, mais aucun groupe étranger ne peut se permettre de déplacer et loger plus de cent personnes dans le seul but d'un concours. D'autant plus que les règles du *Heiva* sont beaucoup plus strictes que celles du *Hura Tapairu* – les costumes doivent être fait avec des matériaux originaires de Polynésie, les thèmes doivent faire preuve d'un minimum de véracité historique et culturelle… – et il est peu probable qu'un groupe étranger puisse les satisfaire. Au-delà du règlement qui impose un maximum de dix non résident ou originaires de Polynésie française.

Cependant, la présence d'étrangers pose d'autres problèmes aux chefs de groupe. En effet, un certain nombre d'étrangers qui viennent à Tahiti pour se former vivent de la danse dans leur pays, notamment en donnant des cours ; parmi les sept étrangères que j'ai eu l'occasion d'interroger, six donnaient des cours et gagnaient de l'argent grâce au *'ori tahiti*, même si ce n'était pas toujours leur source de revenus principale. Or, ces professeurs de danse étrangers, pour la plupart, ne composent pas les chansons et utilisent souvent la même gestuelle que les auteurs polynésiens. Même s'il y a quelque chose d'honorable à venir se former à Tahiti plutôt que de tout apprendre grâce à des vidéos sur internet, la venue massive de danseurs étrangers crispe un certain nombre de chefs de groupe. En effet, ces étrangers gagnent souvent plus d'argent qu'eux, alors même que ce sont eux qui font tout le travail "artistique" : *Avec mes deux chansons, cette étrangère va se faire un fric fou. Elle va utiliser ma gestuelle parce que la demoiselle n'a rien compris au reo Tahiti. Tu comprends ? Elle va se faire du fric. Et elle va me dire que mes cours coûtent cher ?!?! Je trouve que c'est un peu poussé. Quand tu sais que leur séance d'une heure et demie coûte 7500 francs[18] et que par séance, elles sont minimum quinze. Et qu'elle va prendre ma chanson, ma gestuelle…* (Tehere). Si je n'ai pas eu l'occasion de vérifier les chiffres – d'autant plus qu'ils varient très

---

[17]   Soit environ 2 500 euros

[18]   Soit environ 65 euros

probablement d'un pays à l'autre – ils mettent en évidence un fond de vérité à propos des tensions que certains chefs de groupe polynésiens ressentent vis-à-vis de l'internationalisation du *'ori tahiti*.

Pour résumer, la question de l'argent est présente tout au long de ma recherche, mais latente, silencieuse, comme si en parler rendait l'acte de danser tout à fait mercantile et indigne de la culture. Pourtant, sans argent, difficile d'organiser des événements d'une telle ampleur. Il pourrait être intéressant d'approfondir l'analyse par un questionnement économique auprès des organisateurs et des différentes écoles. Comment sont subventionnés des concours comme le *Heiva* ? Est-ce des finances gouvernementales ? Françaises ou Tahitiennes ? Quelle est la proportion financée par les groupes ? Est-ce que quelqu'un tire de véritables profits économiques de ces concours ou sont-ils fait pour le simple plaisir, en réduisant les coûts au minimum ? Comment les directeurs des écoles gagnent leur vie ? Quelle est la part payée par les mamas qui viennent chaque semaine ? Celle payée par les cours privés donnés à des danseurs étrangers ? Celle accomplie lors de workshops à l'étranger ? Il aurait pu être intéressant d'approfondir ces questions lors des entretiens pour avoir l'avis des acteurs sur le sujet et de le faire résonner avec une analyse des conflits ainsi qu'une mise en évidence des différentes logiques des acteurs. Je n'en ai malheureusement pas eu le temps.

La question du rêve

À côté de ces problématiques liées à la langue, la culture ou l'argent, beaucoup de Polynésiens reconnaissent la place qu'ils occupent dans les rêves des danseurs étrangers. Comme un écho au mythe d'un Tahiti paradisiaque pour les touristes, beaucoup de danseurs mexicains ou japonais rêvent d'aller un jour danser à Tahiti sur la terre même de leur passion. J'ai retrouvé cette attirance dans des entretiens menés avec des danseurs étrangers, mais aussi dans le discours de beaucoup de Polynésiens : *Il y a des étrangers par exemple qui participent, c'est une joie énorme pour eux d'être, de participer à cette danse polynésienne, qui est leur propre culture. C'est valorisant pour eux en fait. Et participer au Heiva et tout, c'est leur rêve ! C'est un rêve fou pour eux de participer. Et c'est vrai que pour moi, quand je vois les spectacles, quand je vois ces étrangers qui essayent de danser notre danse, notre culture polynésienne, moi je suis fière. De les regarder, de voir que des étrangers s'intéressent à notre danse* (Violette). De plus en plus de personnes, même en marge des groupes de danses, ont conscience de cette présence étrangère. Non seulement parce qu'elle est visible dans les spectacles, mais aussi parce que les médias en parlent. Par exemple, le journal local consacre régulièrement des rubriques à la danse avec des petites interviews des danseurs parfois étrangers : « Je suis danseur depuis une dizaine d'années dans la troupe de l'île de Pâques. Cette année, j'ai décidé de participer au *Heiva* avec ma sœur Cynthia au sein de la troupe de Jean-Marie. Pour réaliser ce rêve, je mets en stand-by mon entreprise d'importation de produits cosmétiques de Tahiti, qui est basée à Santiago du Chili. Ce n'est pas grave. Ici, je vis un moment passionnant » (Roberto Sonza in La Dépêche, 13 mai 2014).

Le 'ori tahiti à l'étranger

Si les changements dans le monde du *'ori tahti* ont été nombreux et répartis sur une longue période temporelle, ceux qui concernent l'internationalisation se déroulèrent pour l'essentiel dans le tournant des années 2000. Prenant souvent le *hula* hawaïen en exemple, plusieurs chefs de groupe ont tenté de faire connaître le *'ori tahiti* en dehors du territoire. Un réalisateur me racontait les premières captations de spectacles à la fin des années 90, pour en faire des cassettes et essayer d'exporter la danse polynésienne (André). Aujourd'hui, plus personne "n'essaie d'exporter" le *'ori tahiti*, il faut plutôt s'accommoder de son succès international. À l'évidence, le tournant du XXIe siècle a été décisif, mais, dans une certaine mesure, cette évolution a échappé à la majorité des danseurs polynésiens qui se sont trouvés devant le fait accompli. Je commencerai par exposer les raisons du succès international, puis j'évoquerai l'appel à la cohésion lancé par certains chefs de groupe face à cette internationalisation et pour finir enfin par l'ambiguïté de cet immense succès pour beaucoup de Polynésiens.

Un succès qui dépasse toutes les attentes

Il est difficile de trouver des chiffres du nombre de danseurs pratiquant le *'ori tahiti* à l'étranger et si on en trouve, il est difficile de savoir d'où ils proviennent. Néanmoins, si ceux mentionnés dans les médias et dans le discours de mes interlocuteurs ne sont pas exacts, ils renseignent sur les préoccupations des acteurs du monde de la danse polynésienne : « La 7e édition du *Heiva i Tokyo* a eu lieu en septembre dernier au Tokyo Dome, la plus grande salle de spectacles de la ville qui peut accueillir plus de 50 000 spectateurs. Toutes catégories confondues, environ 200 danseurs solos et une quarantaine de groupes étaient en lice pour ce *Heiva*. Des proportions inimaginables à Papeete et qui pourraient presque faire peur, car cela signifie qu'il y a tout simplement plus de danseurs de *'ori tahiti* au Japon qu'en Polynésie » (*Hiro'a*, janvier 2012, p. 19). Une de mes interlocutrices me racontait que lors d'un voyage au Mexique, elle a donné un workshop dans une région reculée où elle a été incroyablement surprise par le niveau des danseurs qui, à ses yeux, auraient pu danser en première ligne des meilleurs groupes de Tahiti. Pour elle, il y a quelques années, le meilleur danseur du *Heiva i Tahiti* était le meilleur danseur du monde, aujourd'hui elle n'est plus certaine que ce soit vrai et ça lui fait peur (Manouche Lehartel). N'ayant pas accès à la partie "culturelle" de la danse, les danseurs étrangers n'apprennent en effet ni les paroles des chansons, ni à tisser les végétaux et ils sont le temps de se consacrer exclusivement à la technique où ils excellent. Toutefois, il faut pondérer ce discours de plusieurs manières : tout d'abord, si le Mexique ou le Japon sont supérieurs en termes du nombre de danseurs, en termes de proportion, Tahiti reste loin devant. Par ailleurs, si certains danseurs ont l'impression que le monde entier vibre au son du *'ori tahiti*, une Italienne m'a tout de même confié qu'elle avait beaucoup de mal à trouver des cours de danse tahitienne à Milan.

Mais quelles sont les raisons de ce succès sans précédent ? Il y a beaucoup d'hypothèses. Certains avancent que c'est grâce à la diversité du *'ori tahiti*, à la fois très rythmé avec *'ōte'a* et très sensuel avec les *'aparima* (Yumi). Une autre hypothèse pourrait provenir de cette part de rêve que transporte toujours Tahiti, comme le met en avant le magazine *Hiro'a* : « Aux yeux des étrangers – et ils ont raison – Tahiti est la destination de rêve par excellence, synonyme de dépaysement, calme, soleil, couleurs... Bien loin de leur quotidien fait de travail, de foule, de buildings, de bruit et de stress ! Ils ont probablement besoin de cette évasion : on leur apporte du rêve » (Sabrina Laughlin in *Hiro'a*, octobre 2012, p. 6). Pour ma part, je pense qu'au-delà du rêve – qui existe de manière indéniable – il y a aussi une globalisation du monde qui a trouvé dans le *'ori tahiti* une danse qui lui correspond, à l'instar d'autres danses "exotiques", comme la danse orientale ou la capoeira, qui ont aussi rencontré un essor phénoménal : « A l'évidence, la capoeira relie des demandes contemporaines à des concepts anciens, permettant d'exprimer des doutes vis-à-vis du progrès et peut-être de gérer des angoisses sociétales » (Aceti, 2010, p. 8). Au-delà des idéaux de sensualité et de métissage que des pays comme Tahiti ou comme le Brésil transportent, elle émet l'idée que, dans notre monde toujours plus tendu et compétitif, ces danses offrent quelque chose de plus : à l'heure où tous les jeunes rêvent de voyages et de dépaysements, ces danses permettent une "interculturation" (Aceti, 2010, p. 3), dans le sens où les danseurs étrangers peuvent venir chaque semaine retrouver un peu de dépaysement. Grâce à la musique et à la danse, les jeunes peuvent voyager et se transporter dans un autre monde.

Le côté doux-amer du succès

En 2008, *Hiro'a* note que dix ans auparavant, la question de la danse polynésienne à l'international ne se posait pas (juillet 2008, p. 32). Or, jusque dans les années 2000, les spectacles de danse étaient légions à Tahiti : environ vingt-cinq par semaine. Un certain nombre d'acteurs du monde du *'ori tahiti* ne se sont probablement pas rendu compte du succès grandissant de leur danse à l'étranger parce qu'ils étaient trop occupés à danser chez eux. Lorsque l'économie tahitienne s'est effondrée, ils se sont alors intéressés aux possibilités à l'étranger et se sont rendu compte de l'ampleur qu'avait pris le *'ori tahiti*. « Notre sentiment est mitigé. Pour nous consoler, nous disons que c'est bien, car cela prouve que notre art est attractif et que ces milliers de personnes qui le pratiquent sans l'avoir en héritage honorent notre culture. En vérité, nous n'avons rien vu venir et devons, aujourd'hui, combattre pour imposer Tahiti comme référence absolue. Car le *'ori tahiti* pourrait n'être qu'une gymnastique dansée qu'un chorégraphe pourrait, à partir d'une vidéo par exemple, étudier et maîtriser. Là où le bât blesse c'est que ceux qui vivent de notre danse sont beaucoup plus nombreux à l'étranger qu'ici » (Manouche Lehartel in *Hiro'a*, juillet 2013, p. 7). Une de mes interlocutrices originaire de Moorea mais, étudiante au Canada, a ouvert un cours pour permettre aux Tahitiens de Montréal de pratiquer le *'ori tahiti*. Elle me racontait l'avoir mis en place plutôt comme une heure de pratique que comme un véritable cours parce que du haut de ses vingt ans, elle ne se voyait pas s'auto-proclamer professeur de danse. Elle me racontait alors son exaspération de voir fleurir les écoles de *'ori tahiti* sous la houlette de filles qui n'ont jamais mis les pieds en Polynésie et qui ont appris à danser grâce à des vidéos sur internet ; *Ces filles-là, quand tu les vois danser, ça ressemble à tout sauf de la danse tahitienne. Et moi, ça me met carrément hors de moi ! Parce que c'est pas juste une danse, c'est une culture entière ! Moi, qui suis d'ici, qui ait grandi ici, qui danse depuis que j'ai l'âge de quatre ans, je me permets pas de faire ça, donc elles encore moins ! Donc, je trouve que c'est bien que ça s'exporte, mais je pense qu'il y a des limites et ça me rend triste que par exemple au Mexique, t'as des millions et des millions d'école de danse tahitienne avec des filles qui n'ont juste jamais mis les pieds ici* (Dorothée).

Une de mes interlocutrices, cheffe de groupe, me confiait qu'elle avait du mal à voyager dans le cadre du *'ori tahiti* : *Voyager pour la danse, c'est assez délicat, c'est fragile, on va dire. C'est très fragile parce qu'ils sont là pour avoir un maximum de notre danse et qu'il faut savoir doser. Il faut savoir partager avec eux sans déborder. Parce qu'ils s'accaparent vite. Ils sont tellement nombreux et nous on est tellement petits ! Ils sont tellement nombreux qu'ils essayent de nous prendre tout notre savoir et après ils savent aussi se débarrasser de nous. C'est dur, mais c'est ça. Ils savent se débarrasser de nous parce qu'ils savent ensuite apprendre la danse, sans être originaires de chez nous. Donc c'est très délicat. À la fois, voyager pour parler de notre culture, c'est un prestige et aussi une fierté. C'est quelque chose à gérer avec des gants, on va dire. J'aime beaucoup voyager, j'aime beaucoup aller me balader, changer de pays… Mais voyager pour la danse, c'est différent* (Vaimiti). Des chefs de groupe se mobilisent ainsi pour aller à l'encontre de cette tendance à l'accaparement que peuvent avoir les danseurs étrangers, comme Makau Foster qui, scandalisée par le fait que ce soit des Mexicains qui ait réalisé le plus grand rassemblement officiel de danseurs de *'ori tahiti*, a pris l'initiative d'organiser un nouveau record officiel grâce à une campagne auprès des différents groupes, des différentes écoles et en lançant des tutoriels sur internet pour que les danseurs puissent apprendre la chorégraphie. Le *Guiness Book of Records* a recensé près de trois mille danseurs le 30 janvier 2016, ce qui a provoqué des échos jusque dans le 20 minutes et la Tribune de Genève ! (*20 minutes*, 2016 et *Tribune de Genève*, 2016, Record du monde du plus grand Ori Tahiti).

Plusieurs personnes évoquent la possibilité d'un tourisme "culturel" grâce auquel la danse deviendrait le cœur d'un voyage à Tahiti (*Hiro'a*, juillet 2008, p. 32). Si les étrangers sont effectivement nombreux à venir danser au *Heiva* aujourd'hui, ce n'est qu'une infime proportion de la masse des danseurs qui existent à l'étranger et leurs voyages ne sont que le fruit de volontés individuelles. Il n'existe pas de voyages organisés autour de la danse. Les seules circonstances qui rassemblent de manière un peu plus structurée les danseurs étrangers à Tahiti, ce sont les concours internationaux et les stages pour étrangers organisés par le Conservatoire. Les danseurs qui font l'effort de venir jusqu'à Tahiti, ne sont pas seulement intéressés par la technique, ils ont à cœur de s'imprégner de la vie en Polynésie, que ce soit les danseurs que j'ai eu l'occasion de rencontrer (Dumi, Cynthia ou Ewie entre autres), mais aussi des "grands" du monde du *'ori tahiti* à l'étranger, comme les organisateurs des Heiva à Tokyo et Osaka qui témoignent dans *Hiro'a* : « Nous sommes convaincus qu'il est important que les Japonais souhaitant danser le *'ori tahiti* se for-

133

ment ici pour véritablement ressentir le "feeling" polynésien. Même s'ils sont bons techniquement, les danseurs japonais ont encore beaucoup à apprendre pour exprimer quelque chose en matière de *'ori tahiti*. Finalement, si les bases de cette forme d'expression culturelle qu'est la danse traditionnelle peuvent "s'apprendre", son essence, elle, est difficilement pénétrable. Car c'est l'âme qui guide le corps, celui-là même qui transpire les histoires légendaires. Le *'ori tahiti* se vit, il jaillit de la terre et cette terre est la Polynésie, où il est vécu par les Polynésiens qui ont pour ses chants, ses rythmes et ses pas, un génie... intransmissible » (*Hiro'a*, janvier 2012, p. 19).

Rassembler les chefs de groupe, une utopie ?

La vie du *'ori tahiti* au-delà des frontières du *Fenua* est une discussion sans fin ; certains sont fiers de ce succès, d'autres en ont peur et la plupart partagent un sentiment mitigé. Comme je l'ai déjà évoqué, ce qui provoque la peur, tant des chefs de groupe que des danseurs, c'est essentiellement le nombre de pratiquants à l'étranger ; la Polynésie ne peut clairement pas faire le poids vis-à-vis de pays comme le Mexique ou le Japon. Par simple supériorité numérique, il y a plus de pratiquants de *'ori tahiti* au Japon qu'il n'y a d'habitants en Polynésie ! (*Hiro'a*, novembre 2013, p. 11) Certaines personnalités du monde de la danse ont donc entrepris des démarches pour s'assurer que le *'ori tahiti* reste véritablement tahitien : c'est ce qui a été à l'origine de la création de la Fédération et de la tentative d'inscrire le *'ori tahiti* au patrimoine mondial de l'UNESCO. « Nous avions le choix entre regarder passer la vague et mourir dépossédés de notre art hors des limites de To'ata, ou prendre la vague. Le surf est polynésien, nous avons donc choisi de surfer sur la vague : nous partons à l'étranger juger des *Heiva*, nous donnons des cours ici et là-bas, nous acceptons des étrangers dans nos groupes au *Heiva*, nous essayons d'exister ici et à l'extérieur, et nous souhaitons conforter définitivement notre expertise et notre légitimité hors de nos frontières en étant d'abord reconnus chez nous » (Manouche Lehartel in *Hiro'a*, juillet 2013, p. 7). Il ne faut cependant pas négliger les opportunités de travail que ce succès international offre : « Cet engouement international permet en plus une professionnalisation des artistes. Cela donne de réelles possibilités de travail. Les danseurs polynésiens sont de plus en plus nombreux à animer des workshops à l'étranger voire à ouvrir des écoles de danse. […] C'est devenu une voie de débouchés professionnels » (Vaiana Giraud in *Hiro'a*, mai 2016, p. 9). Un de mes interlocuteurs me racontait qu'il gérait une petite école de danse avec sa femme, mais qu'ils avaient du mal à la faire toúrner et que ce qui marchait le mieux pour eux, c'était les stages, les workshops, les concours à l'étranger (Teheiarii). En effet, le réseau d'écoles de danse est plus ou moins saturé à Tahiti, alors qu'au vu du nombre de danseurs à l'étranger, il y reste encore nombre de possibilités d'enseignement (*Hiro'a*, novembre 2012, p. 18), même si cela attriste un certain nombre de personnes de ne plus pouvoir gagner leur vie avec leur danse dans leur *Fenua* et d'être obligées de partir. Même s'il faut le mettre en regard de la globalisation, il reste que les acteurs du monde du 'ori tahiti sont inquiets et s'interrogent : *Ce que je sais, c'est que je ferai tout ce que je peux pour qu'on s'entende, pour qu'on soit concurrents là où on doit être concurrents, mais que pour le reste, on se tienne les coudes. Parce que c'est nous les héritiers légitimes de ça et que c'est formidable de partager notre culture, qu'on est honorés, qu'on est fiers que d'autres se l'approprient, mais que, en même temps, ça ne doit jamais nous être enlevé. Si nous n'arrivons pas à nous mettre d'accord, ben je vois pas pourquoi à un moment donné, ils se diront pas "Mais finalement, la technique on l'a. Et s'ils sont incapables de s'entendre..."* (Manouche Lehartel). Les querelles entre les différentes manières d'enseigner le 'ori tahiti inquiètent les acteurs, les chefs de groupe notamment, parce qu'elles donnent une impression de désunion. La Fédération de 'ori tahiti a donc, entre autres, pour mission de "standardiser" les différentes manières d'enseigner de telle sorte que les chefs de groupe se mettent enfin d'accord. Le 'ori tahiti, ce n'est pas "que" du sport, il est indissociable de son histoire, de sa langue, de sa terre. Et c'est bien là où le bât blesse : qui détient la vérité au sujet du 'ori tahiti, y en a-t-il seulement une ? Le Conservatoire est le seul établissement public aujourd'hui à posséder un véritable programme. Tandis que pour toutes les écoles de 'ori tahiti qui existent à Tahiti et dans les îles – et dont je fais partie ! – aucun diplôme ni aucune formation ne sont exigés. Si on veut contrôler l'univers du 'ori tahiti, il faut l'institutionnaliser et le professionnaliser (Tiare Trompette in *Hiro'a*, décembre 2013, pp. 6-7).

Beaucoup d'acteurs du monde de la danse polynésienne partagent cet avis, néanmoins des chercheurs posent la question en d'autres termes : est-il vraiment possible de "breveter" une culture pour la garder sous contrôle ? (Journet, 2006, p. 25) Édifier des "standards" à suivre pour l'enseignement comme pour l'exécution des pas, est-ce compatible avec le principe d'une culture vivante ? Cela n'amène-t-il pas plutôt à une sorte de momification légale ? (Brown, 2006, p. 32). D'autre part, il y a un risque inhérent à cette institutionnalisation vis-à-vis des danses des îles. En effet, il n'est toujours question que de 'ori tahiti ; qu'en est-il des danses des Australes, des Marquises ou des

Gambier ? Les succès de la danse tahitienne ne sont-ils pas un risque d'accaparer tout l'espace culturel dédié à la danse au dépit de danses moins médiatisées ? Comme le notent, Nina Glick-Schiller et Ulrika Meinhof vis-à-vis des musiciens malgaches immigrés en Europe, déterminer le style d'un artiste par son appartenance nationale cache en réalité une extraordinaire diversité et des pratiques culturelles très différentes (Glick-Schiller and Meinhof, 2011, p. 29) ; la manière de vivre et de danser un concours de *'ori* à Tahiti ou à Rapa est fondamentalement différentes malgré leur appartenance à une même nation. Ce problème est peut-être encore renforcé par le fait que Tahiti est un territoire français soumis aux tendances centralisatrices de Paris. Néanmoins, il ne faut pas tomber dans un travers misérabiliste ; les acteurs des îles sont eux aussi conscients des opportunités et des menaces qui prennent corps dans le monde de la danse. Certains choisissent de faire des concessions et participent tout de même au *Heiva* pour faire connaître leurs danses et leur langue, tandis que d'autres choisissent au contraire de ne se présenter qu'à de petits festivals, loin des règlements et de la médiatisation du *Heiva*. D'un point de vue théorique, on peut voir ces opportunités et ces menaces comme une arène de négociations (Aceti, 2010, p. 7) à travers laquelle les acteurs du monde du *'ori tahiti* prennent leurs décisions avec les clefs qu'ils ont en main.

Conclusion

Repenser le temps du 'ori tahiti

« Je me sens proche de la tradition. Parce que je me dis que, de toute manière,
il y a des possibilités de créer tout en respectant la tradition.
Notre danse, elle est belle comme elle est
et si on crée trop, si on se laisse emporter par la création,
ce sera une danse qui ne ressemblera plus à notre danse traditionnelle.
On ne pourra plus dire que ça fait partie de notre culture, de notre tradition
et ça ne sera plus une fierté »
(Teheiarii)

L'analyse des conflits, comme la comprennent Michel Bierschenk et Jean-Pierre Olivier de Sardan (1994) met en évidence les principales sources de tensions sont liées aux notions de tradition et d'identité, notamment quand elles sont en lien avec les question de modernité et de présence étrangère. Nous retrouvons donc ici les problématiques évoquées au début de cet ouvrage. Toutefois, le chemin parcouru à travers l'histoire, l'analyse des thèmes et la mise en relief des principales problématiques permettent d'affiner ces ébauches de définitions pour les appliquer au contexte de la danse à Tahiti. Je reviens sur cet éternel dialogue entre passé, présent et futur, entre tradition, culture et identité.

La tradition, l'authenticité et le passé

Si l'on adopte le point de vue d'un historien, rien de ce que l'on voit durant le *Heiva* ne peut être qualifié de purement "traditionnel", au sens où cela daterait d'avant le contact avec les premiers explorateurs. Néanmoins, il s'agit ici de comprendre ce que les acteurs du monde du *'ori tahiti* entendent par "traditionnel". Je ne m'attarderai donc pas sur la polémique "tradition inventée" versus "tradition authentique" parce que cela nous entraînerait beaucoup trop loin du *'ori tahiti*, dans un débat sans saveur pour les lecteurs. Ce qui compte ce n'est pas de savoir de quelle manière les traditions peuvent être "inventées", mais de bien comprendre comment interagissent passé et présent dans l'esprit des acteurs.

On saisit bien que, pour les danseurs, si la tradition est indéniablement liée au passé, elle a aussi besoin du présent pour être vivante. Je partage ainsi la définition de Gérard Lenclud : « Elle n'est pas le produit du passé, une œuvre d'un autre âge que les contemporains recevraient passivement, mais, selon les termes de Pouillon, un "point de vue" que les hommes du présent développent sur ce qui les a précédés, une interprétation du passé conduite en fonction de critères rigoureusement contemporains. "Il ne s'agit pas de plaquer le présent sur le passé, mais de trouver dans celui-ci l'esquisse de solutions que nous croyons justes aujourd'hui non parce qu'elles ont été pensées hier, mais parce que nous les pensons maintenant". Dans cette acceptation, elle n'est pas (ou pas nécessairement) ce qui a toujours été, elle est ce qu'on la fait être. Il s'ensuit que l'itinéraire à suivre pour en éclairer la genèse n'emprunte pas le trajet du passé vers le présent, mais le chemin par lequel tout groupe humain constitue sa tradition : du présent vers le passé. [...] Cette approche du fait de tradition évacue donc comme faux problème la question du changement et de la conservation, des taux relatifs de transformations et de préservation. Il n'est jamais inutile d'en savoir un peu plus long sur les matériaux dont le présent s'empare pour les constituer en tradition, mais quand bien même pourrait-on vérifier que celle-ci trahit la vérité du passé, la tradition n'en resterait pas moins la tradition » (Lenclud, 1987, p. 8). Les traditions sont ainsi signifiantes dans le sens où contrairement aux événements politiques qui sont subis, comme c'est le cas de la colonisation, ce sont des éléments passés qui sont "choisis" et donc généralement glorifiés. Pour reprendre les mots de Jocelyn Linnekin, une tradition n'est jamais "inerte" (Linnekin cité par Jolly, 1992, p. 59). Par le choix conscient dont ils sont l'objet, ces éléments "traditionnels" deviennent des marqueurs forts d'une identité au présent, comme c'est le cas de la danse tahitienne. Ainsi, s'il est utile de connaître le passé pour faire référence à la tradition, il serait terriblement réducteur de la cantonner à une seule dimension temporelle ; en effet, la tradition est rapport au passé, mais elle est aussi une construction au présent en vue du futur. « Une tradition véritable n'est pas le témoignage d'un passé révolu ; c'est une force vivante qui anime et informe le présent. Bien loin d'impliquer la répétition de ce qui fut, la tradition suppose la réalité de ce qui dure » (Stravinski cité par Teddy Tehei in *Hiro'a*, avril 2011, p. 3).

La définition elle-même de ce qu'est la "tradition" a évolué comme le montrent les interviews de Madeleine Mou'a qui catégorise les *aparima* comme éminemment modernes alors qu'aujourd'hui ils sont pleinement intégrés dans les spectacles du *Heiva*. Cependant, même si les pratiques changent subtilement, préserver ce qui a été reste un souci majeur pour un certain nombre d'acteurs : par exemple plusieurs chefs de groupes "traditionnels" m'ont manifesté leur inquiétude face aux choix de chefs plus "modernes" qui transforment les pas pour des raisons esthétiques. Makau Foster raconte même que c'est une guerre fatigante qu'elle mène pour que les gens respectent la tradition, leur patrimoine et leurs ancêtres, pour qu'ils n'utilisent pas n'importe quoi n'importe quand simplement parce que c'est joli (Tamariki Poerani, 2008, épisode : une culture en danger). On voit ainsi un double mouvement : d'une part, les danseurs d'aujourd'hui reconnaissent qu'ils ne dansent pas de la même manière que les Tahitiens de la période pré-européenne ni même comme ceux des années soixante et qu'en ce sens, la "tradition" est une chimère. Cependant, pour beaucoup, il y a une "tradition", à défaut d'être appelée autrement, à préserver ; elle est faite de gestes quotidiens, comme tresser une couronne de fleurs, d'expressions et de concepts propres aux langues vernaculaires ainsi que de pas et de gestes chorégraphiques qui prennent tout leur sens à travers les paroles qu'ils illustrent. La "tradition" pour le monde du *'ori tahiti*, ce n'est pas prétendre suivre scrupuleusement les traces qui sont restées depuis des temps immémoriaux, c'est plutôt continuer de faire vivre toute les connaissances qui tournent autour de la danse. Et pour les plus "traditionnels", ce sont justement ces connaissances qui sont menacées lorsqu'un chef de groupe confie la fabrication des costumes à un professionnel. Ce sont elles aussi qui sont menacées lorsque des groupes étrangers, qui ne parlent pas un mot de *reo tahiti*, s'approprient les mouvements sans avoir conscience de ce qui les entoure. C'est là même que se situe le cœur du débat, le centre des tensions.

La culture, le tourisme et l'entre-temps

En Polynésie, comme ailleurs, on voit souvent le A de "acculturation" comme un A privatif. Celui qui serait "acculturé" serait alors sans culture, déraciné. Ce A cependant n'est pas privatif, mais est issu du préfixe latin "ad" et qui signifie "ajouter" (Cuche, 2004, p. 52). « L'acculturation est un concept acquisitif. Il désigne le "processus par lequel un individu, un groupe social ou une société entre en contact avec une culture différente de la sienne et l'assimile en partie". L'acculturation n'est pas synonyme de déculturation, une société ne se confondant pas avec une bouteille qui devrait nécessairement se vider pour se remplir d'autant. Dans un pays, une communauté humaine, chez un individu, certains traits culturels nouveaux peuvent s'ajouter à des traits préexistants, sans concurrence fatale. En matière d'acculturation, l'important est d'identifier avec soin qui assimile quoi ou qui et de prendre en compte le caractère volontaire ou non ainsi que la rapidité et le degré de l'acculturation qui se produit » (Saura, 2008, p. 48). Or, dans presque toutes les bouches, "l'acculturation" est mauvaise, négative, alors qu'il s'agit simplement d'une nouvelle organisation des valeurs et des faits sociaux. Et même si on parle beaucoup d'acculturation à Tahiti, personne ne peut nier que la vie à Papeete, n'est pas exactement la même qu'à Paris ce qui suffit pour en faire une "culture" différente. Mais comme le montrent les discours d'Henri Hiro ou Duro Raapoto évoqués précédemment, ce n'est pas souvent cette vision qui est adoptée en Polynésie où l'on considère souvent que la culture est en train de se perdre.

Le renouveau du *'ori tahiti* grâce à Madeleine Mou'a et l'accélération du tourisme de masse en Polynésie coïncident à quelques années près et leur développement s'est fait de façon concomitante. La danse, encore mal acceptée par les populations locales imprégnées des interdits missionnaires, a utilisé le tourisme pour avoir un public et le tourisme a utilisé la danse pour valoriser l'image de Tahiti. « Grâce aux hôtels, certains groupes de danse peuvent désormais se produire toute l'année et non simplement lors des fêtes du *Tiurai*. Dans les années 1960 apparaissent ainsi des troupes composées de jeunes gens de différents districts ou bien du milieu urbain, qui cherchent un dénominateur commun autour duquel organiser leurs spectacles, face à un Autre qui n'est pas un Polynésien venu de l'île ou du village voisin, mais un visiteur » (Saura, 2008, p. 72). Un visiteur qui ne possède pas les clefs pour comprendre le véritable enjeu des thèmes et se contente d'apprécier l'effet esthétique. D'autant plus que le mouvement des hanches propre au *'ori tahiti* prêtent souvent à une sexualisation à tort. Une de mes interlocutrices me confiait ainsi qu'elle avait horreur des shows dans les hôtels parce qu'à ses yeux, c'était satisfaire ce que les touristes imaginaient être la danse tahitienne sans que ceux-ci soient intéressés par son existence et sa signification en dehors des hôtels. « Je préfère dix mille fois danser pour un public tahitien que pour des étrangers. Parce que les tahitiens, ils vont crier, ils vont t'encourager, ils vont tous savoir que c'est dur. Quand quelqu'un me demande : "C'est quoi la danse tahitienne ?" J'ai aucun complexe à danser : je vais mettre ma musique et je vais leur montrer. Et systématiquement, ce que j'entends c'est : "ouah, c'est tellement sexy !" Et ça, c'est un truc qui me met hors de moi ! Putain, c'est ma culture, c'est ma tradition.

C'est pas sexy ! C'est pas sensé être sexy. C'est juste qu'il se trouve que je bouge mes fesses... Mon copain, quand il me voit danser, il ne va jamais trouver ça sexy. Il va trouver ça beau, il va trouver ça émouvant ou impressionnant. Mais il va jamais me dire : "ouah, t'es tellement sexy quand tu danses !" » (Dorothée).

Même si la question de l'acculturation est posée régulièrement, la notion de culture en elle-même semble moins problématique que celle de tradition. Elle est en tout cas au centre de moins de débats émiques. En effet, tous les danseurs n'ont pas nécessairement des affinités avec une danse "traditionnelle" telle qu'elle est posée par les doyens de la danse tahitienne, alors que tous, sans exception, se retrouvent dans la notion de culture : chacun de mes interlocuteurs, lors des entretiens avait à cœur de la "préserver". Malgré cela, elle reste cependant insaisissable et difficilement définissable. Je pense que la notion de culture, telle qu'elle est présente dans les esprits, n'est compréhensible qu'à partir d'une réflexion autour du tourisme et de la présence d'étrangers. En effet, comme je l'ai mentionné au début de l'ouvrage, la culture ne se problématise qu'à partir de la rencontre avec l'Autre. C'est cet Autre qui note que la danse polynésienne est unique, c'est cet Autre qui s'extasie devant la beauté des costumes issus de la flore polynésienne, c'est encore l'Autre qui s'émerveille de tout l'univers que véhicule un spectacle présenté au *Heiva. Je pense qu'à Tahiti, on ne se rend pas encore compte de la valeur de notre culture tout simplement, car, pour nous, elle est normale. On danse, mais on ne se rend même pas compte que ce qu'on fait vaut tout l'or du monde, car on le fait pour le fun, pas consciemment pour préserver un héritage culturel. Au final, la danse a vraiment commencé à être populaire que lorsque les étrangers s'y sont intéressés, lorsque des écoles de danse tahitiennes se sont ouvertes au Japon, Mexique, Californie, etc. Dans le futur, le risque est de vouloir se conformer à ce qu'on attend à l'extérieur. Mon point de vue est que, au contraire, les Polynésiens sont en train de se réveiller sur la valeur de leur culture ancestrale et que les mentalités vont petit à petit évoluer pour qu'on arrête d'essayer de faire comme les autres et qu'on (re) commence à faire comme NOUS* (Dorothée, par mail). De mon point de vue, à travers les différents entretiens que j'ai récoltés, cette prise de conscience de la spécificité de la danse tahitienne et de l'héritage culturel qu'elle représente est déjà bien avancée. Ce qui ne fait pas l'unanimité, par contre, c'est la manière de réagir face à cette prise de conscience : certains lient définitivement culture et tradition, d'autres revendiquent une culture vivante face à une tradition figée. Chaque acteur possède ses propres clefs pour répondre à ces tensions, sans que les débats académiques qui font rage sur la question n'aient à intervenir.

L'identité, la langue et le présent

Lorsque j'ai demandé à mes interlocuteurs de m'expliquer ce qui distinguait les danseurs tahitiens des danseurs étrangers, la langue est arrivée en bonne place dans les réponses. Alors, méthodiquement, scrupuleusement, j'ai demandé à tous mes interlocuteurs s'ils parlaient tahitien. Si beaucoup avaient des "notions" et le comprenaient "plus ou moins", ce n'était pourtant la langue maternelle d'aucune des personnes que j'ai interrogées ! Grâce aux spectacles du *Heiva*, la danse permet de pratiquer le *reo tahiti*. En effet, les spectacles sont écrits dans la langue du chef de groupe – que ce soit du tahitien, du *pa'umotu* ou du *rapa*. Durant les répétitions, les danseurs sont donc confrontés aux langues locales plus souvent qu'au quotidien. Un chef de groupe m'affirmait ainsi qu'il était convaincu que la danse avait un rôle à jouer pour faire parler les générations en *reo tahiti* (Tehere). Pour que le spectacle soit vivant et qu'il transmette l'émotion voulue, la plupart des chefs de groupe exigent de leurs danseurs qu'ils chantent en même temps qu'ils dansent. La cheffe du groupe dans lequel j'étais intégrée avait

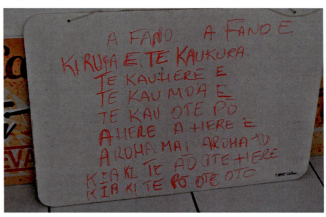

Le tableau blanc qui a servi à apprendre les paroles des chants

installé des tableaux blancs effaçables accrochés au mur avec les paroles des chansons avec leur traduction en français, afin que chacun puisse comprendre les chants même sans maîtriser la langue. « Il faut reconnaître que le *reo mā'ohi* est de moins en moins compris, parlé, pratiqué. Mais le *'ori tahiti* reste un moyen très populaire d'attirer les jeunes vers notre culture et à travers elle, vers notre langue » (Goenda Reea in *Hiro'a*, juin 2014, p. 7). Quant aux chefs de groupe, la plupart d'entre eux parlent tahitien couramment, néanmoins ce n'est souvent pas leur langue maternelle ; ils l'ont appris, que ce soit à l'école ou à l'université. C'est souvent par l'intermédiaire de la danse qu'ils se sont investis dans l'apprentissage d'une langue "étrangère" (Tehere). Ces mêmes chefs de groupe parlent donc français à leurs enfants, parce qu'ils ne sont pas assez à l'aise en tahitien (Vaimiti). Cependant, ce n'est pas là la seule situation ni la seule problématique : une cheffe de groupe, donc investie dans les questions de transmission, qui maîtrisait parfaitement plusieurs langues locales, a choisi de ne parler que français et anglais à ses enfants. Toutefois, elle ne m'a pas expliqué ce choix. Peut-être estime-t-elle que le français et l'anglais sont plus nécessaires que le tahitien pour faire face au monde moderne ?

S'ils sont effectivement utiles dans le monde moderne, ce que l'anglais et le français ne transmettent pas, c'est la vision du monde propre aux langues vernaculaires : « Certains *Popa'ā* vivant à Tahiti, et désormais certains Tahitiens mal à l'aise avec la langue de leurs ancêtres, estiment parfois exagérée l'importance que d'aucuns accordent au *reo mā'ohi* dans les combats et discours identitaires actuels. Sans succomber à un culturalisme linguistique effréné, il importe de leur rappeler qu'une langue n'est pas une simple manière de dire des choses, mais qu'elle constitue un découpage du réel variable selon les peuples, et véhicule une certaine conception du monde » (Saura, 2008, p. 490). Un de mes interlocuteurs qui a passé beaucoup de temps avec une cheffe de groupe des îles me racontait que chaque fois qu'il discutait avec elle, il découvrait quelque chose ; il lui faisait notamment faire des traductions des *'orero* de ses spectacles et à travers eux, elle mettait tout un univers en lumière parce qu'ils étaient intraduisibles littéralement. Simplement, ce n'est pas quelque chose que cette cheffe de groupe livrait spontanément à la communauté, elle n'en parlait que lors de tête-à-tête. Pourquoi ? Difficile de répondre. Peut-être par pudeur, peut-être aussi parce qu'à Tahiti, la pensée rationnelle moderne a pris une telle place qu'il est devenu difficile de parler de la présence des esprits et des rituels nécessaires pour s'en protéger. Mon interlocuteur m'expliquait que c'était précisément cette conception du monde qui était en train de se perdre plus que la langue à proprement parler. Certains jeunes chefs de groupe francophones peuvent ainsi maîtriser parfaitement le tahitien, mais ce sont des personnes qui sont nées en ville et ils ne sont pas imprégnés de tout ce background de légendes et de rituels propres à la vie quotidienne des îles (André).

Cependant, la question de la perte de la langue se pose aussi autrement : que peuvent ressentir les jeunes qui ne maîtrisent pas le *reo tahiti* alors que c'est si souvent cela qui est mis en avant comme symbole d'identité ? Si c'est la maîtrise du *reo mā'ohi* qui les distingue des étrangers, ceux qui ne le parlent pas, ne sont-ils réduits à être des étrangers dans leur propre pays ? « On a entendu souvent dire que l'"on n'est pas maohi si on ne parle pas sa langue". Mesure-t-on les effets psychologiques d'une telle assertion sur les personnes

143

originaires de Polynésie qui, pour des raisons familiales, sociales ou personnelles, n'auront pas été en mesure de la parler ? Elles auront le sentiment de ne pas exister et se sentiront marginalisées, tout en développant un sentiment de culpabilité. Après deux siècles d'assimilation, tout Polynésien continuant à parler sa langue a des raisons d'être fier. Une fierté toute légitime, mais qui, lorsqu'elle ignore qu'un Polynésien sur cinq ne parle pas sa langue maternelle, confine à l'arrogance. La langue est-elle d'ailleurs le critère identitaire obligé pour donner à un individu le sentiment d'appartenance à une nation ? » (Jean-Marc Pambrun in Saura, 2008, p. 493). Toon Van Meijl souligne une problématique similaire avec les jeunes maoris de Nouvelle Zélande ; leur nom est Maori, mais ils ne connaissent ni la langue, ni les croyances de leur peuple. Ils sont Maori, mais pas complètement et cette partie qui manque n'est remplacé par aucune autre identité positive (1999, p. 68). Pour beaucoup de Tahitiens qui vivent en ville et ne parlent pas leur langue, c'est la danse qui est porteuse de cette nouvelle identité positive et qui permet de se sentir quand même Polynésien : « Les jeunes, parce qu'ils baragouinent leurs langues natives, n'ont pas pour autant perdu leur âme. Mais ils l'expriment différemment, par la musique, par les chants, par la danse. Ainsi, au moment du rendez-vous culturel annuel qu'est le *Heiva*, c'est la base de la population autochtone, avec les jeunes demis, comme on dit ici, des jeunes plus ou moins métissés sur le plan social, familial, éducationnel, culturel, voire religieux... qui se lancent à corps perdu, et pendant plusieurs mois, dans la préparation et les répétitions du *Heiva*. Les groupes de danses sont de véritables écoles parallèles où l'on apprend non seulement à développer, à posséder le sens du rythme, de la musique, l'art de la danse, mais aussi à connaître la botanique, les savoir-faire traditionnels, la confection des costumes, à utiliser les instruments, et aussi à apprendre et à perfectionner la langue » (Flora Devatine in *Hiro'a*, octobre 2015, p. 7).

Les réflexions sur l'identité n'ont pas dans cette recherche, la place centrale qu'elles pourraient occuper ; nombre de thématiques essentielles dans les entretiens sont pourtant traversées par des processus identitaires sans que la notion elle-même ne soit jamais mentionnée explicitement. Serait-il judicieux de considérer la danse comme une manière pour les jeunes de se poser des questions sur leur identité ? Comme une opportunité d'être avec d'autres jeunes qui se posent les mêmes questions ? D'intégrer quelque chose d'essentiellement polynésien à leur vie ? Le fait que le mot même "d'identité" ne soit jamais exprimé spontanément invalide les deux premières hypothèses. Cependant, à travers les discours de mes interlocuteurs, on note que la danse, à travers l'ef-

144

fervescence du *Heiva*, permet de vivre quelque chose de vraiment polynésien, ce qui redonne une certaine place aux questionnements identitaires. Comment comprendre pourquoi elle n'est jamais explicite dans les entretiens. Mon hypothèse est qu'avouer qu'on se questionne sur son identité, ce serait avouer qu'on est en train de perdre quelque chose et qu'il faut chercher des substituts, comme la danse, pour remplacer un mode de vie qui est en train de disparaître. Cela pourrait expliquer la raison pour laquelle les jeunes des autres îles ne ressentent pas la même urgence vis-à-vis du concours du *Heiva* : ils parlent leur langue au quotidien et leur vie est moins urbanisée, mondialisée que celle des jeunes Tahitiens. C'est peut-être d'ailleurs là que réside une des tensions face au succès international du *'ori tahiti* : ces Polynésiens vivant dans un monde francophone très urbanisé se sentent alors dépossédés de ce qui constituait un des éléments essentiels de leur identité polynésienne. Dans ce sens-là, les études sur la créolisation, qui lient histoire politique, questions identitaires et internationalisation (par exemple Massé, 2013) pourraient être une clef pour aider à comprendre ce qui est en jeu à Tahiti et pousser plus loin l'analyse. Face au succès international de la danse polynésienne, on pourrait aussi ouvrir la recherche sur les négociations entre le local, le global et l'originel (Glick-Schiller and Meinhof, 2011, p. 34; Hannerz 1996 ou Appadurai, 2015).

La danse, rempart d'une identité ?

Dans le premier chapitre, j'ai évoqué la tradition, la culture et l'identité, chacun comme le fruit d'une temporalité propre. La danse est un fil rouge qui se tisse à travers ces différents temps pour être à la fois un héritage du passé, une pratique au présent et un espoir pour le futur, à l'instar de Makau Foster qui fait tisser le temps à ses danseuses pendant le *pa'o'a* dans son spectacle sur la révolution des temps (Vimeo, 2016, épisode 6).

« Art vivant qui se renouvelle sans cesse, lien parfait entre un passé enraciné dans les cœurs et un futur prometteur, le *'ori tahiti* illustre à bien des égards les enjeux liés aux arts traditionnels : il faut, à la fois savoir les préserver et les développer » (*Hiro'a*, décembre 2013, p. 10). Chacun est bien conscient que danser comme les Tahitiens d'avant le contact est une chimère, néanmoins, nombreux sont ceux qui s'inquiètent de savoir ce qui va être transmis aux générations futures. Et pour de nombreuses personnes, la danse est le vecteur qui permettra de faire perdurer certaines pratiques. Non seulement la manière de bouger et les langues dans lesquelles les spectacles sont contés, mais aussi des petits riens comme savoir tresser un chapeau, reconnaître les végétaux avec lesquels on peut faire des costumes, connaître certaines légendes ou savoir reconnaître un rythme de percussion. Ainsi, une part des savoirs botaniques, artisanaux ou culturels seront préservés grâce à la danse et elle continuera d'être une fierté pour nombre de danseurs.

Glossaire

'aito : guerrier, héros, combattant, vainqueur. Le terme désigne aussi le bois de fer, arbre commun des bords de plage, *casuarina equisetifolia* de la famille des Sapindaceae (Matareva, 2013, p. 232).

'āmui : rassembler, réunir (Lemaître, 1995, p. 31). Une danse *'amui* est donc une danse qui rassemble garçons et filles.

'aparima : littéralement "jeu de mains". Danse traditionnelle au rythme lent, exécutée sur une mélodie chantée et accompagnée d'instruments à cordes pincées et à percussion. Les danseurs exécutent des gestes et des pas illustrant les paroles d'une chanson. Ils mettent ainsi en scène le texte ou en extraient des symboles (Matareva, 2011, p. 242).

ari'i : roi ou chef. *Ari'i vahine* : reine (Lemaître, 1995, p. 35).

'arioi : confrérie de baladins comprenant huit classes et dans laquelle on était admis après une sorte de noviciat. Leurs cérémonies puisaient leur origine dans des légendes concernant le dieu 'Oro. Chaque classe était distinguée par des tatouages spécifiques. Les hommes comme les femmes étaient admis dans la confrérie, mais n'étaient accepté que des gens sans enfants. Les *'arioi* se déplaçaient d'île en île à bord de pirogues spécifiques. Logeant dans des maisons particulières appelées *fare 'arioi*, ils donnaient des spectacles toujours nocturnes. Ces fêtes donnaient lieu à des repas pantagruéliques qui laissaient souvent les îles démunies de ressources pendant plusieurs mois. Les dimensions des *fare 'arioi* témoignent de l'importance sociale de cette confrérie. Très peu de temps après la conversion au christianisme, cette confrérie fut supprimée (Matareva, 2014, p. 234).

fa'arapu : littéralement "mélanger, remuer par des mouvements circulaires". Pas de danse traditionnelle réservé aux femmes réalisant des cercles avec leur bassin au rythme des percussions (Matareva, 2012, p. 242).

fa'atete : tambour traditionnel plus petit que le *pahu* et produisant un son métallique (Matareva, 2012, p. 242).

fare : maison, toit (Lemaître, 1995, p. 48).

fenua : littéralement "terre, pays". Le terme désigne aussi l'appartenance à un district, une île ou un pays (Matareva, 2014, p. 234).

fiu : fastidieux, en avoir assez, être dégouté (Lemaître 1995, p. 50)

haka : danse de guerre, le *haka* était traditionnellement exécuté avant un départ au combat (Matareva, 2014, p. 234). En marquisien, cela signifie simplement danse.

Heiva : signifie divertissement, mais dans les cœurs, il signifie aussi fête, culture, danse, chants, découvertes, émotions, frissons ! Le *Heiva i Tahiti* est un des plus anciens festivals du monde. Sa première édition remonte à 1881 (*Hiro'a*, juillet 2016, p. 14).

hīro'a : ressemblance, spécificité, particularité, similitude, identité, norme, aspect. *Hiro'a* désigne aussi l'Histoire ou la Culture (Matareva, 2013, p. 232).

hivināu : danse traditionnelle exécutée sur une mélodie chantée où l'orchestre est situé au centre de la scène. Les danseurs placés en cercles concentriques, évoluent dans des sens contraires de rotation (Matareva, 2013, p. 232).

Hura Tapairu : *Hura* (ou hula en hawaïen) signifie "danse ancienne", mais aussi "exulter de joie". Les *Tapairu* sont "les jeunes suivantes d'une reine", mais aussi "les jeunes femmes vivant délicatement" (Hiro'a, octobre 2007, p. 13)

ia ora na : bonjour (Matareva, 2011, p. 242).

mā'oa : coquillage (Lemaître, 1995, p. 70).

mana : esprit, force spirituelle mystique (Matareva, 2013, p. 232).

manahune : classe inférieure de l'ancienne société polynésienne (Matareva, 2012, p. 242).

mā'ohi : selon le dictionnaire de John Davies (1851), "commun, ordinaire, natif ou originaire du pays, qui ne vient pas l'étranger" est à mettre en rapport avec *maori*, "indigène, qui n'est pas étranger" (Tuheiava-Richard in Huffer et Saura, 2006, p. 99)

marae : construction imposante de la société traditionnelle polynésienne consistant en un assemblage géométrique de pierre volcanique servant de lieu de cérémonie ou de rassemblement (Matareva, 2015, p. 240).

mata'iena'a : district, commune, chef-lieu (Matareva, 2011, p. 242).

mehura : *'aparima* très lent dansé en quatre temps (Hiro'a, novembre 2012, p. 16).

miri : *ocimum gratissimum.* Plante adventice de la famille des lamiacées dont l'odeur très prononcée se rapproche du basilic européen. Le *miri* n'est pas utilisé en cuisine, mais l'est très souvent dans les couronnes odoriférantes (Matareva, 2012, p. 244)

mono'i : huile traditionnelle parfumée des Polynésiens utilisée à des fins cosmétiques ou médicinales. Elle est préparée par macération de fleurs de *tiare* et de pulpe de coco rapée. L'huile obtenue peut être ensuite parfumée par enfleurage (Matareva, 2012, p. 244).

more : pagne réalisé en fibre de *purau*, typique des costumes de danse traditionnelle (Matareva, 2013, p. 234).

'ōrero : discours public. Par extension, pratique de l'art oratoire ou orateur d'un spectacle (Matareva, 2013, p. 234).

'ori : danse, danser (Lemaître, 1995, p. 86). Le *'ori tahiti* est donc la danse de Tahiti et le *'ori rapa*, la danse de Rapa.

'ōte'a : danse traditionnelle à la cadence soutenue, exécutée au rythme des percussions, sans accompagnement vocal (Matareva, 2013, p. 234).

pahu : tambour polynésien. La caisse est traditionnellement confectionnée en bois et la toile en peau de chèvre ou de vache tendue. Le *pahu* est habituellement couché à même le sol et produit un bruit sourd et puissant lorsqu'il est frappé avec un manche en bois (Matareva, 2014, p. 236).

pā'ō'ā : danse traditionnelle "d'invitation" exécutée sur une mélodie chantée durant laquelle l'orchestre est placé au centre de la scène. Assis autour de ce dernier, les couples de danseurs s'invitent tour à tour le temps d'un couplet (Matareva, 2013, p. 234).

pā'oti : pas de danse traditionnelle habituellement réservé aux hommes. Le buste droit, les jambes fléchies, les hommes battent des jambes au rythme de la musique, rappelant le mouvement d'une paire de ciseaux. Par extension, paire de ciseaux (Matareva, 2015, p. 242).

pāreu : paréo. Tenue polynésienne formé d'une pièce de tissu, généralement en fibre de coton, nouée autour de la taille ou du cou (Matareva, 2015, p. 242).

pe'ape'a : incident, ennui, contrariété (Lemaître, 1995, p. 95).

pehe : chant, chanson, poème (Matareva, 2014, p. 236).

pīfao : un sort, jeter un sort (Lemaître, 1995, p. 96).

popa'ā : personne de race blanche (Lemaître, 1995, p. 98).

pūpahu : danseur ou danseuse placé en première ligne d'un groupe pour mener la danse (Matareva, 2015, p. 242).

pūrau : *hibiscus tiliaceus*. Arbre de la famille des malvacées, naturalisé de Polynésie française. Très commun sur le littoral, dans les plaines et à basse altitude. L'écorce de *purau* est utilisée pour la confection des *more* (Matareva, 2013, p. 234).

ra'atira : chef, meneur, leader (Matareva, 2014, p. 236).

reo : voix, langue, langage (Lemaître, 1995, p. 106).

tāne : mari, homme, monsieur (Lemaître, 1995, p. 113).

tapa : étoffe de fabrication artisanale réalisée à partir d'écorce végétale ag-glutinée et martelée avant d'être mise à sécher. La matière obtenue était utilisée comme papier, à l'instar des papyrus égyptiens, ou comme pièce d'habillement (Matareva, 2012, p. 246).

tapu : tabou, interdit sacré imposé par des conventions sociales ou reli-gieuses. Désigne plus largement tout caractère sacré ou consacré (Matareva, 2012, p. 246).

tariparau : tambour, tambourin (Matareva, 2014, p. 238).

tau : temps, époque, saison (Lemaître, 1995, p. 117).

tiare : fleur. Par extension, le mot désigne aujourd'hui la fleur de *tiare tahiti* ou *gardenia tahitensis* (Matareva, 2011, p. 246).

tiki (ou ti'i) : représentation humaine aux traits stylisés d'une déité ou d'un héros sacralisé sous la forme d'une statue sculptée dans le bois ou la pierre (Matareva, 2012, p. 246).

to'ere : tambour à lèvres traditionnel de Polynésie. Il est fabriqué d'une seule pièce de bois, à partir d'un tronc d'arbre évidé par une fente longitudinale. Le son est obtenu en frappant le *to'ere* à l'aide d'un manche de bois conique (Matereva, 2014, p. 238).

Tuha'a Pae : archipel des Australes, le plus méridional de la Polynésie français. Cinq îles principales composent les Tuha'a Pae : Tubuai, Rurutu, Raivavae, Rimatra et Rapa (Matareva, 2011, p. 246).

tupuna : ancêtre, aïeul (Matareva, 2014, p. 238).

ukulele : instrument de musique à corde frappée (Matareva, 2014, p. 238)

va'a : pirogue (Lemaître, 1995, p. 134).

vahine : femme, épouse, madame (Lemaître, 1995, p. 134).

vivo : flûte nasale (Matareva, 2015, p. 244).

Annexe

Lettre de Simone Grand,

« À

Monsieur le ministre de la culture,

Mesdames et Messieurs membres des jurys du Heiva, Mesdames et messieurs les chefs de groupe de chants et danse, Mesdames et messieurs les danseuses et danseurs,

Mesdames et messieurs les paroliers et musiciens, Mesdames et messieurs les chanteurs et chanteuses Tous les fans de nos chants et danses

Objet : lettre ouverte pour un minimum de véracité historique et culturelle

Mesdames et messieurs,

Bien qu'admirative de vos réalisations, force m'est de constater un certain laxisme sur les thèmes présentés au Heiva.

Alors que la Bible et ses thèmes sont depuis des millénaires portés par de puissantes organisations religieuses et cultuelles nationales et internationales ; pour la culture et l'histoire polynésiennes, il n'y a que nous et personne d'autre. Or, les thèmes bibliques polluent gravement l'expression de la culture polynésienne.

Une année ce fut Adam et Eve, héros mythiques importés qui furent primés, laissant nos pauvres Hina et Ti'i sous la chape de plomb de l'ignorance.

Une autre fois, ce fut l'Ecclésiaste : « Il y a un temps pour tout sous le soleil = E tau to te mau mea ato'a… » qui fut primé ! Les mythes polynésiens célèbrent une autre notion du temps.

Plus récemment, on entendit raconter et célébrer l'histoire d'une Orovaru ou Mokorea qui, après un séjour parmi les humains à qui elle avait volé des taro, rejoignit… Hadès dieu grec des enfers tout aussi grecs !... À ce titre-là, il n'y a plus qu'à célébrer Ulysse, Pénélope et Cie au lieu de Maui, Hina, etc. Ou les faire se battre et se marier d'un antipode à l'autre.

Et mardi 15 juillet 2014 au soir à la télé, une dame présenta le thème de son groupe qui fut pour elle l'occasion de raconter que les Mamaia pratiquaient des sacrifices humains ! N'importe quoi ! Les premiers convertis zélés au christianisme furent des Arioi assidus à l'étude des Ecritures. Ils étudièrent si bien la Bible qu'ils conclurent que les missionnaires avaient menti. Dans le même temps, la population regroupée sur ordre autour des missions était ravagée par les maladies épidémiques introduites. Les Mamaia se réfugièrent dans les montagnes, secouèrent le joug des interdits sur les danses, tatouages, chants et se firent soignants. Moqués, persécutés, ils furent toutefois protégés par la reine Pomare IV. En prenant le pouvoir, les Français levèrent les interdits religieux posés sur les danses et la culture polynésiennes. Tiurai le guérisseur fut formé par les Mamaia.

Les jurys sont pointilleux sur les pas, les gestes et la qualité de la danse, sur les costumes et le fait qu'ils tiennent, etc. et c'est bien. Ne pourrait-on pas être exigeant aussi sur le contenu des thèmes? Les lacunes de certains étant phénoménales, une formation information pourrait être dispensée aux candidats au Heiva.

Nous devons à nos enfants et au public, un minimum de véracité historique et culturelle

Sincèrement vôtre. »

Simone Grand

Bibliographie

ACETI Monica
2010. « Ethnographie multi-située de la capoeira : de la diffusion d'une pratique "sportive" afro- brésilienne à un rituel d'énergie interculturel », Ethnographie.org *n° 20*, pp. 1-12 [En ligne]
http://www.ethnographiques.org/2010/Aceti
[page consultée le 12.01.2017]

AMIROU Rachid et BACHIMON Philippe (dir.)
2000. *Le tourisme local, une culture de l'exotisme*, Tourismes et Société, L'Harmattan, Paris. 237 p.

APPADURAI Arjun
2015. *Après le colonialisme, les conséquences culturelles de la globalisation*, Petite bibliothèque Payot, Essais, 334 p.
[Première édition en 1996 en anglais : *Modernity at large, cultural dimensions of globalization*]

APPRILL Christophe
2005. *Sociologie des danses de couple, une pratique entre résurgence et folklorisation*, Logiques sociales, L'Harmattan, Paris. 364 p.

ASLAN Odette (dir.)
2003. *Le corps en jeu*, Collection Arts du spectacle, CNRS Editions, Paris, 424 p.
[Première édition : 1994]

BABADZAN Alain
1999. « L'invention des traditions et le nationalisme » in *Journal de la Société des Océanistes n° 109*, pp. 13-35. [En ligne]
http://www.persee.fr/docAsPDF/jso_0300-953x_1999_num_109_2_2103 pdf
[page consultée le 04.12.2016]

BACHIMON Philippe
1990. *Tahiti entre mythes et réalités, essai d'histoire géographique*, Editions du Comité des Travaux Historiques et Scientifiques, Paris. 390 p.

BARBIERA Noëlle
1996. « Tahiti, c'est la France ? » in *Le Paradis, Savoir médical et pouvoir de guérir à Tahiti*, Nouvelle revue d'ethnopsychiatrie, La Pensée Sauvage Editions, Paris, pp. 7-12

BARE Jean-François
2002. *Le malentendu pacifique, des premières rencontres entre polynésiens et anglais et de ce qui s'ensuivit avec les français jusqu'à nos jours*, Collection Ordres Sociaux, Editions des archives contemporaines, Paris. 280 p.
[Première édition : 1985]

BAUJARD Julie
2005. « Ni espionne, ni avocate. La place ambiguë de l'ethnologue auprès des réfugiés », in Florence BOUILLON, Marion FRESIA et Virginie TAILLO (dir,) *Terrains sensibles, expériences actuelle de l'anthropologie*, Centre d'études africaines, EHESS, Paris, pp. 125-143

BECKER Howard
2002. *Les ficelles du métier, comment conduire sa recherche en sciences sociales*, Collection Guides – Grands repères, Editions La Découverte et Syros, Paris. 354 p.
[Première édition en 1998 en anglais *Tricks of the Trade*]
2010. *Les mondes de l'art*, Flammarion, Champs arts, Paris. 380 p. [Première édition en 1982 en anglais *Arts Worlds]*

BERGER Peter et LUCKMANN Thomas
2012. *La construction de la réalité sociale,* Armand Colin Editeur, Paris, 340 p.
[Première édition en 1966 en anglais *The Social Construction of reality*]

BIERSCHENK Thomas et OLIVIER DE SARDAN Jean-Pierre
1994. « ECRIS : Enquête Collective Rapide d'Identification des conflits et des groupes Stratégiques », *Bulletin de l'APAD n° 7*, pp. 1-10 [En ligne]
http://apad.revues.org/2173
[page consultée le 04.10.2017]

BIERSCHENK Thomas, BLUNDO Giorgio, JAFFRE Yannick et TIDJANI ALOU Mahaman 2007. *Une anthropologie entre rigueur et engagement, essais autour de l'œuvre de Jean-Pierre Olivier de Sardan*, Co-éditions APAD-Karthala, Paris, 596 p.

BOURDIEU Pierre
1993. *La misère du monde*, Editions du Seuil, Paris.

BRAMI CELENTANO Alexandrine
2002. « La jeunesse à Tahiti : renouveau identitaire et réveil culturel »,
Ethnologie française n° 4, pp. 647-661 [En ligne]
http://www.cairn.info/revue-ethnologie-francaise-2002-4-page-647.htm
[page consultée le 28.03.2015]

BROWN Michael
2006. « Comprendre le patrimoine indigène, Faut-il breveter les cultures en
danger ? » in *Sciences humaine n ° 169*, pp. 26-29.

BUTLER Judith
1990. *Gender Trouble, feminism and subversion of identity*, Routledge, Chapman
and Hall, Inc., New York, 272 p.
2005-2006. *Trouble dans le genre (gender trouble), le féminisme et la subversion de
l'identité*, Editions La Découverte, Paris, 111 p.

CHARMAZ Kathy
2003. « Qualitative Interviewing and Grounded Theory Analysis" in
GUBRIUM Jaber and HOLSTEIN James (eds), *Handbook of Interview
Research. Context and Methods*. Thousand Oaks: SAGE Publications, pp. 675-
694.

COPPENRATH Hubert
2004. "La Polynésie pourra-t-elle demeurer un pays heureux ? », *Journal de
la Société des Océanistes n° 119*, pp. 223-228 [En ligne]
http://jso.revues.org/235 [page consultée le 29.01.2017]

CRAVATTE Celine
2009. « L'anthropologie du tourisme et de l'authenticité. Catégorie analytique
ou catégorie indigène ? » in *Cahiers d'études africaines*, pp. 603-619 [En ligne]
http://etudesafricaines.revues.org/18852 [page consultée le 06.10.2017]

CUCHE Denys
2004. *La notion de culture dans les sciences sociales*, Collection Repères,
Editions La Découverte, Paris. 123 p.
[Première édition en 1996]

DAHINDEN Janine and EFFIONAYI-MADER Denise
2009. « Challenges and strategies in empirical fieldwork with asylum seekers
and migrant sex workers», in Ilse Van Liempt and Veronika Bigler (Eds) *The
ethics of migration research methodology, Dealing with vulnerable immigrants*, Sussex
Academic Press, Brighton, pp. 98-117.

DELAVAUD-ROUX Marie-Hélène
1993. *Les danses armées en Grèce antique*, Publications de l'Université de Provence, Aix-en- Provence. 210 p.
1994. *Les danses pacifiques en Grèce antique*, Publications de l'Université de Provence, Aix-en- Provence. 237 p.

DURET Pascal
2008. *Sociologie du sport*, Collection "Que sais-je ?", Presses Universitaires de France, Paris. 126 p.

FAURE Sylvia
2004. « Corps et Incorporation dans la théorie de Pierre Bourdieu » in Philippe Corcuff & al., Actes du colloque : Pierre Bourdieu : les champs de la critique, p. 175-191.

FAYN Marion
2007. *'Ori Tahiti, la danse à Tahiti*, Collection Survol, Au vent des îles, Papeete. 80 p.

FLICK Uwe
2009. *An introduction to qualitative research*, SAGE Publications, London, 504 p.

FOUCAULT Michel
1975. *Surveiller et punir, Naissance de la prison*, Editions Gallimard, Collection Tel, Paris. 228 p.

GHASARIAN Christian
1997. « Les désarrois de l'ethnographe » in *L'Homme, tome 31, n° 143*, pp. 189-198. [En ligne]
http://www.persee.fr/doc/hom_0439-4216_1997_num_37_143_370313 [page consultée le 27.09.2016]

GHASARIAN Christian, Tamatoa BAMBRIDGE et Philippe GESLIN
2004. « Le développement en question en Polynésie française », *Journal de la Société des Océanistes n° 119*, pp. 211-222. [En ligne]
http://jso.revues.org/221 [page consultée le 30.12.2016]

GLICK-SCHILLER Nina and MEINHOF Ulrika Hann
2011. « Singing a new song? Transnational migration, methodological nationalism and cosmopolitan perspectives? » in *Music and arts in action, vol. 3, n °3*, pp. 21-39. [En ligne]
http://musicandartsinaction.net/index.php/maia/article/view singingnewsong [page consultée le 16.09.2015]

GOFFMAN Erving
2002. *L'arrangement entre les sexes*, Le genre du monde, La Dispute, Paris, 117 p.

HANNA Judith Lynne
1979. « Toward a cross-cultural conceptualization of dance and some correlate considerations » in John BLACKING and Joann KEALIINOHOMOKU, *The perfoming arts, music and dance*, World Anthropology, The Hague, pp. 17-45

HANNERZ Ulf
1996. *Transnational connections, culture, people and places*, Routledge, London and New York, 201 p.

HENRY Teuira
2004. *Tahiti aux temps anciens*, Publications de la Société des Océanistes, Musée de l'Homme, Paris, 722 p.
[première édition en 1923 en anglais *Ancient Tahiti*]

HERTZ Ellen
2009. « L'événement : l'espace-temps de la reconnaissance », in (F. Saillant, ed.), *Réinventer l'anthropologie? Les sciences de la culture à l'épreuve des globalisations*, Montréal : Liber, pp. 205-220.

HOBSBAWM Eric et RANGER Terence (dir.)
2012. *L'invention de la tradition*, Editions Amsterdam, Paris. 381 p.
[Première édition en 1983 en anglais *The invention of tradition*]

HUFFER Elise et SAURA Bruno (dir.)
2006. *Tahiti, regards intérieurs*, The University of the South Pacific, Suva (Fiji), 235 p.

JOLLY Margaret
1992. « Specters of inauthenticity » in *The Contemporary Pacific vol. 4 n ° 1*, pp. 49-72 [En ligne]
https://www.jstor.org/stable/23699843
[page consultée le 05.10.2017]

JOURNET Nicolas
2006. « Comprendre le patrimonial indigène, A qui appartient la culture ? » in *Sciences humaines n ° 169*, pp. 24-25

KAHN Miriam
2000. « Tahiti intertwined: ancestral land, tourist postcard, and nuclear test site», in *American Anthrologist vol 102 n ° 1*, pp. 7-26 [En ligne]
http://www.jstor.org/stable/683535?origin=JSTOR-pdf&seq=1#page_scan_tab_contents

[page consultée le 18.01.2017]
2011. *Tahiti beyond the postcard, Power, place and everyday life*, University of Washington Press, Col: studies in Anthropology and Environment, Seattle. 272 p.

KAUFFMANN Jean-Claude
2011. *L'entretien compréhensif*, Armand Colin, Paris, 127 p.

KEALIINOHOMOKU Joann
1979. « Culture change: functional and dysfunctional expressions of dance, a form of affective culture » in John BLACKING and Joann KEALIINOHOMOKU, *The perfoming arts, music and dance*, World Anthropology, The Hague, pp. 47-77

KOEBEL Michel
2011. « Le sport, enjeu identitaire dans l'espace politique local », *Savoir/Agir n° 15*, pp. 39-47 [En ligne]
http://www.cairn.info/revue-savoir-agir-2011-1-page-39.htm
[page consultée le 03.10.2017]

LAVONDES Anne
1985. « Culture et identité nationale en Polynésie » in *Anthropologie et histoire, Cahiers de l'ORSTOM, série sciences humaines, vol. XXI, n° 1*, pp. 137-150. [En ligne]
http://horizon.documentation.ird.fr/exl-doc/pleins_textes/pleins_textes_4/sci_hum/19900.pdf
[page consultée le 19.05.2015]

LE BRETON David
2008. *L'interactionnisme symbolique*, Quadrige Manuels, Presses Universitaires de France, Paris, 250 p.
[Première édition en 2004]

LELOUP Yves
2013. « Symbolique de la haute mer et exacerbation identitaire. De l'invention d'une tradition à ses usages politiques » in *Sciences sociales et sport n° 6*, pp. 103-122 [En ligne]
https://www.cairn.info/revue-sciences-sociales-et-sport-2013-1-p-103.htm
[page consultée le 08.10.2017]

LENCLUD Gérard
1987. « La tradition n'est plus ce qu'elle était… Sur les notions de tradition et de société traditionnelle en ethnologie », *Terrain n° 9*, pp. 1-13. [En ligne]
http://terrain.revues.org/3195 [page consultée le 23.09.2016]

LINNEKIN Jocelyn
1983. « Defining tradition : variations on Hawaiian identity » in *American anthropologist vol. 10 n °2*, pp. 241-252 [En ligne]
http://www.jstor.org/stable/643910?seq=1#page_scan_tab_contents
[page consultée le 06.10.2017]

MARGUERON Daniel
1996. «Médecine coloniale et soins aux indigènes, ou l'inculturation de la médecine occidentale en Polynésie », i n *Le Paradis, Savoir médical et pouvoir de guérir à Tahiti*, Nouvelle revue d'ethnopsychiatrie, La Pensée Sauvage Editions, Paris, pp. 7-12

MASSE Raymond
2013. «Créolisation et quête de reconnaissance » in *L'Homme n° 207-208*, pp. 135-158 [En ligne]
https://lhomme.revues.org/24690
[page consultée le 08.10.2017]

OLIVIER DE SARDAN Jean-Pierre
1996. « La violence faite aux données : de quelques figures de la surinterprétation en anthropologie », *Enquête n° 3*, Marseille, pp. 31-59

PEREZ Christine
2011. *Echappée Pacifique, Triangle polynésien, Religion, Pouvoir et Société, De la Méditerranée antique au grand Océan austral*, Collection Lettres du Pacifique, L'Harmattan, Paris. 331 p.

PHILIPPE-MEDEN Pierre
2015. *Erotisme et sexualité dans les arts du spectacle (colloque du réseau arts du spectacle vivant en ethnoscénologie)*, Collection Les anthropopages, Editions l'Entretemps, Lavérune. 255 p.

POLHEMUS Ted
1975. « Socialbodies » in: Jonathan BENTHALL and Ted POLHEMUS (ed.) *The Body as Medium of Expression*, London: Allen Lane, pp. 13-35.

RIGO Bernard
2002. «Des faux malentendus au vrai différend », *Hermès, la Revue n° 32-33*, CNRS Editions, pp. 297-306. [En ligne]
http://www.cairn.info/revue-hermes-la-revue-2002-1-page-297.htm
[page consultée le 16.11.2016]
2004. «Enjeux d'une pensée métisse : déstructuration ou dialectique ? », *Journal de la Société des Océanistes n° 119*, pp. 155-162. [En ligne]
http://jso.revues.org/144 [page consultée le 22.09.2016]

ROBINSON Tumata
2013. *La légende de Marukoa, l'île mystérieuse*, Editions Au vent des îles, Pirae. 31 p.

RYEN Anne
2007. « Ethical issues», in SEALE Clive et al, *Qualitative research practice*, SAGE Publication, London, pp. 218-235.

SAID Edward
2005. *L'orientalisme, l'Orient créé par l'Occident*, Editions du Seuil, Collection Points Essais, Paris. 581 p.
[Première édition en 1978 en anglais *Orientalism*]

SAURA Bruno
2004. *La société tahitienne au miroir d'Israël, un peuple en métaphore*, CNRS Ethnologie, CNRS Editions, Paris. 302 p.
2007. « À qui appartiennent les traditions en Polynésie française ? » in *Actes de la célébration du 20ᵉ anniversaire de l'université de Polynésie française*, pp. 118-127
2008. *Tahiti Ma'ohi, Culture, identité, religion et nationalisme en Polynésie française*, Au vent des îles, Pirae Tahiti. 529 p.
2011. *Des Tahitiens, des Français, leurs représentations réciproques aujourd'hui*, Au vent des îles, Pirae Tahiti. 145 p.

SCHUFT Laura
2012. « Les concours de beauté à Tahiti, la fabrication médiatisée d'appartenance territoriale, ethnique et de genre », *Corps n° 10*, pp. 133-142

SHERMAN Daniel
2005. «Paradis à vendre : tourisme et imitation en Polynésie française (1958-1971) » in *Terrain, revue d'ethnologie de l'Europe n° 44*, pp. 39-56
[En ligne]http://terrain.revues.org/2434 [page consultée le 29.01.2017]

SORIGNET Pierre-Emmanuel
2010. *Danser, enquête dans les coulisses d'une vocation*, Editions La Découverte, Collection Textes à l'appui, enquête de terrain, Paris. 321 p.

SPITZ Chantal
2006. *Pensées insolentes et inutiles*, Editions Te ite, Tahiti. 236 p. 2007. *L'île des rêves écrasés*, Au vent des îles, Pirae Tahiti. 207 p.

STEVENSON Karen
1990. « Heiva: continuity and change of a Tahitian celebration » in *The Contemporary Pacific, vol 2, n °2*, University of Hawaii Press, Honolulu, pp. 255-278

1992. « Politization of *La culture Ma'ohi*: the creation of a tahitian cultural identity » in *Pacific Studies vol. 15 n °4*, pp. 117-135. [En ligne] https://ojs.lib.byu.edu/spc/index.php/PacificStudies/article/view/9801/9450 [page consultée le 21.05.2015]

TCHERKEZOFF Serge
2004. *Tahiti – 1768, jeunes filles en pleurs. La face cachée des premiers contacts et la naissance du mythe occidental*, Au vent des îles, Papeete. 531 p.
2007. « La Polynésie des vahinés et la nature des femmes : une utopie occidentale masculine » in *Clio. Femmes, genre, histoire*, pp. 1-12.
[En ligne]http://clio.revues.org/1742 [page consultée le 27.09.2016]

VAN MEIJL Toon
1999. « Fractures culturelles et identités fragmentées, la confrontation avec la culture traditionnelle dans la société maori post-coloniale », in *Journal de la Société des Océanistes n° 109*, pp. 53-70 [En ligne]
http://www.persee.fr/doc/jso_0300-953x_1999_num_109_2_2105 [page consultée le 20.10.2016]

WEST Candace and ZIMMERMAN Don
1987. « Doing gender», *Gender and Society,* Vol. 1, No. 2, pp. 125-151
2009. « Faire le genre », *NQF*, vol 28, n ° 3, pp. 34-61

Dictionnaires

LEMAITRE Yves
1995. *Lexique du tahitien contemporain, tahitien-français, français-tahitien*, Editions de l'IRD, Paris. 205 p.
[Première édition en 1973]

Périodiques

HIRO'A
Octobre 2007. « Hura Tapairu, un souffle de jeunesse », *Hiro'a, journal d'informations culturelles* (Pirae Tahiti), n° 2. 28 p.
Novembre 2007. « Matari'i ni'a, fête de l'abondance », *Hiro'a, journal d'informations culturelles* (Pirae Tahiti), n° 3. 36 p.
Mai 2008. « Le langage universel de la danse », *Hiro'a, journal d'informations culturelles* (Pirae Tahiti), n° 9. 32 p.
Juillet 2008. « Spécial Heiva », *Hiro'a, journal d'informations culturelles* (Pirae Tahiti), n° 11. 36 p. Août 2008. « Le Musée de Tahiti et des Îles exporte sa collection marquisienne... », *Hiro'a, journal d'informations culturelles* (Pirae Tahiti), n° 12. 32 p.
Avril 2009. « Concert des grands ensembles du conservatoire le 18 avril, le partage du savoir », *Hiro'a, journal d'informations culturelles* (Pirae Tahiti), n° 20. 36 p.
Mai 2009. « Te 'aro nui... », *Hiro'a, journal d'informations culturelles* (Pirae Tahiti), n° 21. 36 p. Juin-juillet 2009. « Le Heiva : un affrontement convivial », *Hiro'a, journal d'informations culturelles* (Pirae Tahiti), n° 22-23. 56 p.
Septembre 2009. « La culture est devant nous », *Hiro'a, journal d'informations culturelles* (Pirae Tahiti), n° 24. 36 p.
Octobre 2009. « Etats généraux : prendre la culture au sérieux », *Hiro'a, journal d'informations culturelles* (Pirae Tahiti), n° 25. 36 p.
Mars 2010. « Henri Hiro, la pensée en actes », *Hiro'a, journal d'informations culturelles* (Pirae Tahiti), n° 30. 36 p.
Avril 2010. « La mémoire audiovisuelle ravivée », *Hiro'a, journal d'informations culturelles* (Pirae Tahiti), n° 31. 36 p.
Mai 2010. « Un opéra d'enfants, ou l'art lyrique revisité », *Hiro'a, journal d'informations culturelles* (Pirae Tahiti), n° 32. 36 p. Juillet 2010. « Avant la danse, les mots », *Hiro'a, journal d'informations culturelles* (Pirae Tahiti), n° 34. 35 p.

Novembre 2010. « Hiro'a shop, la culture polynésienne à portée de clic », *Hiro'a, journal d'informations culturelles* (Pirae Tahiti), n° 38. 36 p.

Décembre 2010. « Le *'ori* en fête », *Hiro'a, journal d'informations culturelles* (Pirae Tahiti), n° 39. 36 p.

Mars 2011. « *Moemoea* reprend vie », *Hiro'a, journal d'informations culturelles* (Pirae Tahiti), n° 42. 36 p.

Avril 2011. « Nos trésors sont vivants... Profitons-en ! », *Hiro'a, journal d'informations culturelles* (Pirae Tahiti), n° 43. 36 p.

Mai 2011. « L'union fait la force », *Hiro'a, journal d'informations culturelles* (Pirae Tahiti), n° 44. 36 p.

Juillet 2011. « Spécial Heiva », *Hiro'a, journal d'informations culturelles* (Pirae Tahiti), n° 46. 36 p. Septembre 2011. « 1, 2, 3 anniversaires ! », *Hiro'a, journal d'informations culturelles* (Pirae Tahiti), n° 48. 36 p.

Novembre 2011. « Le Hura Tapairu ou l'effervescence du *'ori tahiti* », *Hiro'a, journal d'informations culturelles* (Pirae Tahiti), n° 50. 36 p.

Janvier 2012. « L e s *marae* de Tahiti, des temples vivants », *Hiro'a, journal d'informations culturelles* (Pirae Tahiti), n° 52. 36 p.

Mai 2012. « La vallée de 'Opu-nohu, la fertilité en héritage », *Hiro'a, journal d'informations culturelles* (Pirae Tahiti), n° 56. 36 p.

Juin 2012. « Pûtahi, réunir les artistes du Pacifique », *Hiro'a, journal d'informations culturelles*
(Pirae Tahiti), n° 57. 36 p.

Juillet 2012. « Au rythme de la vie », *Hiro'a, journal d'informations culturelles* (Pirae Tahiti), n° 58. 36 p.

Août 2012. « Les essentiels de la rentrée ! », *Hiro'a, journal d'informations culturelles* (Pirae Tahiti), n° 59. 36 p.

Septembre 2012. « Fare, la maison polynésienne d'hier à aujourd'hui », *Hiro'a, journal d'informations culturelles* (Pirae Tahiti), n° 60. 36 p.

Octobre 2012. « Coquillages polynésiens, qui êtes-vous ? », *Hiro'a, journal d'informations culturelles* (Pirae Tahiti), n° 61. 36 p.

Novembre 2012. « Les arts en mouvements... », *Hiro'a, journal d'informations culturelles* (Pirae Tahiti), n° 62. 36 p.

Décembre 2012. « Embarquez pour le Salon du Livre ! », *Hiro'a, journal d'informations culturelles* (Pirae Tahiti), n° 63. 36 p.

Janvier 2013. « Cook 1. 2. 3. Voyages vers l'inconnu », *Hiro'a, journal d'informations culturelles* (Pirae Tahiti), n° 64. 36 p.

Avril 2013. « Sur la voie des Beattles », *Hiro'a, journal d'informations culturelles* (Pirae Tahiti), n° 67. 36 p.

Juillet 2013. « Horo'a i te ite, la mémoire du mouvement », *Hiro'a, journal d'informations culturelles* (Pirae Tahiti), n° 70. 36 p.

Septembre 2013. « Taputapuatea, îles Marquises et UNESCO, où en est-on ? », *Hiro'a, journal d'informations culturelles* (Pirae Tahiti), n° 72. 36 p.

Novembre 2013. « Salon "Lire en Polynésie", rendez-vous du 14 au 17 novembre à la Maison de la Culture », *Hiro'a, journal d'informations culturelles* (Pirae Tahiti), n° 74. 36 p.

Décembre 2013. « Noël en version culturelle », *Hiro'a, journal d'informations culturelles* (Pirae Tahiti), n° 75. 36 p.

Janvier 2014. « L'atolle de Temoe, un musée à ciel ouvert », *Hiro'a, journal d'informations culturelles* (Pirae Tahiti), n° 76. 36 p.

Juin 2014. « Plongée au cœur de la création », *Hiro'a, journal d'informations culturelles* (Pirae Tahiti), n° 81. 40 p.

Juillet 2014. « Le Heiva i Tahiti, la culture qui se vit », *Hiro'a, journal d'informations culturelles* (Pirae Tahiti), n° 82. 36 p.

Août 2014. « Quand s'ouvrent les portes de la culture ! », *Hiro'a, journal d'informations culturelles* (Pirae Tahiti), n° 83. 36 p.

Septembre 2014. « Honorahu'a, un statut pour les artistes » *Hiro'a, journal d'informations culturelles* (Pirae Tahiti), n° 84. 40 p.

Octobre 2014. « La médecine traditionnelle, entre science et croyance », *Hiro'a, journal d'informations culturelles* (Pirae Tahiti), n° 85. 40 p.

Novembre 2014. « Le tapa, lien culturel d'Océanie », *Hiro'a, journal d'informations culturelles* (Pirae Tahiti), n° 86. 36 p.

Février 2015. « Le FIFO, levier de la création audiovisuelle », *Hiro'a, journal d'informations culturelles* (Pirae Tahiti), n° 89. 44 p.

Mai 2015. « "Les enfants du Levant", un opéra pour tous », *Hiro'a, journal d'informations culturelles* (Pirae Tahiti), n° 92. 40 p.

Juillet 2015. « De la tradition à la transmission », *Hiro'a, journal d'informations culturelles* (Pirae Tahiti), n° 94. 40 p.

Août 2015. « Une rentrée sur les chapeaux de roue », *Hiro'a, journal d'informations culturelles* (Pirae Tahiti), n° 95. 40 p.

Octobre 2015. « *Rahui*, le cœur du développement durable », *Hiro'a, journal d'informations culturelles* (Pirae Tahiti), n° 97. 44 p.

Novembre 2015. « Hura Tapairu, 11 ans, l'âge de la maturité », *Hiro'a, journal d'informations culturelles* (Pirae Tahiti), n° 98. 40 p.

Janvier 2016. « Code du patrimoine : un premier pas est franchi ! », *Hiro'a, journal d'informations culturelles* (Pirae Tahiti), n° 100. 40 p.

Mai 2016. « "Tamau ou la permanence" : danse des cultures », *Hiro'a, journal d'informations culturelles* (Pirae Tahiti), n° 104. 40 p.

Juin 2016. « L'artisanat en fête ! », *Hiro'a, journal d'informations culturelles* (Pirae Tahiti), n° 105. 44 p.

Juillet 2016. « Heiva i Tahiti 2016 : intensité et identité », *Hiro'a, journal d'information culturelles*, (Pirae Tahiti), n° 106. 42 p.

Octobre 2016. *« Pina'ina'i*, place au spectacle littéraire », *Hiro'a, journal d'information culturelles*, (Pirae Tahiti), n° 109. 40 p.

MATAREVA

2011. « Heiva i Tahiti 2011 », *Matareva*, Punaauia (Tahiti), 246 p.

2012. « Heiva i Tahiti 2012 », *Matareva*, Punaauia (Tahiti), 246 p.

2013. « Heiva i Tahiti 2013 », *Matareva*, Punaauia (Tahiti), 240 p.

2014. « Heiva i Tahiti 2014 », *Matareva*, Punaauia (Tahiti), 238 p.

2015. « Heiva i Tahiti 2015 », *Matareva*, Punaauia (Tahiti), 244 p.

Sites internet

INSTITUT DE LA STATISTIQUE DE LA POLYNÉSIE FRANÇAISE

2015. Affiche de recensement de la population en 2012. [En ligne] http://www.ispf.pf/docs/default-source/rp2012/AFFICHE_ISPF_RECENSEMENT_2012.jpg? sfvrsn=0

[page consultée le 25.04.2015]

OFFICE FEDERAL DES STATISTIQUES

2015. Etat et structure de la population – indicateurs. Population résidante permanente par canton. [En ligne] http://www.bfs.admin.ch/bfs/portal/fr/index/themen/01/02/blank/key/raeumliche_verteilung/kanton e_gemeinden.html

[page consultée le 25.04.2015]

TAHITI TOURISME

2015. Heiva – Règlements en chants et en danses. [En ligne] http://media-cache.tahiti-tourisme.pf/fileadmin/user_upload/medias/tahiti/partenaires/heiva/docs/HIT_2015_Règlement_de_ danse.pdf

[page consultée le 19.09.2015]

TE ORI TAHITI
2012. Cours de danse à Genève. [En ligne]
http://www.teoritahiti.ch/cours-de-danse [page consultée le 08.01.2017]

TRIBUNE DE GENEVE
2016. Record du monde du plus grand Ori Tahiti. [En ligne]
http://www.tdg.ch/monde/asie-oceanie/Record-du-monde-du-plus-grand-Ori-Tahiti/story/14678134 [page consultée le 16.01.2017]

20 MINUTES
2016. Record du monde du plus grand Ori Tahiti. [En ligne] http://www.20min.ch/ro/news/insolite/story/30646725 [page consultée le 16.01.2017]

Vidéos

TAMARIKI POERANI
2008 . *Makau raconte Tamariki Poerani* [Vidéo en ligne] Mise en ligne le 8 mai 2008, http://tamarikipoerani.com/videos/makau/ (série de 8 épisodes)
[page consultée le 08.11.2016]

VIMEO
2 0 1 5 . *Ori tahiti by Makau* [Vidéo en ligne] Mise en ligne le 31 juillet 2015, https://vimeo.com/ondemand/oritahitibymakau/ (série de 10 épisodes)
[page consultée le 01.10.2016]
2 0 1 6 . *Heiva tahiti by Makau* [Vidéo en ligne] Mise en ligne le 13 mars 2016, https://vimeo.com/ondemand/heivaitahitibymakau/ (série de 8 épisodes)
[page consultée le 01.10.2016]

YOUTUBE
2013. *«À Ha'amana'o na/Souviens toi...» Madeleine MOUA*, [Vidéo en ligne] Mise en ligne le 10 juillet 2013, https://www.youtube.com/watch?v=l_9wU5wv-0M (invité spécial : Guy Laurens).
[page consultée le 22.09.2016]

Crédits

Photos: sauf indication contraire les photos sont de l'auteure

page 8, 79 : Crédit photo - Steve Pito

page 81 : Crédit photo - Matareva pour la compagnie Tahiti Ora

page 88 et 145 : Crédit photo - Jean-Luc Bodinier

page 33: Une jeune femme de O-Tahiti dansant
Webber John (1750-1793) (d'après) Bénard Robert (1734-1786)
Paris, musée du quai Branly - Jacques Chirac

page 34 : Matavai Bay, Island of Otahytey – Sun set 1792
George Tobin - Mitchell Library, State Library of New South Wales

Remerciements

Je souhaite remercier en premier lieu mes interlocuteurs ; ceux qui ont accepté de me consacrer un peu de temps pendant cette entreprise énorme qu'est le *Heiva*. J'espère ici leur rendre hommage à leur juste valeur et rendre compte au plus près de ce qui constitue leur pratique quotidienne, de ce qui les intéresse et de ce qui les préoccupe. Il serait trop long de tous les citer ici, mais ils se reconnaîtront. Merci pour votre accueil et pour vos témoignages.

Merci ensuite à tous les relecteurs-correcteurs qui se sont relayés, parfois jour et nuit. Merci particulièrement à Pauline et à Manouche Lehartel pour leurs relectures qui, même si elles m'ont parfois remise en question de manière tout à fait inconfortable, m'ont permis d'avancer et de voir au delà de mon analyse personnelle.

Merci également à Rose-Marie Narii et Tilda Roland qui ont rendu mon séjour sur le terrain bien plus facile. Elles m'ont aidé à trouvé un logement, elles sont venues me chercher à l'aéroport, elles m'ont servies de chauffeur lorsque j'étais coincée... Et cela sans même me connaître, par amitié pour des amis communs. Merci pour cette accueil polynésien qui est loin d'usurper sa réputation !

Merci à Christian Ghasarian pour son enthousiasme, pour sa générosité, pour son investissement qui ont guidé chacun des pas de ce livre. Sans lui, ce projet n'aurait même pas existé.

Merci à Tamatoa Bambridge pour sa gentillesse et ses conseils infiniment précieux lors de ma défense de mémoire. Merci à Christine Pérez pour son accueil et ses références historiques. Merci à Bruno Saura pour sa disponibilité et son enthousiasme lors de ma visite à Tahiti et de nos échanges par mail.

Merci à Joëlle qui m'a accueillie chez elle, qui m'a relue, encouragée, corrigée. Elle a rendu mon séjour au bout du monde beaucoup moins solitaire et plus agréable.

Merci à Alex, qui, par petites touches et quelques évocations, m'a donné envie d'aller voir ce bout de terre du bout du monde qu'elle aime si fort. Elle a joué un rôle dans ce travail avant même qu'il ne soit pensé et elle a participé à sa construction jour après jour en discutant, échangeant, relisant... Merci pour ton amitié indéfectible

Merci à ma famille. À mes parents surtout, qui m'ont élevée et à qui je dois d'être l'adulte d'aujourd'hui. Ils m'ont toujours soutenue quels que soient les projets fous dans lesquels je me lançais. Je leur dois la vie et bien plus que ça.

Merci enfin à Adrien. Qui m'a accompagnée sur le terrain comme dans la vie. Et merci à mes enfants d'être des anges. À Manahau, surtout, qui porte un prénom chargé d'amour, de parfums fleuris et du rythme des *to'ere* et qui a vécu cette aventure presque de bout en bout. Merci à vous simplement d'exister et d'illuminer ma vie.

Table des matières

Introduction...9

Chapitre 1 : À la rencontre du 'ori tahiti............................11

Tahiti en quelques mots...12

Le cheminement de l'enquête...15

Quelques définitions...19

     La tradition et le passé...20

     La culture et la transversalité..21

     L'identité et le présent...23

Chapitre 2 : La danse à travers l'histoire de la Polynésie...25

Les temps anciens...27

     ...et la société pré-européenne (avant 1767)............................27

     ...et l'arrivée des premiers explorateurs (1767-1797)................30

     ...et les missionnaires anglais (1797-1842).............................33

     ...et la colonisation française (1842-1945)..............................41

Le passé encore présent..41

     ...et les transformations du XXe siècle (1945-2000)................41

     juste avant aujourd'hui...46

Chapitre 3 : Espaces et temps consacrés à la danse............51

La danse comme institution..52

     La danse et l'État...52

     La fédération et la standardisation des pas...............................53

     Différentes îles, différentes danses...56

     Les espaces consacrés à la danse à Tahiti................................59

Les temps du Heiva...62

Les différents points de vue..63

Le choix du groupe..64

L'écriture comme base du spectacle..65

Les répétitions comme quotidien et le groupe comme famille.................68

La musique, les nuisances sonores et les lieux de répétition....................71

La fabrication des costumes...74

Le jour J..78

Le règlement, le jury et les palabres...80

Quand la danse devient un mode de vie..82

Chapitre 4 : A la rencontre des problématiques..................89

Qu'est-ce que la danse ?..89

La gestion du genre dans le 'ori tahiti......................................93

La danse ou la femme polynésienne..93

La virilité exacerbée des hommes...96

De la complémentarité...97

Le 'ori tahiti, une danse de couple ?..101

La mise en scène du corps...102

Être beau..103

Être mince..105

Être musclé...109

Tradition et modernité..110

Qu'est-ce la tradition ?...111

Avantages et inconvénients de la modernité............................114

Le "juste" milieu..115

Chapitre 5 : Le 'Ori Tahiti, star internationale.................119

La place de la danse à Tahiti...119

Les étrangers au Heiva i Tahiti...122

La question de la langue et de la culture................................123

La question de l'argent..125

La question du rêve..127

Le 'ori tahiti à l'étranger..128

Un succès qui dépasse toutes les attentes.............................128

Le côté doux-amer du succès..130

Rassembler les chefs de groupe, une utopie ?.....................132

Conclusion : repenser le temps du 'ori tahiti..................135

La tradition, l'authenticité et le passé...................................135

La culture, le tourisme et l'entre-temps................................137

L'identité, la langue et le présent...140

Remerciements..169

Glossaire..146

Annexe

Lettre de Simone Grand..152

Bibliographie..154

Crédits...168

174

Dépôt légal : Juin 2019

pour le compte des éditions 'Api Tahiti
contact@apitahiti.com

© Tous droits réservés - 2019

Made in United States
North Haven, CT
06 April 2024

50984065R00100